또 한 번의 이별을 준비 중입니다.

나와 같이 사는 동안 행복했니?

주현영
지음

이담북스

가끔 사람들은 묻는다. "강아지도 치매에 걸려요?"
그러면 나는 늘 이렇게 답한다.
"네, 강아지도 사람과 똑같아요."

° 하늘에서 보낸 샤니의 신호

"현영님. 이게 뭐로 보이세요?"

쫑이가 세상을 떠나고 4일 뒤, 오랜만에 샤니 어머니에게서 톡과 함께 사진이 왔다. 사진에는 화분에 올라온 세 개의 클로버가 있었다. 두 개가 앞에 나 있고 하나는 뒤쪽에 있는 클로버의 사진. 단박에 나는 앞다리 둘, 뒷다리가 하나였던 샤니를 떠올렸다.

"이거 샤니 아니에요?"

"현영님도 샤니로 생각되시죠? 저만 그런 생각하는 거 아니죠? 저의 집 화분에 한 번도 잡초가 난 적이 없었거든요. 그런데 어느 날 보니까 클로버가 나더니 이렇게 자랐어요."

"제가 봐도 샤니 맞아요. 어쩜 이렇게도 기특하게 엄마에게 인사를 할까요."

"그렇죠? 샤니 맞죠?"

"네. 샤니를 아는 사람은 누가 봐도 샤니라고 생각할 거예요."

"아직도 샤니가 너무 많이 보고 싶어요. 쫑이 보고 싶으시죠?"

"네. 더 잘해 줄 걸, 보내고 나니 미안하기만 해요."

샤니는 쫑이와 동갑으로 똑같이 치매를 앓고 있었다. 그 인연으로 샤니 어머

니와 나는 서로의 안부를 묻고 위로를 나누었었다. 하지만 샤니는 쫑이보다 10개월쯤 먼저 천사가 되었다. 쫑이를 잃은 후 많이 우울하던 내게 샤니 어머니의 연락은 희망을 주었다. 어쩌면 나도 쫑이의 신호를 받을지 모른다는.

혹자들은 우리의 대화를 들으면 미쳤다고 생각할 수도 있다. 아니면 억지로 꿰맞추는 거라고 비웃을 수도 있다. 세상을 떠난 강아지가 신호를 보낸다고?

하지만 반려동물을 키웠고 떠나보낸 경험이 있는 사람들은 허구를 만들어 내는 게 아니라는 걸 이해할 것이다. 춘심이의 그림도 샤니의 클로버도 떠난 아이들이 보내온 기적 같은 신호였다.

내가 입양할 뻔했던 춘심이. 간발의 차이로 다른 분께 입양된 유기견 춘심이는 좋은 엄마에게 사랑을 듬뿍 받고 살았다. 춘심이가 많이 아팠을 때 남 같지 않았던 아이라 내 마음도 아팠다. 그래서 유화로 춘심이를 그려 보냈는데, 춘심이가 무지개다리를 타고 떠난 열흘쯤 뒤에 코와 입 부분만 빨갛게 변화되었었다는 믿지 못할 전화를 받았었다. 특히 그 부분은 춘심이가 떠날 때 피를 쏟았던 부분이었다는 걸 듣고 놀란 적이 있다. 우리는 그때, 그림의 변화가 하늘에서 춘심이가 보낸 신호였다고 믿었다.

떠난 아이들이 보낸 신호에 대한 외국 서적도 읽었었다. 나와 춘심이 어머니, 샤니 어머니만 느낀 게 아니라 많은 사람이 떠난 아이들의 신호를 경험하고 느꼈다는 것이다. 그래서 나는 서로가 알 수 있는 어떤 신호를 통해 떠난 아이들이 '자신들은 잘 있으니 힘들어하지 말라'는 이야기를 전해주는 것이라 믿는다.

° 샤니와의 인연

사소한 일도 기록하는 습관이 있던 나는 몽이를 키우면서 몽이와의 일상을 싸이월드에 기록했었고, 그 이후에는 블로그에 기록했었다. 지인, 친구, 제자들과 주로 소통하던 싸이월드와 달리 블로그는 새로운 사람들과도 교류할 수 있었다. 강아지와의 일상을 올리다 보니 강아지나 고양이를 키우거나 돌보는 사람들을 만나게 된 것이다. 특히 유기견을 구조해 임시 보호를 하던 분들과 소통하면서 버려지는 동물이 얼마나 많은지를 알게 됐고, 동물 보호 단체가 있다는 것도 알게 되었다. 학대받고 버려지는 동물들을 구조하는 그들을 통해 모든 생명이 소중하다는 걸 배웠다. 비건까지는 아니지만 동물들에게 미안함과 고마움을 가지게 되었다. 그리고 남의 털로 된 것들(동물의 털로 만든 것들)에 욕심내지 않게 되었다.

시간이 흘러 빠르고 손쉽게 많은 정보를 얻을 수 있는 유튜브로 자연스레 눈을 돌리게 됐다. 가장 먼저, 치매를 앓기 시작한 쫑이와 비슷한 아이들이 눈에 보였다. 그들의 이야기에 울고 웃으며 나도 매일 달라지는 쫑이의 근황을 기록하기 시작했다. 쫑이를 오래오래 기억하기 위해서 그리고 같은 고통을 받는 아이들의 보호자들과 소통하기 위해서.

그때 유난히 눈에 들어오는 유튜브 채널이 '샤니 스토리 TV'였다. 샤니의 어머니도 치매를 앓고 있는 샤니의 이야기를 올리고 있었다.

2011년 7월 비 오던 어느 날 밤, 샤니 어머니는 집에 가기 위해 서둘러 골목길을 지나고 있었다. 그런데 마포 걸레를 걸친 것 같은 처참한 몰골의 강아지가 비를 맞고 떨고 있는 것이 보였다. 짠한 마음에 다가갔는데 꽤 오랜 시간 거리를 떠돌았던 듯 악취가 진동했다고 한다.

샤니 어머니는 "어쩌다 그렇게 됐니?" 물으며 머리를 쓰다듬었다. 손길을 피하지도 않던 강아지는 지친 얼굴로 그녀를 보았다. 데려가 달라고 애원하는 듯한 눈으로.

하지만 당시 샤니 어머니는 강아지를 키우기 힘든 상황이었기에 아픈 마음을 뒤로하고 길을 재촉했는데 뒤에서 뭔가 소리가 나더란다. 뒤를 돌아봤더니 그 강아지가 따라오고 있는 것이 아닌가? 그 모습에 마음이 아팠지만 덥석 데려올 수는 없어 애써 외면했다. 집 앞에 도착해 뒤를 보니 강아지는 조금 떨어진 자리에 멈춰 서서 물끄러미 자신을 보고 있더란다.

"미안해. 널 데려가지 못해서. 잘 살아야 해."

마음 아픈 인사를 건네고 집에 들어갔다. 하지만 강아지의 슬픈 눈이 계속 마음속을 맴돌았다.

"설마. 아직까지 있진 않겠지? 아닐 거야. 어쩌지? 비라도 피하게 해 줄 걸 그랬나?"

오만가지 생각이 머릿속을 맴돌고 마음이 점점 힘들어졌다. 창밖을 보니 비가 여전히 내리고 있었다.

아무래도 안 되겠다 싶어서 밖으로 나갔다. 강아지는 덜덜 떨면서 그 자리에 있었다.

"다행이다. 이 궂은 날 떠돌지 않게 해 줄 수 있어서."

그녀는 강아지를 안고 집으로 갔고 다음 날 병원에 가서 엉킨 털부터 깎아 주었다. 털을 깎고 나니 예쁜 강아지로 변신했다. 하지만 유기된 채 오랫동안 돌아다닌 탓인지 피부가 짓무르고 고름이 눈 주위까지 차 있었다. 아픈 아이를 입양 보낼 수도 다시 길에 둘 수도 없었다. 그녀는 강아지를 품에 안았다.

"비 오는 날 살려 달라고 내게 온 녀석인데. 내가 엄마가 되어 너를 끝까지 지켜줄게."

그게 샤니와 샤니 어머니의 인연이었다. 새 이름을 갖게 된 샤니는 7살 추정의 미니슈나우저였다.

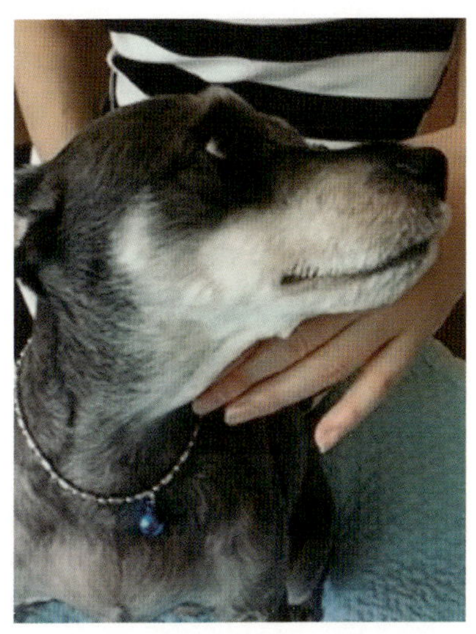

오랜 떠돌이 생활에서 받은 상처 때문인지 샤니는 남자 어른과 아이들을 싫어했다. 아마도 그들에게 모진 짓을 당했으리라 짐작이 되었다.

샤니는 엄마에게 집착했다. 다시는 버려지고 싶지 않은 처절한 몸부림으로 느껴져 그 아이를 더 사랑할 수밖에 없었다.

점차 샤니는 사랑을 한 몸에 받으며 가족 구성원으로 당당히 자리매김하고 지냈다. 그러던 어느 날부턴가 샤니의 이상 행동이 시작됐다. 갑자기 구석에 숨기 시작한 것이다. 처음엔 별일 아니겠지 했지만, 그런 상황이 반복되자 걱정이 됐다.

병원에 가 검사를 했다. 샤니 어머니는 의사의 말에 심장이 떨어져 나갈 것 같았다. 뒷다리에 악성 종양이 생겼다는 것이다. 종양이 생긴 뒷다리를 절단해야 했다. 그 종양을 제거해도 1년밖에 살지 못한단다. 7년을 고생하고 사랑받기 시작한 지 채 3년도 안 된 아이한테 암이라니. 이 아이가 뭘 그리 잘못해서 이런 큰 벌을 내리는 건지. 속이 상했다.

종양을 제거하지 않으면 6개월이란다. '겨우 6개월 더 살기 위해 칼을 댄다고?' 하지만 제거하지 않으면 살아있는 6개월은 살아도 사는 것 같지 않은 극심한 고통뿐이라는 말을 들은 이상 수술을 해야 했다. 그 불쌍하고 작은 생명이 얼마를 살든 사는 것처럼 살아야지, 고통에 비명을 지르다 생을 마감하게 할 수는 없었다.

주위 사람들의 '그깟 강아지 6개월 더 살리는 데 몇백만 원이나 쓰냐?'라는 속 뒤집는 소리를 뒤로하고 샤니 어머니는 1년 시한부 견(犬)생의 샤니를 위해 수술을 택했다.

제발 '그깟 강아지'라는 말들은 하지 않았으면 좋겠다. 정을 나누고 눈을 마주치고 같은 지붕 아래 살면 가족이다. 그 가족을 살리겠다는데 왜 '그깟 강아지', '사람한테나 잘하지'라는 말로 대못을 쾅쾅 박아버리는지 모르겠다. '내' 가족을 '내'가 챙긴다는 게 욕먹을 만한 일인가?

아무튼 수술하고 나면 고통은 없을 것이라는 희망에 어렵게 감행한 수술인데 샤니는 오히려 수술을 마친 뒤 여기저기 아프기 시작했다. 수술이 잘못된 것은 아니었다. 하지만 다리 하나를 잘라내는 큰 수술의 부작용이었는지, 병원에 입원하느라 엄마를 못 만난 스트레스 때문이었는지 급성 알레르기로 죽다 살아났고, 파보 장염에 쿠싱 등등 수술을 받게 한 걸 후회할 만한 증상들이 자꾸 쏟아져 나왔다. 수술하면 1년은 더 산다더니, 샤니는 금방이라도 떠날 듯이 아팠다. 식음을 전폐하는 일까지 생겼다.

하지만 샤니는 병과 싸우며 힘겨워하면서도 삶의 끈을 꼭 잡아 주었다. 샤니 어머니는 세 다리가 된 샤니가 잘 걸을 수 있도록 훈련을 시켰다. 좋은 음식을 먹이고 좋은 곳에 데리고 다녔다. 위태위태하게 시한부였던 1년을 보내고도 샤니는 몇 년을 더 잘 지내주었다.

샤니에게 심장병과 신부전이라는 반갑지 않은 손님이 또다시 찾아왔지만 견뎌낼 수 있을 거라는 자신감이 생겼다. 그 자신감으로 겨우 행복을 느끼기 시작할 때쯤, 15살이 된 샤니에게 '치근단 농양'이라는 병이 불시에 들이닥쳤다. 치아의 염증이 뿌리에서부터 올라와 눈 주위에 고름이 차고, 그 고름이 곪아 터져 얼굴에 구멍을 낸다는 무시무시한 병이었다. 방치하면 패혈증으로 바로 사망이고, 수술하면 마취하다가 죽을 수도 있다. 하지만 겨우 살려 놓은 아이를 허망하게 고통 속에 죽게 할 수 없었다. 살 수 있다는 절실한 기도를 하며 다시 생명을 건 수술을 감행했다. 다행히 수술은 성공적이었고 겨우 마취에서 깨어난 샤니는 엄마를 보면서 필사적으로 힘을 내줬다.

하지만 두 번의 기적을 만들어 줬기 때문인가? 샤니와 가족들에게 더 이상의 기적은 오지 않았다. 16살이 된 샤니에게 이번엔 야속하게도 치매가 찾아왔다. 샤니 어머니는 점점 기억을 잃어가는 샤니를 기억하기 위해 유튜브에 샤니를 기록하기 시작했다. 샤니의 입양기부터 현재의 치매 걸린 모습까지.

그때 마침 치매를 앓던 쫑이의 영상을 매일 유튜브에 올리던 내 눈에 샤니의 사연이 들어왔다. 걷기 힘들어진 샤니를 위해 지극정성으로 보조 기구를 제작해 네 발로 걷는 아이 모습이 담긴 샤니 어머니의 동영상은 내게 참 많은 위로를 주었고 많은 깨달음을 주었다.

'내 강아지만 이런 게 아니구나. 나만 힘든 게 아니구나.'
'치매라는 게 이렇구나. 이런 증상이 있구나.'
'이렇게 지극 정성인 분들도 있는데 쫑이한테 화내지 말아야지.'

나는 적극적으로 샤니 어머니와 소통했고, 서로 의지하며 금방 친해졌다. 샤니 어머니는 선뜻 손을 잡아 주시며 나와 쫑이를 위로해 주셨다. 하지만 동갑이라 끝까지 함께 할 줄 알았던 샤니가 결국 쫑이보다 먼저 떠났다.

샤니 어머니는 샤니와 강변에 놀러 가서 내년에 꼭 다시 오자는 약속을 하고 오셨다는데, 두 달 만에 샤니는 그 약속을 지키지 못한 채 그 좋아하는 엄마를 남기고 떠나버렸다. 나도 내 아이를 떠나보낸 것처럼 슬픈데 샤니 어머니는 오죽하셨을까.

샤니 어머니는 자신이 샤니를 지켜준 것이 아니라 샤니가 자신을 지켜준 것이었다고 말씀하시며 슬퍼하셨다.

그렇게 떠난 지 10개월여 만에 샤니가 세 개의 클로버라는 신호를 엄마에게 보내준 것이다.

나는 믿는다.
그들의 맑은 영혼이 우리에게 힘내라고 보내는 메시지들을.

˚ 치매로 서클링을 하던 샤니를 위한 수제 운동 기구 – 걷기 그네

걷게 하기 위한 수제 보조 기구 。

목 차

° 돌프: 두 아이의 아빠. 영원히 철들지 않을 50대 남자이다.

> 외국인이 아니라 '루돌프'의 돌프다. 산타를 도와 일하는 사슴 루돌프. 술을 마시면 코만 하얘지고 얼굴은 고추장 색깔로 변한다. 하얗게 된 코는 불빛에 번지르르 빛이 난다. 그래서 루돌프라는 별명이 생겼다. 빨간 코의 꽃사슴이 아닌 빛나는 흰 코의 육식 사슴이 돌프의 정체다.

° 풍뎅: 두 아이의 엄마. 욕쟁이에다가 팔뚝까지 굵어 꼬몽이가 창피해한다.

° 쫑: 치매로 힘든 노년을 보낸 시추. 하지만 한때 매력이 넘쳤던 마성의 게이였다.

° 꼬몽: 겁쟁이 페키니즈. 형 쫑이를 자랑스러워했던 쫑이의 꼬붕이다. 털 부심이 생명이다.

PART 1

강아지도 치매에 걸려요?

° 치매 증상의 시작

쫑이가 열다섯이 되던 여름, 우리는 가평의 애견 펜션에 놀러 갔다. 오후라 햇빛은 조금씩 누그러지고 있었지만 여전히 무더운 날이었다. 쫑이와 꼬몽이를 펜션 마당에 놀게 하고 짐을 방안으로 옮길 때였다. 시야에 잡히는 쫑이의 행동이 이상했다. 펜션 마당에서 혼자 작은 원을 그리듯 제자리를 뱅글뱅글 돌고 있는 것이 아닌가. 순간, 땅의 지열 때문에 더워서 아이가 어쩔 줄 몰라 그러는 줄 알았다. 얼른 쫑이를 안아 들고, 에어컨이 나오는 펜션의 방안으로 데리고 갔다. 그 이후 한동안 그런 행동은 없었다. 풍뎅은 그날의 일을 단순히 날씨 탓으로 치부해 버리고 가볍게 넘겼고, 그날 쫑이의 이상 행동은 풍뎅의 기억에서 지워졌다. 같은 자리를 뱅뱅 도는 행동이 치매의 첫 증상 중 하나였다는 것을, 그때부터 치매라는 엄청난 병이 쫑이를 조금씩 갉아먹기 시작했다는 것을 그땐 몰랐다.

동물들도 암에 걸리고 신부전증에 걸리고 백내장이 오기도 한다. 따로 의학적인 지식을 쌓으려 노력한 건 아니지만 암, 그것도 희귀 악질 암인 '편평 상피 암'에 걸린 몽이를 보았기 때문에 강아지도 사람과 똑같이 암에 걸릴 수 있다는 것을 알게 되었다. 당시의 몽이를 진료하던 의사가 암인 아이를 한사코 치은염이나 치주염이라 우겼기 때문에 동물 역시 치은염이나 치주염에 걸릴 수 있다는 것도 배웠다. 몽이가 떠난 후 우울증을 앓았던 쫑이 때문에 강아지도 마음속에 깊은 슬픔을 갖고 아파한다는 걸 알게 됐다. 세 녀석을 키우면서 나름 얻은 지식이 많아서일까. 풍뎅이 의사도 아닌데 친구들은 자신이 키우는 강아지나 고양이가 아플 때 전화해서 물어보곤 한다. 그렇게 주위들은 풍월이 많았던 풍뎅이었지만 '강아지 인지 장애' 즉, '치매'라는 병은 모르고 있었다.

나이가 들면서 하나씩 문제가 생기는 쫑이의 작은 몸.

쫑이가 아홉 살이 되던 해, 비장 종양으로 비장을 떼어내는 수술을 했다. 그리고 2년 후에는 애매한 수치지만 쿠싱이라는 진단을 받고 쿠싱 약을 먹기 시작했다.

선생님께서는 쿠싱 약을 먹기 시작하면 교과서 수치로 2년 정도의 시한부 견생을 산다고 했다. 다행히 쫑이가 잘 먹어 주고 잘 지내 주어서 2년이 아니라 8년을 더 살았다. 하지만 쿠싱 때문인가? 피부에 문제가 생기기 시작했다. 특히 귀에 문제가 자주 생겼다. 고름이 차오르고 딱지가 생기고를 반복하더니 14살부터는 듣지 못하게 됐다.

귀가 안 들리기 시작한 쫑이는 세상과 단절된 듯 깊은 잠에 빠져서 자주 이불에 쉬야를 했고 잠에서 깨고 나면 미안해서 어쩔 줄 모르는 표정을 하고 왔다 갔다 했다.

몸의 피부는 자주 빨갛게 벗겨지고 진물이 났다가 가라앉기 일쑤였다. 발의 습진도 만성화가 되었다. 벗겨진 피부가 아물 때면 가려워서 어쩔 줄 모르는 쫑이를 끌어안고 참 많이 울었다.

시간이 가면서 쫑이의 눈도 점점 탁해졌다. 시력이 약해진 것이 확연히 보였다.

아이들이 노견이 되면 새로운 상황이 계속 발생하기 때문에 풍뎅도, 돌프도 적응할 시간이 필요했지만 늘 그 상황은 갑작스레 돌발 사태로 닥쳐왔다.

쫑이가 응가를 하고는 온 발에 응가를 묻힌 채, 집안을 돌아다니며 풍뎅을 찾기 시작했다. 풍뎅은 응가를 밟아 들어온다며 카펫이 온통 똥 바닥이라고 야단을 쳤다. 처음엔 '똥을 밟아 카펫을 더럽힌 주제'에 뛰어와 간식을 달라면서 꼬리를 흔든다 생각해서 더 화를 냈다.

가만 생각해 보니 안 보이는 눈으로 배변판까지는 어찌어찌 찾아갔지만, 눈이 안 보이니 돌아 나오다 밟을 수도 있었을 것이다.

'자신이 밟은 똥을 어쩌지 못해 도움을 요청하는 것은 아니었을까'하는 생각이 들면서 무작정 야단을 쳤던 것이 눈물나게 미안하기만 했다.

쫑이는 멍때리고 있거나 같은 자리를 뱅글뱅글 맴도는 일이 잦아졌다. 풍뎅은 쫑이가 안 보이고 안 들리는 스트레스로 인한 정형행동을 하나 보다 생각했을 뿐, 치매라는 생각은 전혀 하지 못했다.

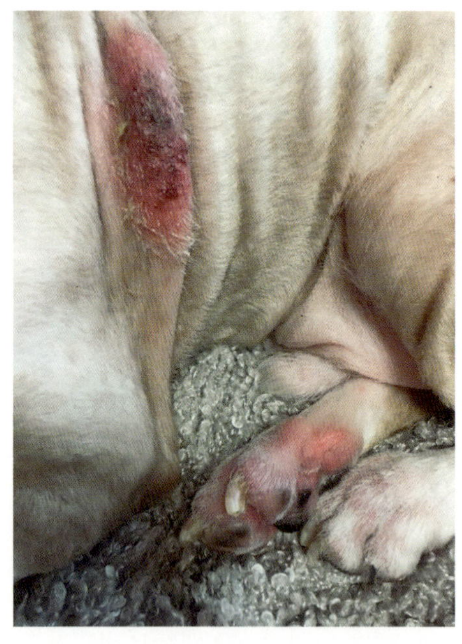

° 쿠싱으로 나빠진 쫑이의 피부

˚어긋나지 않는 슬픈 예감

일어서려 할 때 쫑이의 앞다리가 양옆으로 벌어지면서 미끄러지기 시작한 건, 쫑이가 열다섯 살이 된 가을부터다. 부쩍 앞다리의 힘이 약해져서 일어서기 힘들어했다. 일어서면 그나마 좀 걸었다. 하지만 조금이라도 미끄러운 바닥에서는 걷다가도 앞 다리가 양옆으로 벌어지면서 주저앉고 다시 일어나면 주저앉고를 반복했다. 푹신한 매트로 바꿔야 쫑이가 미끄러지지 않겠다는 생각이 들었다.

풍뎅은 돌프에게 집에 있는 얇은 매트를 두꺼운 매트로 바꾸겠다고 했다. 돌프는 이해하지 못했다. 그도 그럴 것이, 그동안 풍뎅은 늘 상의도 없이 집에 있는 매트를 바꿨다. 마룻바닥이 아이들의 관절에 나쁘다는 말을 들은 후부터 풍뎅은 카펫이나 층간 소음 방지용 매트를 사 온 것이다. 처음엔 아이들이 뭔가를 흘릴 때를 대비해서 품질이 좋다는 방수 매트를 깔았다. 하지만 오래된 아파트에 살다 보니 윗집에서 물이 샐 때도 있고 풍뎅의 집에서 물이 샐 때도 있어 마룻바닥에 습기가 차는 일이 많았다. 또 장마철이나 한겨울에 실내외 기온 차가 생기면 쉽게 습기가 찼다. 그럴 때마다 매트를 들어내어 닦고 다시 깔아 보지만 매트 안쪽과 마룻바닥에 자꾸만 곰팡이가 생겼다. 강아지는 바닥에 사는 아이들이라 곰팡이가 생기면 건강에 안 좋을 것 같아 매트를 바꾸고 또 바꾸고 했다. 매트를 아무리 바꿔도, 곰팡이가 생긴 바닥을 다시 닦고 말려도, 마룻바닥의 나무는 자신이 나무인 것을 망각했는지 아니면 자신을 숨 막히게 덮어버린 풍뎅에 대한 반항을 한 것인지 조금씩 들고 일어나더니 결국 보기에 흉해졌다.

돌프는 만신창이가 된 마룻바닥에 뭘 깔지 않으면 안 되는 걸 알면서도 자주 교체하는 게 낭비라고 생각했나 보다. 왜 멀쩡한 매트를 또 교체하느냐고 물었다. 하지만 쫑이가 일어서지 못하고 미끄러워하니 두꺼운 장판 같은 매트를 까는 게 옳다고 생각한 풍뎅은 돌프가 뭐라 하든 말든 매트를 주문했다. 새 매트가 도착하자 당장 반품하라는 돌프의 잔소리를 뒤로하고 집안에 깔았다. 두껍고 푹신한 매트를 까니 쫑이가 미끄러지는 게 훨씬 덜했다. 쫑이가 덜 미끄러지는 것을 보고서야 돌프는 매트 교체에 대한 불만을 접었다.

쫑이의 다리가 그렇게 된 이후부턴 여행을 가면 어디나 바닥이 문제가 되었다. 아이들과 여행을 즐겨 했던 돌프와 풍뎅은 독채 펜션을 갔다가 한숨도 못 자고 오는 일이 생기기 시작했다. 대부분의 강아지 펜션이나 강아지 동반 호텔의 바닥은 마룻바닥이다. 방에 아이들이 주로 쓰는 놀이방 매트가 있는 곳도 있었지만, 놀이방 매트는 너무 두꺼워 쫑이가 매트 위를 걸을 때마다 푹푹 꺼졌다. 매트가 깔리지 않은 곳은 앞다리가 양옆으로 미끄러져 걷지를 못했다.

잘 걸을 수 있는 강아지만 여행하라는 것인가. '노인을 위한 나라는 없다'더니 '노견을 위한 숙소'는 전혀 없었다.

쫑이를 위해, 노견을 위해, 다른 여행지를 찾아야 했다. 여행을 좋아하는 두 아이에게 최적화된 좋은 곳을 데려가고 싶었다.

고민하고 검색한 결과 강아지의 눈높이에서 만들었다는 한 리조트를 찾았다. 그곳은 사람보다 동체시력이 약 4배나 높아 빛에 민감한 강아지를 위해 조도를 낮춘 리조트로 우리나라에서 처음으로 강아지를 위해 만든 강아지 전용 리조트였다.

늦가을, 그곳을 방문했다. 비용은 조금 부담스러웠지만 확실히 시설이 달랐다. 강아지 관절에 무리가 가지 않도록 타일 바닥을 썼고 식당 주인이나 손님들 눈치 보지 않고 강아지들과 들어갈 수 있는 음식점도 쾌적했다. 하지만 쫑이의 다리는 그 타일에도 미끄러졌다. 할 수 없이 패드와 수건, 담요 등을 깔아 방안을 돌아다닐 수 있게 해줬다. 쫑이는 기분이 좋았는지 한참 동안 방을 탐색하고 또 탐색했다.

산책할 수 있는 정원도 잘 만들어 놓았다. 쫑이와 꼬몽이는 완전 신이 났다. 그 모습을 보는데 심장이 조여 오면서 풍뎅의 눈에서는 눈물이 울컥 흘러나왔다. 그리고 머릿속을 맴돌던 말이 자신도 모르게 나와 버렸다.

"쫑아. 많이 보고 많이 걷고 즐겨. 이게 네가 걸어서 다닐 수 있는 마지막 가을이야."

엄마니까, 쫑이의 엄마니까 알 수 있었다. 슬픈 예감은 비껴가질 않았다. 그 가을은 쫑이가 걸어서 느낀 마지막 가을이 되었다.

° 야간 순찰반이 된 쫑이

"쫑아. 잠 좀 재 오늘도 야간 순찰할 거야?"

하도 이불에 쉬를 해놓는 바람에 풍뎅은 쫑이와 거실에서 잠을 자기로 했다. 거실에 깐 푹신한 층간 소음 방지 장판이 도움됐다. 다리가 약해져 미끄러지지 말라고 깐 장판이지만 방수가 되어 쫑이가 쉬를 해도 잘 닦으면 되었다. 한결 청소가 수월했다. 게다가 푹신해서 그 위에 강아지 방석을 얹으니 쫑이도 불편해하지 않았다.

쫑이는 밤낮이 바뀌기 시작했다. 낮에는 잠을 자고 밤이 되면 아무도 없는 거실을 걸어 다닌다. 조금씩 다리의 힘이 약해져서 비틀거리면서도 계속 걷는다. 그래서 붙은 별명이 '야간 순찰반'이다. 힘이 빠져 주저앉으면서도 기를 쓰고 일어나서 걷는 통에 그때부터 풍뎅은 잠과의 전쟁이 시작됐다. 눈이 안 보이는 아이라 걷다가 다치기라도 할까 봐 풍뎅도 같이 불침번을 서야 했으니까.

쫑이를 안고 달래고 쓰다듬어 잠을 재우다가 풍뎅의 눈이 스르륵 감기면서 팔에 힘이 빠지면 어느새 쫑이는 일어나 걷고 있다. 처음에는 거실과 연결된 부엌까지 걸어 다녔다. 눈이 잘 안 보이면서도 용케 부엌 끝까지 구석구석 걸었다.

잠이 부쩍 모자라진 풍뎅은 매일 쫑이와 진지하게 개인 면담을 할 수밖에 없었다.

"쫑아! 잠 좀 자자. 오늘도 야간 순찰 알바 뛰러 갈 거야? 엄마 월급 안 줄 건데?"

월급을 안 준다는데도, 책임감 강한 쫑이는 매일 밤, 무보수로 집을 지키려고 기를 쓰고 일어나 집안을 살핀다. 시간이 지날수록 순찰 보다는 원을 그리며 돌기 시작했고 점점 행동반경은 좁아졌다. 아무래도 이상해서 병원에 여쭤봤더니 '인지 장애', 즉 치매의 행동 중 하나인 '서클링'인 것 같다고 하셨다. 머리가 멍해졌다. 강아지가 치매에 걸리다니. 그 짧은 견생에 기억을 놓을 만한 시간이 있단 말인가? 다 기억해도 모자란 짧은 생인데.

"치매요?"

풍뎅이 재차 물었다.

"아무래도 그런 것 같아요. 치매의 가장 첫 번째 증상이 원을 그리면서 도는 거예요."

이 착한 녀석이 치매라니. 너무 참고 살아서 안으로 곪았나 보다. 생전 맘껏 짖지도 않고 늘 조용히 풍뎅과 돌프의 곁에 있던 쫑이니까.
그러고 생각해 보니 쫑이는 잠꼬대를 많이 했었다. 많이 참는 강아지들이 잠꼬대를 많이 한다는 글을 풍뎅은 어디선가 읽은 적이 있다. 자기표현을 다 하고 성질나면 물기도 하는 꼬몽이가 잠꼬대하는 일은 거의 없었으니 그 말은 신빙성이 있다.

그렇게 참던 아이여서였을까. 치매라니.

° 쫑이 때문에 시작한 유튜브

　풍뎅은 강아지 치매에 대해 검색하기 시작했다. 전혀 몰랐는데 꽤 많은 수의 강아지들이 치매, 즉 인지 장애 증상을 앓고 있었다. 강아지의 70%가 치매 증상 일부를 보인다고 한다. 검색하다가 뒤를 돌아보니 걷다가 멍하고 벽을 보고 있는 쫑이가 눈에 들어왔다. 눈물이 났다.

　'몇 달 전부터 있었던 저 사소한 증상들을 알아챘어야 했는데.' 점점 기억을 놓아버리고 자신만의 세계에 갇힐 쫑이가 가엾다. 풍뎅은 기억을 잃어가는 쫑이의 하루하루를 기록하기로 했다. 그래서 유튜브를 시작했다. 매일매일 늘 같은 일상이지만.

　그러다가 알게 된 아이가 쫑이와 똑같은 증세인 인지 장애를 앓고 있는 샤니였다. 풍뎅은 샤니 어머니와 소통하면서 쫑이를 이해할 수 있었다. 처음에는 배변을 실수하는 쫑이를 이해 못하고 야단을 쳤다. 응가를 밟아 온 집안에 똥 발자국을 내는 아이에게 화가 났었다. 왜 이 아이만 이러는지 이해가 안 갔기 때문이다. 밤잠을 안 자고 돌아다니는 통에 잠이 모자라 화가 나기도 했다. 레슨을 해야 했던 풍뎅은 쫑이가 방해하면 또 야단을 쳤다. 왜 안 하던 짓을 하냐고. 왜 심술을 부리냐고.

　하지만 샤니의 영상을 보면서 그리고 똑같이 인지 장애를 앓는 다른 아이들을 보면서 풍뎅은 '내 강아지만 별나고 이상한 게 아니었다'라는 사실이 왜 그렇게 안심이 되던지. 그러면서 동시에 쫑이에게 미안해지기 시작했다. 본견(犬)의 의지로 하는 일이 아닌 데도 심술부리냐고 야단을 쳤던 것에 한없이 미안한 마음이 들었다.

˚ 아픈 아이를 찍고 싶어?

매일 쫑이의 영상을 찍고 유튜브에 올리는 것을 알게 된 친구가 "너 아픈 아이를 찍고 싶니? 그 아이의 치부를 드러내는 거잖아. 돈 벌려고 유튜브 하는 거니?"라고 풍뎅에게 물었다. 그때 구독자가 200명도 안 될 때인데 언감생심 돈을 벌려고 했을까? 설마 아픈 아이를 팔아 돈벌이 수단으로?

하긴, 만약 쫑이가 사람의 말을 할 수 있다면 자신의 일거수일투족을 올리지 말라고 할 수도 있을 것 같다. 하지만 앞서 언급한 대로 쫑이의 작은 일상이라도 기억하고 싶었던 게 첫 번째 이유였고, 쫑이와 같은 증상의 아이들을 보며 위로받고 정보를 얻었듯 풍뎅도 노견이 된 강아지를 키우는 다른 사람들에게 그렇게 도움을 주고 싶었다. 다른 사람의 동영상을 보면서 쫑이를 훨씬 이해하고 사랑할 수 있었기 때문이다.

풍뎅은 유튜브를 하면서 쫑이를 더 사랑하게 되었다. 같이 있는 시간 내내 쫑이를 촬영해 엉성한 편집을 하며 찍었던 영상을 다시 보면 쫑이를 대하는 자신의 모습을 보게 된다. 영상을 편집하며 제3자의 눈으로 쫑이를 볼 수 있었고 그러면서 쫑이를 좀 더 이해할 수 있었다.

처음 유린이(유튜브 어린이) 시절, 풍뎅은 어쩌다 '좋아요'와 댓글이 달리면 기분이 좋았다. 하지만 늘 좋은 댓글만 달리는 것은 아니었다. 익명의 공간이다 보니 손 가는 대로 댓글쓰는 사람을 피해 갈 순 없었다. 사정을 잘 모르면서 욕하는 댓글에 심장이 벌렁거리기도 하고, 매일 영상을 올리는 게 힘들어서 관둘까 하는 생각도 했었지만 아무것도 신경 쓰지 말고 양심껏 일기 쓰듯 해 보자는 생각으로 매일매일 영상을 이어갔다.

쫑이는 눈이 잘 안 보이기 시작하니 더는 밥을 찾아 먹지 못하게 됐다. 후각도 둔해진 것 같다. 쫑이가 찾지 못하는 밥은, 늘 배가 고픈 한 마리의 굶주린 하이에나 같은 꼬몽이가 흡입해버렸다. 쿠싱 약을 함께 넣은 밥을 둔 채 쫑이를 안으러 간 그 짧은 시간에 잽싸게 꼬몽이가 쫑이 밥그릇 앞을 쓱 지나가는데 그 아이가 지나간 자리는 이미 진공청소기 같은 꼬몽이의 혀가 훑고 간 자리였다.

"형아 약까지 다 먹으면 어떡해!"

놀라서 서둘러 치우러 가면 무슨 일이 있었냐는 듯 천진한 얼굴로 쳐다보는 꼬몽이. 할 수 없이 꼬몽이 밥을 먼저 주고 꼬몽이가 먹는 동안 쫑이 밥을 챙겨야 했다. 쫑이는 밥 앞에 데려다 놓아야 겨우 먹게 되었다. 다리에 힘이 없으니 먹다가 넘어지는 일이 다반사였다.

그러더니 더는 서서 밥을 먹지 못했다. 오래 서 있기 힘들어졌기 때문이다. 누워서 밥그릇에 얼굴을 묻고 먹는데 그러다가 질식할 것 같아서 쫑이를 안아 들었다. 숟가락으로 부드러운 음식을 떠서 먹이고, 사료를 손으로 하나씩 집어 먹이기 시작했다. 그러다 보니 아이를 더 많이 안아 줄 수 있었다. 이런 스킨십은 서로에게 친밀도를 더해줬다.

유튜브 영상을 보고 조언을 주신 분들 덕분에 쫑이의 밥을 먹이는 데 쓰는 숟가락을 부드러운 실리콘 재질로 바꿀 수 있었다. 다행히 쫑이는 식욕만큼은 엄마를 실망하게 하지 않았다.

하지만 멍하니 있고, 기를 쓰고 일어나 집안 곳곳 순찰하고, 밥그릇에 얼굴을 파묻고 먹는 것보다 훨씬 더 심한 증상이 아직 쫑뎅을 기다리고 있었음을 그때는 몰랐다.

° 치매의 또 다른 증상

쫑이의 걸음은 점점 더 힘들어졌다. 자주 넘어지면서도 기를 쓰고 일어나 걸었다. 그러다가 일어나기 힘들어지면 누워서 네발을 허공에 저으며 소리를 지르고 울부짖었다. '서클링'에 이어 풍뎅을 기다리고 있던 중증 치매의 증상 '패들링'이었다. 패들링이 시작되면 큰 소리로 울부짖는다. 새벽에 패들링이 시작되면 풍뎅은 불안해진다. 민원이 들어오면 어쩌나 해서다. 소리 지르는 아픈 아이의 입을 막을 수도 없고 야단을 친다 해도 자기만의 세상에 들어가 버린 아이가 알아들을 리도 없다.

패들링이 시작되면서 풍뎅의 생활은 많이 달라졌다. 입시 작곡 레슨을 받지 않았고, 할 수도 없었다. 쫑이를 혼자 둘 수가 없으니 돌프가 없는 시간엔 레슨을 잡을 수도 없었다. 자연스럽게 레슨은 줄었다. 일이 줄어감에 따라 스트레스를 많이 받았지만 그렇다고 16년이라는 견생을 같이 한 그 아이를 외면할 순 없었다. 외출도 급한 용건이 아니면 피했다. 그러자 여러 이야기가 들리기 시작했다. 많은 모임을 주도하던 풍뎅이 집에 틀어박히니 당연히 의아하고 이상했으리라. 하지만 누가 뭐라 해도 풍뎅에겐 쫑이가 더 중요했다. 어떤 사람들은 "고작 개 때문에 안 나온다고?", "내가 개한테 밀리는 거니?"라는 말들을 하며 섭섭해 했다. 하지만 풍뎅은 그런 말이 더 서운했다.

이 아이들은 내 가족이고 자식인데 어떻게 '고작 개' 때문이라는 말을 하는 걸까? 하지만 어차피 그런 생각을 하는 사람들은 강아지를 '내 자식'이라고 말하는 것부터 이해가 안 갈 것이다. 어쩌면 사람 자식과 같은 선상에 놓는 것조차 불쾌해할지도 모른다. 반박해도 이견이 좁혀질 리 만무한 걸 잘 알기 때문에 입을 닫아버리는 게 마음 편했다.

교과서 수치 2년을 거뜬히 견뎌낸 쫑이라도 치매라는 암흑을 통과해 빛을 볼 수 없을 거라는 것은 알고 있다. 그러니 같이 있어 주는 게 당연하다. 풍뎅에게는 쫑이가 소중하니까, 그 하나만 생각하기로 했다.

쫑이는 걷고 싶어 했지만 넘어지는 빈도수가 점점 늘어났다. 그래서 넘어져도 다치지 않도록 좀 더 푹신한 매트로 바꿔야 했다. 혹시 혈액 공급이 원활해지면 보행 장애가 개선될까 싶어서 침 치료도 병행하기로 했다. 침을 맞고 오면 다리나 굽은 발에 힘이 들어가기도 했다.

무엇이든 해 봐야 했다. 작은 희망이라도 보이면 뭐든 해 주고 싶었다.

하지만 원을 그리며 도는 행동은 점점 더 심해졌다. 이제는 정형행동처럼 아주 작은 원을 그리며 뱅뱅 돈다. 돌다 넘어지면 소리를 지르고, 겨우 일어나면 또 뱅뱅 돌기를 반복했다. 그러면서 중심이 무너지더니 몸이 한쪽으로 기울고 고개가 한쪽으로 돌아가기 시작했다.

여행을 가도 밤새 일어서 걸으려다 미끄러지고 소리 지르는 쫑이 때문에 잠을 잘 수 없었다. 2박을 예약했는데 1박만 하고 돌아가자고 짜증을 내는 돌프. 그런 돌프에게 화를 내는 풍뎅. 풍뎅 부부는 여행 가서도 다투는 일이 생기기 시작했다. 꼬몽이도 날이 선 엄마, 아빠의 눈치를 보며 여행을 즐길 수 없었다.

° 쫑이의 휠체어

동물병원에 쫑이의 건강 검진을 받으러 갔다. 검진 결과는 그런대로 양호했다. 인사하고 나오는 길에 쫑이가 다리에 힘이 없다고 말했더니 선생님이 '휠체어'를 맞추는 건 어떠냐고 하신다.

생각지도 않았던 휠체어라는 말에 잠시 멈칫했다. 쫑이가 장애견도 아닌데 휠체어를 탄다고?

'침을 조금 더 맞고 다리에 힘이 생기면 걸을 수 있을 것 같은데'라는 생각 반, '저렇게 걷고 싶어 하는 쫑이가 휠체어라도 있으면 가고 싶은 데를 갈 수 있지 않을까?'하는 생각 반이었다. 휠체어를 맞추라고 한다고 말했더니 돌프는 이해하지 못했다.

"쫑이가 걷고 싶어 하잖아? 침도 맞고 있고. 걷는 연습을 하면서 다리에 힘이 생기면 걸을 수 있어."

"그래도 만에 하나 못 걸으면 어떻게 해?"

"그건 그때 생각해."

걷고 싶어 하는 쫑이니까, 돌프도 침 치료 등으로 우리가 조금만 도와주면 자신의 의지로 걸을 수 있을 거라는 희망의 끈을 놓지 못하고 있었다.

풍뎅은 강아지 휠체어의 구조나 원리가 알고 싶어 병원에서 알려준 휠체어 회사의 사이트에 들어가 봤다. 구조를 보니 꽤 합리적이다. 풍뎅은 휠체어를 이용하다가 혹시 다리에 힘이 생길 수도 있지 않을까 하는 생각이 들었다. 동물 재활공학사가 만든 휠체어라 그런지 튼튼해 보였다. 후기들을 읽고 나니 쫑이가 걷든 못 걷든, 쓰든 안 쓰든 사주고 싶어졌다. 풍뎅은 돌프에게 얘기하지 않고 쫑이를 데리고 휠체어 회사로 향했다.

국가 인증 의지 보조 기사 자격증을 갖췄다는 직원이 안내한 방으로 들어갔다. 그곳에 있는 여러 가지 재활 운동기구들을 보니 집에서도 걷는 연습을 꾸준히 하면 뒷다리 근육이 강화되어 걸을 수 있지 않을까 하는 기대가 생겼고 희망이 보였다. 마음 같아선 다 사 오고 싶었다!

그래서 직원에게 이것저것 질문했는데 쫑이를 보고는 운동기구가 큰 의미가 없을 것 같다고 말했다. 어떻게든 노력해보면 걸을 수 있을 줄 알았는데 의미가 없다는 답변을 들으니 기가 확 꺾이는 기분이었다.

직원은 운동기구보다 휠체어가 나을 것 같다며 한번 태워보라고 했다. 돌프에겐 따로 얘기도 안 하고 왔는데 덜컥 휠체어를 사 가면 또 다툼이 생기지 않을까 걱정하면서 풍뎅은 쫑이를 휠체어에 태웠다. 쫑이가 일직선으로 바르게 휠체어를 타고 걸어왔다. 고개와 몸이 한쪽으로 기울어지고 있어 일직선으로 걷기도 힘든 상태였던 쫑이가 엄마를 보면서 똑바로 휠체어를 타고 오다니, 감동스러웠다. 쫑이는 휠체어를 꽤 오랫동안 새로운 놀이기구처럼 탔다. 망설일 수 없었다. 쫑이가 이렇게 해서라도 가고 싶은 곳을 맘대로 가고, 휠체어에 의지하더라도 다리를 움직여 걸을 수 있다면 더 바랄 게 없었기 때문이다. 쫑이의 몸 사이즈를 재고 자세한 상담을 한 뒤 휠체어를 덜컥 주문했다. 자꾸 돌아가는 목이 조금이라도 덜 돌아갈 수 있게 경추 보호대도 같이 구매했다. 부담되지 않는 금액은 아니었지만 쫑이를 위해서 무엇이든 해 주고 싶었다. 스스로 걷는 것은 아니라는 사실이 마음 아프고 속상했지만.

'휠체어를 맞추게 될 줄은 꿈에도 생각하지 못했는데.' 집에 오는 차 안에서 착잡한 마음으로 패들링 하는 쫑이를 봤다. 아무 생각 없이 해맑게 다리를 휘젓는 아이를 보면서 풍뎅은 자신의 노년에 대해 생각했다.

치매는 정말 아닌 것 같다. 걸리고 싶어 걸리는 건 아니지만 정신은 더 바짝

차리고 살아야겠다고 다짐하면서 차를 몰았다. 집에 가까이 갈수록 풍뎅은 덜컥 주문해버린 휠체어에 대해 돌프에게 어떻게 설명해야 할지 망설여지기 시작했다.

에라! 모르겠다!

매도 미리 맞는 게 낫다 싶어 눈을 질끈 감고 차에서 돌프에게 전화했다. 이럴 땐 세게 나가는 게 낫다 싶어 통보하는 식으로 얘기했다. 휠체어를 맞췄으니 그리 알라고. 일주일 뒤에 휠체어가 집으로 온다고. 반응은 역시 예상대로였다.

'이 좁은 집에 휠체어를 탈 공간이 어디 있냐? 그거 탄다고 다시 걸을 수 있는 것도 아닌데 왜 생각도 안 하고 일부터 저지르냐?'였다. 쫑이의 상태가 심해질수록 싸우는 일이 많았기 때문에 또 싸움이 될까 전화를 끊었다.

풍뎅은 고집이 아주 센 편이다. 자신이 해야겠다고 생각한 건 꼭 해야만 직성이 풀린다. 돌프는 풍뎅의 그런 성격을 알고 있어서 그런지 더는 별 얘기를 안 했다.

일주일 후 휠체어가 도착했다. 돌프 생각대로 집은 작았고 휠체어는 집에 비해 작지 않았다. 쫑이가 마구 활개 치고 탈 공간이 없다. 한바탕 들려오는 잔소리를 들은 척도 안 하고 아이를 태웠다. 하지만 쫑이는 매우 비협조적이다. 휠체어를 맞추러 갔을 때 얌전히 잘 타던 아이가 돌변한 것이다. 새로운 놀이기구가 막상 자기 것이 되어 집에서 타려니까 싫었는지 휠체어에 올려놓자마자 울기 시작한다. 그리고 어떻게든 빠져나오겠다고 발을 빼며 난리를 치는 거다. 그야말로 배신이었다.

돌프의 폭풍 잔소리와 쫑이의 적극적인 반항. 풍뎅은 난감했다.

차라리 휠체어 보러 갔을 때 저렇게 싫어했으면 이 사달이 나지도 않았을 텐데.

휠체어를 싫어하던 쫑이 。

° 삐뚤어져 버린 꼬몽이의 입

매일매일 전쟁통이던 그 와중에 꼬몽이의 발치와 스케일링 수술이 있었다. 천성적으로 잇몸이 약한 꼬몽이는 매일 양치질을 했지만 이빨이 흔들렸고 구취가 심해졌다. 강아지나 고양이의 스케일링에는 마취가 기본이다. 더 나이가 들면 마취도 할 수 없으니 한 살이라도 어릴 때 하자는 생각에 스케일링을 보냈는데 발치가 필요하다고 한다. 이가 흔들리니 뽑지 않을 수 없었다.

그렇게 꼬몽이는 자신의 의지와 상관없이 엄마와 의사 선생님의 의지로 발치를 당했다. 선생님은 '이빨을 뽑고 나니, 입술의 피부가 늘어져 어쩔 수 없이 조금 잘라내고 꿰맸어요. 그래서 아랫입술이 조금 비뚤어졌어요.'라고 하셨다. 마취가 덜 풀려 정신이 없는 꼬몽이 얼굴을 봤다. 마음이 아프고 속상했다. 의사 선생님은 최선을 다하셨겠지만 지금도 꼬몽이의 얼굴을 볼 때마다 속이 상하고 미안해지는 건 어쩔 수 없다. 일직선이던 꼬몽이의 앙다문 귀여운 입이 사선 모양이 되어 '조금은 모자란' 강아지처럼 보일 때도 있기 때문이다. 저렇게 꿰맨 부분이 얼마나 불편하고 아플지 생각만 해도 마음이 아프다.

삐뚤어진 꼬몽이의 입 。

° 과분한 사랑을 받았습니다 (1)

쫑이는 휠체어를 싫어했다. 휠체어에 올려놓으면 일부러 벽에 가 부딪친다. 엄마 있는 쪽으로 몸을 틀고 소리를 지르며 앞발을 빼 버린다. 그래서 다시 다리를 휠체어에 넣고 휠체어를 밀어주면 움직이는 와중에 소리를 지르면서 몸을 틀어 발을 빼낸다. 할 수 없어 휠체어에서 내려놓으면 어떻게든 일어서려고 애썼다.

이런 행동을 할 때 풍뎅에게 전해지는 쫑이의 마음은 '휠체어를 왜 태워? 나 걸을 수 있단 말이야. 나 걷게 해 줘.'였다. 쫑이가 가엾어 눈물이 났다. 스스로 걷게 도와줘야겠다 싶은 생각에 쫑이를 일으켜 세우고 스스로 걸을 수 있도록 몸을 잡아 주었다. 풍뎅이 몸통을 잡고 있어 넘어지지 않으니까 안심했는지 쫑이는 울음을 멈추고 걸으려 애쓴다. 하지만 앞발이 자꾸 말려서 두세 걸음 걷고 주저앉는다. 그러면 포기하지 않고 다시 일어서겠다고 애쓴다. 풍뎅은 다시 쫑이를 일으킨다. 쫑이는 또 걸어보려 하지만 제멋대로 굽어지는 앞발을 주체하지 못하고 또 넘어진다. 쫑이는 작은 아이이기 때문에 풍뎅이 허리를 폴더폰처럼 접어야 쫑이의 높이와 맞다. 그렇게 구부정한 자세로 엉거주춤 서서 다리가 부실한 아이를 걷게 하는 건 정말 쉬운 일이 아니었다. 허리, 어깨가 결려 힘이 드는데 오뚝이 같은 쫑이는 7번 넘어지면 8번을 일어나려 한다. 결국 풍뎅은 슬슬 성질이 나기 시작했다.

"왜 휠체어를 안 타려고 해? 자꾸 몸을 비트니까 목이 더 돌아가잖아?"

화내다가 아무것도 모르고 패들링을 하며 소리 지르는 쫑이를 보면 가엾어 미치겠다. 그러면 쫑이를 붙들고 울어버린다. 화를 내다가도 울고 미안해하는 날들. 하루에도 수백 가지 감정이 오가는 풍뎅이었다.

그러는 사이 풍뎅의 유튜브에는 위로의 말을 전하는 댓글들이 늘어나기 시작했다. 풍뎅은 그 응원에 힘을 낼 수 있었다.

풍뎅은 하루에 1~2개의 영상을 꾸준히 올렸다. 영상이 하루만 늦어져도 걱정하는 댓글이 올라와 거를 수가 없었다. 구독자가 많지는 않지만 거의 매일 쫑이를 보러 와 주는 쫑이의 이모, 삼촌들이 생겼기 때문이다.

그때부터 분에 넘치는 선물을 받기 시작했다. 어느 날, 시추 모모를 떠나보내고 투병 중인 마이클과 꼼이를 돌보던 '마꼼'이라는 분께서 주소를 알려달라고 댓글을 남기셨다. 쫑이에게 도움이 될 거라며 영양제를 보내주고 싶다고. 죄송한 마음에 풍뎅이 망설이자 꼭 보내주고 싶다며 재차 주소를 물으셨다. 마꼼님은 그간 쫑이 걱정을 많이 해 주셨다. 쇠로 된 숟가락으로 밥을 먹이던 풍뎅에게 이빨이 상할 수 있으니 꼭 실리콘 숟가락을 사용하라는 등 여러 조언을 주신 감사한 분이었다. 마꼼님은 아이들이 아프면 의학 자료들을 꼼꼼히 찾아보고 병의 증세와 치료 방법을 공부하는 대단한 분이셔서 덕분에 풍뎅 또한 의학적 지식을 엄청 많이 얻었다. 먹는 약의 이름과 성분은 꼭 알고 있어야 한다며 복용 중인 약의 이름을 물어보셨고 그 성분에 대해 알려주셨다. 그런 분이 쫑이를 위해 아이에게 필요한 영양제를 보내주고 싶다고 하니, 죄송하고 염치없지만, 풍뎅은 주소를 말했다. 마꼼님은 풍뎅이 모르는, 당시 코로나 시기라 살 수도 없는 고급 영양제와 간식을 많이 보내주셨다. 그리고 당장 병원에 갈 수 없을 만큼 급한 상황에서도 전화를 하면 쫑이 상태를 체크 해 주셨다. 마이클을 돌보느라 많이 힘든 상황인데도 쫑이를 걱정해 같이 울어주시고 웃어주셨다.

° 강아지 치매약, 새로 출시된 치매약

풍뎅은 쫑이의 두 가지 약을 받아 왔다. 당시만 해도 강아지 전용 치매약은 사람 약으로 출시된 약의 용량을 줄여 먹이는 방법을 썼었다.

하나는 가바펜틴(gabapentin)이다. 가바펜틴은 발작이나 통증의 치료 그리고 불안 증상을 완화 시켜주는 약이다. 신경세포 간의 신호 전달을 억제하게 만들어 통증을 감소시키고 발작을 덜 하도록 만든다. 신경계의 흥분상태를 줄여주기 때문에, 몸이 이완되어 잠이 오는 약이다. 부작용으로는 두통, 어지러움, 피로감, 운동 실조가 있다(네이버 지식백과 약학용어사전 참고).

가바펜틴을 먹였다. 쫑이는 기절한 듯 잠을 잤다. 일어나지 않으니 어디선가 넘어지지 않는다는 것과 소리를 지르지 않는다는 장점만 있을 뿐이었다. 시체처럼 계속 늘어져 자는 건 사는 게 아니었다. 치매에 걸려 기억을 잃어가는 아이인데 그나마 깨어있는 시간을 전부 재운다니? 이게 무슨 살아있는 것이란 말인가. 풍뎅은 가바펜틴은 정말 필요할 때만, 최소한으로 먹이기로 했다.

또 다른 약은 셀레길린(selegiline)으로 1998년에 반려견 치매 치료제로 허가된 약이다. 원래는 사람의 파킨슨병에 쓰기 위해 만들어진 약으로 뇌에 있는 도파민의 수준을 높여 주어 강아지의 인지 기능을 개선하는 데 도움이 된다고 쓰이는 약이다. 강아지 실험에서 인지 기능개선 효과로 허가받았지만, 도파민 증가로 인한 우울증 억제 효과를 인지 기능 개선 효과로 착각할 수 있다는 이견도 있단다. 치매 치료 효과에 대해서도 논란이 많은 약이다.

대안이 없으니 사람 약으로 승인받은 약들을 사용하고 있다지만 그 효과는 강아지마다 천차만별이기 때문에 조심스러웠다. 하지만 풍뎅 역시 다른 대안이 없었다.

병원에서 약을 두 가지로 처방해준 이유는 낮에는 셀레길린으로 정신이 좀 들게 하고 밤엔 가바펜틴으로 안정시키라는 의미란다.

하지만 그 약들은 쫑이의 상태를 호전시키지 못했다. 낮에 셀레길린을 먹이면 소리 지르고 일어나려고 애쓴다. 그렇다고 낮부터 가바펜틴을 먹여 재워버릴 수는 없었다. 어쩌다 풍뎅이 일하는 시간에 쫑이가 심하게 울어 가바펜틴을 먹여 재우면 약에 취해 자는 모습이 너무 애처로웠다. 그 모습을 보니 풍뎅은 미안한 마음에 눈물이 났다. 더더군다나 부작용이 있을지도 모르는 약이라는데 계속 먹이기가 찜찜했다.

그러다가 유튜브 구독자님들을 통해 강아지 전용 치매약이 출시된다는 말을 들었다. 반가웠다. 하지만 조금 걱정도 됐다. 임상 실험을 통해 승인받고 출시된 약이라지만 출시되자마자 먹였다가 아이를 또 다른 실험 견으로 만들어버리는 건 아닐까 해서다. 그래도 강아지 전용 치매약도 아닌 사람 약을 먹이는 것보다는 낫지 않을까 하는 생각이 들었다.

약이 출시되기만을 기다렸다.

드디어 약이 출시되었다는 이야기를 들었다.

의사 선생님과 상담 후 투여를 시작했다. 결과는?

쫑이를 두 번 죽일 뻔했다.

쫑이는 약을 먹은 후 이틀 내내 힘들어했다. 숨이 차 헐떡거리다가 헛구역질하는가 하면 어딘가 많이 부대끼고 불편한지 찡찡댐을 멈추지 않았다. 몸은 완전 뜨거웠다. 상황이 이렇다 보니 별별 생각이 다 들었다.

'약 때문인가? 안 맞나?', '명현 반응인가?', '며칠 더 먹여 봐야 하나?', '당장 끊어야 하나?' 아니면 '혹시 산소결핍 증상인가?'

의사 선생님께 보여 주기 위해 헐떡이며 힘들어하는 쫑이의 영상을 찍었다.

혹시 산소결핍 증상일까 싶어서 네뷸라이저도 구매했다. 영상을 본 의사 선생님은 만약 산소결핍이면 혀나 입 주변이 푸르게 변하지만 그것은 아니라고 하셨다. 의사 선생님 역시 풍뎅의 생각처럼 약이 안 맞거나 명현 현상일 거라고 말씀하셨다. 하지만 명현 현상이라고 해도 힘들어하는 아이를 보고 있자니 괴로웠다. 약을 일단 끊어야 했다.

시간이 좀 더 지난 후 투약에 대한 데이터가 정확해진 다음에야 쫑이의 헐떡거림과 체온 상승 등이 약의 부작용인지 명현 반응인지 알 수 있을 것이라는 판단이 들었다. 이런 사실을 공유하기 위해 약을 먹은 후의 쫑이를 유튜브에 올렸다. 하루 만에 조회 수가 만 회가 넘었다. 아마도 풍뎅처럼 치매약(인지기능장애증후군 신약으로 이름이 알려진 약이다)의 출시를 기다리고 있었던 사람들이었을 것이다. 응원하는 댓글들이 대부분이었지만 몇몇 댓글에 풍뎅은 상처받았다.

어느 날, 풍뎅이 영상에 '쫑이가 난동을 부리고'와 '패악을 떨고'라는 자막을 쓰자, 일부 사람들이 '난동', '패악'이라는 단어로 트집을 잡았다. '아픈 아이한테 어떻게 난동이라는 말을 쓰냐, 정신이 있냐', '아픈 아이를 안아주지 않고 찍고 있냐', '심장 떨려서 못 보겠다', '병원에 안 데려가고 뭐 하는 거냐?' 등의 댓글이 달리기도 했다. 심지어는 영상에 삽입한 배경 음악까지 장송곡 같다는 등 비난하는 사람들이 있었다.

풍뎅은 두 가지 상황일 때 아픈 아이의 영상을 찍었다. 당연히 긴급 상황 때는 찍을 겨를도 없다. 의사 선생님께 보여 주기 위해 찍는 것, 그리고 이후 상태가 진정된 모습을 찍는다. 어쩌다 한 번 풍뎅이 올린 영상을 보고는 병원에 데려가지도 않고 아픈 노견의 동영상이나 찍으며 강아지를 방치한다고 생각했나 보다. 억울하지만 뭐 '그럴 수도 있겠지' 싶었다.

쫑이는 고래고래 소리 지르고, 발버둥을 치고, 그야말로 '패악'을 떠는 횟수가 잦아졌다. 우는 쫑이를 안고 밤을 새우는 것은 기본이었다. 그러다 보니 쪽잠도 점점 습관이 되어갔다.

하도 쫑이가 잠을 안 자고 칭얼대니 안고 토닥이며 풍뎅은 되지도 않는 옛날이야기를 만들기 시작했다.

쫑이 그리고 약 。

옛날에, 옛날에

옛날에, 옛날에 쫑이라는 예쁜 강아지가 살고 있었어요. 쫑이는 너무너무 예뻐서
모두들 쫑이를 사랑했어요. 어느 날, 쫑이는 길을 가다가 뱀을 만났어요.

뱀이 물었어요.

"아가야, 아가야. 네 이름이 뭐니?"

"제 이름은 쫑이예요."

"아유~ 예쁘게 생겼구나."

"고맙습니다."

"인사성도 바르구나."

"고맙습니다. 안녕히 가세요."

이번에는 길을 가다가 사자를 만났어요. 사자가 물었어요.

"아가야, 아가야. 네 이름이 뭐니?"

"제 이름은 쫑이예요."

"아유~ 어쩌면 이렇게 예쁘니?"

"고맙습니다."

"잘 가라, 예쁜 아가야."

"네! 안녕히 가세요."

이번에는 지나가다가 물개를 만났어요. 물개가 물었어요.

"아가야, 아가야. 네 이름이 뭐니?"

"제 이름은 쫑이예요."

이렇게 다양한 동물들을 붙여 쫑이 이야기를 들려주며 아이를 토닥여줬다.
그러면 희한하게 쫑이는 새근새근 잠이 들었고 이야기는 막을 내렸다.

이렇게 쫑이는 모든 동물들에게 사랑을 듬뿍 받았답니다. 오늘 이야기 끝!

　그런 쫑이와 풍뎅을 부러운 눈으로 바라보던 꼬몽이.
　하지만 여력이 없었다. 풍뎅의 품을 떠나면 울어버리는 쫑이를 안아주기에도 힘들었기 때문에. 그때 꼬몽이가 어떤 마음이었을까.

° 형아를 자랑스러워하던 꼬몽이

　꼬몽이의 생각을 직접 들은 것은 아니다. 하지만 꼬몽이가 형을 몹시 자랑스러워했다는 것은 느낄 수 있었다. 꼬몽이가 처음 왔을 때부터 있었던 자기 눈높이의 어른은 쫑이였을 것이다. 처음 입양을 왔을 때, 범 무서운 줄 모르는 하룻강아지로 까불다 몇 번 응징을 당한 후 형에게 복종을 맹세했던 꼬몽이. 그 이후 꼬몽이는 형의 카리스마에 반했는지 늘 형의 뒤를 졸졸 따라다녔다.
　쫑이와 꼬몽이를 '호텔링' 했던 신사동의 동물병원(지금은 없어졌다)은 다른 곳보다 방의 컨디션이 좋은 편이었다. 쫑이와 꼬몽이를 같이 맡겼던 제일 큰 방은 아이들의 방석이며 배변 패드, 물그릇, 식기를 모두 갖다 놓을 수 있을 만큼 넓었다. 잠자는 방과 아이들이 다 같이 노는 놀이방이 분리되어 있다는 점, 그리고 실시간 견주가 볼 수 있게 CCTV가 설치되어 있었다는 점이 강점인 곳이었다. 여행지에서도 실시간으로 보고 있다가 '놀이방에 좀 보내주세요', '패드 좀 갈아주세요', '이빨 좀 닦아주세요'를 요청할 수 있는 최고의 강아지 호텔이었다. 때로는 의사 선생님이나 간호 선생님이 살펴보고 아이가 심심해하면 놀이방에 데리고 가기도 했다. 하지만 쫑이는 놀이방이나 다른 강아지한테 흥미를 느끼지 못했다.

"쫑이와 꼬몽이를 같이 놀이방에 보내면 쫑이는 재미가 없어 보이는 것 같아요. 꼬몽이는 형아 뒤만 졸졸 따라다니면서 다른 강아지들을 보고 마구 짖어대고요."

간호 선생님의 말씀이다.

꼬몽이는 마치 일인자 뒤의 꼬붕처럼 형아를 믿고 나댄다는 것이다. 쫑이가 별 흥미를 못 느끼는 것을 안 간호 선생님들이 쫑이만 잠자는 방으로 다시 보내면, 꼬몽이는 어쩔 줄 모르고 '얼음'이 된 상태로 침만 질질 흘리고 있단다. 의기양양하던 모습은 어디로 갔는지 세상 쫄보가 된다. 그래서 간호 선생님들이 다시 쫑이를 놀이방에 데리고 오면 다시 의기양양을 장착한 꼬몽이는 형아 뒤에 서서 방금 전 자기한테 으르렁대거나 무시했던 강아지들을 향해 소리를 지르고 까분다.

그만큼 꼬몽이에게 존재감이 컸던 형아가 자신도 못 알아보고 소리를 지르고 우는 게 이상했나 보다. 처음에는 당황하는 것 같더니 어느새 쫑이에게 화를 내기 시작했다. 아마 풍뎅이 느낀 감정이 맞을 것이다. 분명 꼬몽이의 관점에서 자기보다 멋있었던, 모든 게 멋진 포스가 있었던 형아였는데 왜 이러냐고 화를 내는 것 같았다. 지나친 생각인가?

어쨌거나 풍뎅에게 고스란히 느껴지는 감정이 그랬다. 그리고 어느 순간부터 한 발자국 떨어진 곳에서 형아를 지켜보기 시작했다. 아니, 풍뎅이 형아에게 해 주는 것을 지켜보기 시작했다. 반은 부러운 눈으로, 반은 두려운 눈으로.

이야기가 나왔으니 마성의 게이 이야기를 해 보겠다.

쫑이는 꼬몽이뿐만 아니라 수많은 강아지로부터 러브콜을 받았다. 밖에 두 녀석을 데리고 나가면 근처를 지나가던 강아지들은 쫑이를 보고는 꼬리를 흔들다가 가까이 와 쫑이를 탐색한다. 그러거나 말거나 쫑이는 관심이 없다. '흥! 보는 눈은 있네' 하는 아주 도도한 얼굴로 서 있을 뿐이다.

반면 꼬몽이는 다른 강아지들의 관심을 받지 못하는 것 같았다. 다가온 강아지가 하염없이 쫑이를 탐색하면 꼬몽이는 성질이 나는가 보다. 자기한테 안 오는 게 화가 나는 건지 아니면 자기 형한테 그러는 게 싫은 건지 소리를 지르고 당장이라도 물어버릴 기세로 달려든다. 꼬몽이가 화를 내면서 그 강아지들에게 덤비려 하면 풍뎅과 돌프는 얼른 쫑이를 탐색하던 강아지의 견주에게 사과하며 꼬몽이를 안아 올리고 자리를 뜬다. 다행히 꼬몽이 덕분에 자리를 피할 수 있는 상황이 되는 것이다. 강아지들이 쫑이에 대한 탐색전이 시작되면 쫑이는 점점 엄마, 아빠만 알아챌 수 있는 불편한 얼굴을 한다. 그럼에도 좋다며 꼬리를 흔드는 강아지의 견주에게 '저희 애는 다른 개들이 오면 불편해해요' 하고 자리를 떠 버리기엔 좀 예의 없어 보일까 싶어 풍뎅과 돌프는 눈치만 보고 있다. 차라리 쫑이가 이빨을 드러내고 으르렁대면 좋으련만, 신사답게 매너를 장착하고 어정쩡하게 서 있다. 풍뎅은 속으로 '집에서 꼬몽이한테는 잘만 이빨을 드러내더니 밖에만 나오면 매너 있는 척이야? 꼬몽아! 형아 심기가 불편하다. 좀 짖어라.' 할 때도 있다.

하지만 펜션에 가거나 병원에 가면 자리를 뜰 수 없는 상황이 된다. 어쩔 수 없이 한 공간에 머물러야 하는 상황이니 남녀노소 아니, 암수노소를 막론하고, 쫑이에게 마운팅(앞발을 올린 상태로 상대 강아지 뒤로 올라타고 몸을 흔드는 자세)을 하려고 덤빈다. 쫑이에게 마운팅하는 자기 강아지를 본 주인은 아주 민망해하며 달려온다. 만일 상대 강아지가 여자인 경우엔……

"어머! 너 여자애가 창피하게 왜 이래? 애가 미쳤나 봐. 왜 안 하던 짓을."

민망해하면서 서둘러 데리고 자리를 떠난다. 만약 상대 강아지가 남자인 경우엔……

"어머, 너 왜 이래? 죄송합니다. 아가가 너무 예뻐서 그랬나 봐요. 여자아이죠?"

역시 민망한 얼굴로 웃으신다.

쫑이는 아주 기분 나쁜 얼굴로 화난 망아지처럼 푸르륵 대고 있다. 하지만 그 미묘한 쫑이의 얼굴은 엄마아빠만 느낄 수 있을 뿐이다. 쫑이는 앞에서도 언급했지만 대외적으로는 절대 이빨을 드러내고 성질을 부리지는 않는다. 그러니 상대 견주는 쫑이가 그저 순해서 가만히 있는 줄 안다.

여자아이라는 질문에 "아뇨. 남자인데요"라고 말하면 견주는 쫑이를 다시 한 번 본다. "어머! 너무 예쁘게 생겨서 여자인 줄 알았어요."

풍뎅이 고슴도치 엄마인 건 맞지만 객관적으로 봐도 쫑이의 외모는 훌륭했다. 아마도 강아지 세계에서는 꽃미남을 넘어 '기생오라비'였던 것 같다.

반면 위에 언급했듯 용감한 우리의 꼬몽은 강아지들에게 거의 관심 받지 못했다. 그리고 어쩌다 관심을 보이는 아이가 다가와도 '저리가!' 하고 냅다 소리를 질러 모든 강아지나 견주들에게 밉상이 되기 일쑤다. 그래서 풍뎅과 돌프는 결론을 내렸다.

꼬몽이는 엄마아빠가 봤을 땐 페키니즈 세계에선 예쁜 얼굴이지만 강아지 세계에서는 추남일 거라고. 그리고 쫑이는 암수노소를 막론하고 모두를 홀리는 마성의 게이일 거라고.

° 쫑이

꼬몽 °

어느 날, 유튜브 영상에 이런 댓글이 달렸다. '매일 동영상을 올리는 보호자를 찾고 있었습니다. 저희는 KBS 동물TV 팀인데요. 혹시 치매를 앓고 있는 강아지를 촬영할 수 있을까요? 답 기다리겠습니다.' 그때만 해도 쫑이가 기를 쓰고 걸으려 하고 야간 순찰을 위해 무보수로 집안을 순찰하고 있을 때였다.

'아직은 쫑이가 TV에 나가도 너무 흉하지는 않겠구나.' 하는 생각이 들었다. 그리고 강아지의 치매에 대해 잘 몰라 쫑이를 뒤늦게 이해했던 자신처럼 비슷한 사람들이 있을 거라는 생각이 들었다. 치매 강아지도 있다는 걸, 강아지의 치매 증상은 이렇다는 걸 알리고 싶었다. 어릴 때 예쁜 모습만 있는 게 아니라 나이 들면 이런 모습도 있으니 입양할 때 노견의 모습까지 생각하고 신중하게 입양해 줬으면 좋겠다는 생각을 전하고 싶었기 때문에 촬영에 응하겠다고 했다. 3일 후, 쫑이와 꼬몽이를 데리고 충주에 여행을 갔는데 담당 작가님한테서 전화가 왔다.

"촬영 전에 간단한 인터뷰를 했으면 하는데 내일 혹시 괜찮으세요?"

"어머, 어쩌죠? 저희 지금 충주 리조트로 여행을 왔어요. 삼사일 후면 괜찮은데."

"자주 여행을 다니세요? 인지 장애인데 괜찮은가요?"

"의사 쌤도 새로운 환경을 자꾸 보여주는 게 좋을 것 같다고 하시고, 여행하면 저희 네 식구가 떨어져 있지 않고 온전히 붙어 있거든요. 그래서 여행을 다녀요."

작가님은 풍뎅에게 아이들에 대해 세세히 물어보더니 2주 안에 촬영이 있을 거라고 얘기하셨다. 하지만 며칠 뒤, 찍기로 한 촬영 일정이 늦어지고, 프로그램이 잠시 쉴지도 모른다는 이유로 촬영이 불발되었다는 연락을 받았다. 그리고 한 달이 지나 다시 연락이 왔다. 그 한 달 동안 쫑이에게는 많은 변화가 있었다. 더 이상 일어나서 걷기 어려워졌고 패들링은 더 심해졌다. 게다가 풍뎅은 아이들이 더울까 봐 올빡(털을 거의 밀어 놓은 상태) 즉, 빠박이 상태로 미용해 놓은 상태였다. 풍뎅은 난감했다.

'애들은 털이 좀 있어야 예쁜데. 아이들이 초라해 보이지는 않을까? 쫑이가 조금이라도 걸을 때 촬영해서 두고두고 보고 싶었는데.'

풍뎅은 잠시 고민하다가 있는 그대로 보여주자고 결심했다.

3일 뒤, 아이들의 털이 미처 자랄 시간도 없이 카메라 찍으시는 분과 담당 PD가 풍뎅의 집으로 오셨다. 두 분 다 여자 분이셨고 좋은 분들이셨다. 20분 분량이었지만 4일을 밤낮으로 찍었다. 촬영 이틀째였다.

"혹시 쫑이가 좋아하던 장난감이 있을까요?"

"어머! 쫑이가 좋아하던 온몸이 삑삑이 인형이 있었는데 이젠 못 갖고 놀아서 다 버렸어요."

쫑이는 어릴 때부터 소리가 나는 인형을 좋아했다. 해외 여행을 가면 쫑이를 위해 온몸이 삑삑이로 두른 인형을 사다 줬었다. 그러면 쫑이는 온종일 그 소리를 즐기며 놀았다. 그러다 보니 인형은 빨리 헤졌기에 풍뎅은 새 인형은 숨겨 두고 기존의 인형이 헤지면 주려고 아껴뒀었다. 하지만 귀가 안 들린 이후 쫑이는 더 이상 소리 나는 인형을 갖고 놀 수 없었다.

'갖고 놀던 인형은 너덜너덜해졌는데 뭘 얼마나 아낀다고 새 인형을 주지 않았을까!' 새 인형을 보면서 참 미안했었다. 아끼다 똥 된다고, 아끼다 아이가 갖고 놀지 못하게 되어서야 이럴 줄 알았으면 미리 줄 걸 후회가 된다는 게 맘 아프고 속상했다. 쫑이가 인형을 갖고 놀지 못한 게 2년 전부터였고 꼬몽이는 어릴 때부터 장난감이나 인형을 좋아하지 않았기 때문에 풍뎅은 너덜너덜하게 해어져 필요 없어진 인형과 새 인형을 같이 버린 줄 알았다.

　PD님은 예전에 갖고 놀던 인형에 대한 쫑이의 기억이나 반응이 궁금해 소리 나는 인형을 직접 사 오셨다. 통통한 분홍색 토끼 인형이었는데 이 인형에 대한 이야기는 나중에 다시 언급하겠다.

　그날, PD님은 아예 거실에서 쪽잠을 자면서 쫑이의 일거수일투족을 찍으셨다. 쫑이가 힘들지 않게 최대한 배려하면서 풍뎅 가족들의 일상을 자연스럽게 찍었다. 촬영하던 그 당시만 해도 아직 철부지 개린이(개 어린이)였던 열세 살 꼬몽이는 새로운 사람들이 와서 쫑이만 보는 게 서운했었나 보다. 그리고 형아한테만 선물을 주는 것도 서운했었나 보다. 안 그래도 엄마는 매일 쫑이만 안고 있는데 집에 온 손님한테까지 시선을 빼앗긴 게 서운했는지 촬영을 잠시 쉴 때는 좋아하지도 않던 인형을 물고 가서 아무도 못 건드리게 하는 소심한 반항을 하곤 했다.

　고양시에 있는 한 애견 카페에서의 마지막 촬영 날, 꼬몽이는 뛰어다니면서 신이 났고 쫑이는 조용히 풀냄새를 맡았다. 마지막 촬영인 걸 알아서일까? 쫑이는 전에 없이 휠체어를 열심히 탔다. 그리곤 피곤했는지 돌아오는 차 안에서 엄마에게 기대앉아 다리를 떨고 소리를 지르며 패들링을 하는 쫑이였다.

　"괜찮아. 쫑이니까. 네가 평생 엄마한테 사랑만 주고 따라줬으니까. 엄마 품에서는 얼마든지 패들링 해도 돼."

　4일에 걸친 촬영은 잘 끝났고 풍뎅과 돌프에게는 잊을 수 없는, 두고두고 보면서 기억할 수 있는 쫑이와 꼬몽이의 귀한 영상이 생겼다.

° 점점 자기만의 세계 속으로 갇혀 가는 강아지

초여름이 시작되자 쫑이는 더위를 많이 탔다. 에어컨을 안 틀 수 없었다. 지나치게 헐떡거리고 더워했기 때문이었다. 풍뎅 집의 에어컨은 15년도 더 된, 전기료를 잡아먹는 주범이라 할 수 없이 쫑이에게 틀어주기 위해 풍뎅의 방과 거실의 에어컨을 인버터로 교체해야만 했다.

쫑이는 귀도 눈도 닫고 자기만의 세계에 빠져갔다. 패들링이 심해서 어쩔 수 없이 가바펜틴을 먹이면 약에 취해 잠에 빠져드는데 그러다 너무 오래 잠을 자면 풍뎅은 더럭 겁이 났다. 자는 쫑이를 흔들어 깨워 고개 드는 것을 봐야 안심이 됐다.

풍뎅이 옆에 있으면 쫑이는 그나마 패들링을 덜했다. 풍뎅이 옆에 있으면 낮이든 밤이든 쫑이를 안고 집안을 서성이거나, 데리고 나가거나, 같이 누워서 쫑이를 위한 옛날이야기를 해 줬으니 풍뎅이 있으면 안심이 되나 보다. 하지만 쫑이 때문에 아무 일도 안 하고 살 수는 없었다. 대부분의 약속은 간곡하게 부탁해 쫑이가 떠난 뒤로 미루자고 했다. 내게 가족으로 와 준 쫑이니까, 그런 쫑이의 옆에 있어 줘야 했다. 용케 약속을 피해 갔지만 거절할 수 없는 피치 못할 약속이 생길 때가 있었다. 그럴 때면 사정 설명을 하고 집 앞의 커피숍에서 2시간 안에 보는 것으로 약속 장소를 조정했다.

장 보러 나간 잠깐이든, 약속 때문에 나간 잠깐이든 쫑이는 풍뎅이 나가기가 무섭게 패들링을 시작했다. 잘 자고 있다가도 풍뎅이 나가면 어김없이 깨어나 괴성을 지르고 발을 허공에 휘휘 내저었다. 돌프의 짜증이 극에 달했다. 돌프는 풍뎅에게 "당신만 나가면 아무리 달래도 쫑이의 패들링이 그치지 않잖아!"라며 풍뎅이 외출만 하고 돌아오면 화를 냈다. 외출해도 30분만 지나면 다그치듯 '언제 와?'라는 연락이 왔고 풍뎅도 짜증이 나기 시작했다. 부부싸움도 잦아졌다.

"나는 밤새 잠도 안 자고 칭얼대는 아이를 돌보잖아. 매번 나가는 것도 아니고 잠시 나가 있는 그 짧은 시간 동안 쫑이를 돌봐주지 못해?"

싸움은 잦아졌고 점점 심각한 분위기가 되어갔다. 풍뎅과 돌프 부부는 최대의 위기를 맞은 날도 있었다.

하지만 큰 소리를 내며 싸우는 중에도 쫑이는 여전히 앉은 자리를 뱅뱅 도는 서클링을 했고, 패들링을 했으며, 걷다 넘어지고를 반복하고 있었다.

˚ 과분한 사랑을 받았습니다 (2)

염치를 불고하고 마꼼님의 선물을 또 받았다. 전에도 박스 가득 영양제를 주셨는데, 당시 빈혈이 있는데도 음식을 거부하는 마이클을 돌보면서 힘드신 마꼼님이었다. 밥 안 먹는 아이를 겨우 밥 먹이며 병원에 데리고 다니느라 개인 시간도 없는 분이신데 쫑이를 자신의 아이들처럼 걱정해 주신다.

감동하고 있는 사이 샤니 어머니의 선물도 도착했다. 샤니 어머니께서 직접 만드신, 샤니를 걷게 할 때 쓰셨던 걷기 운동 보조기구를 직접 쫑이를 위해 제작해서 보내주셨다. 손 편지와 함께.

샤니를 떠나보내고 아직도 마음이 힘드실 텐데 이런 귀한 물건을 보내주시

다니. 풍뎅은 보조기구를 사용해 보고 '세상에, 이건 보통 정성이 아니구나.' 생각할 수밖에 없었다. 샤니는 이런 엄마랑 살았으니 참 행복했을 거다.

보조기구로 쫑이를 걷게 해 봤는데 주문 제작했으면 좋겠다고 생각했을 정도만큼 훌륭한 물건이었다. 샤니 어머니 덕분에 아픈 노견을 사랑하는 방법까지 배웠었는데 이런 귀한 선물까지 받아버렸다.

온라인상에서만 알고 지내며 얼굴 한 번 보지 않은 풍뎅을 믿고 이 귀한 선물들을 보내주셨다는 사실에 놀라웠다. 세상에 감사할 일이 이렇게 많았다는 감동으로 하루가 벅찼다. 풍뎅은 그날 감사의 일기를 썼다.

풍뎅은 몽이의 잘못된 수술 이후 동물병원을 믿지 않는 사람이었다. 하지만 (지금은 없어진) 신사동 △△ 동물병원 선생님들께 감동해 동물병원에 대한 편견이 조금씩 사라졌고, 한남동의 병원과 아현동의 또 다른 동물병원 선생님들께도 늘 감사하고 있다.

그날은 검진도 있고 해서 아이들을 병원에 맡겼었다. 동물병원에 쫑이를 데리러 갔을 때, 며칠 전과 똑같이 간호 선생님이 어깨띠에 쫑이를 메고는 계속 어르고 계셨다. 쫑이는 내 새끼니까 풍뎅의 눈에는 안쓰럽고 예쁘겠지만, 온종일 소리 지르고 패들링 하는 정신없는 아이를 그야말로 '남의' 아이를 그렇게 돌봐주시는 게 쉽지 않은 일인 걸 잘 안다. 원데이 케어나 호텔링 하는 아이도 한둘이 아닌데 쫑이가 케이지에만 있으면 힘들어한다며 케이지에 넣지 않고 계속 안고 다니시는 간호 선생님께 죄송하면서도 감사했다. 좋은 병원에 다니고 있음에 안도할 수 있는 날이었다.

유튜브를 통해 알았을 뿐인데 얼굴도 못 본 풍뎅을 믿어주시고 이해해주시고 쫑이를 사랑해주신 분들께 감사드린다. 이분들 덕분에 치매 아이를 사랑하는 방법을 배웠고 여러 가지 도움과 위로를 받았다. 정말 고맙습니다. 그 사랑으로 쫑이가 버티고 있어요.

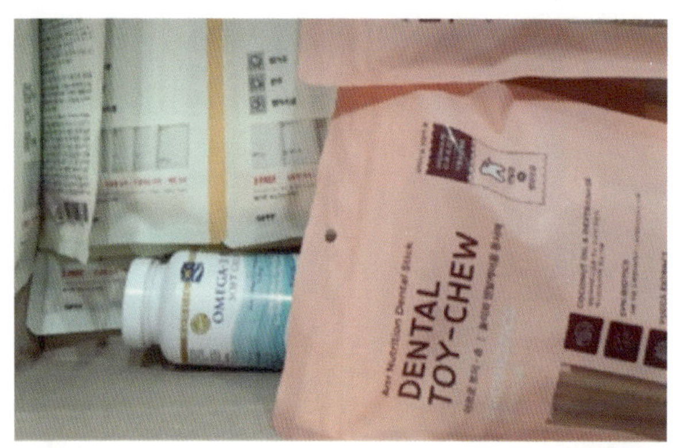

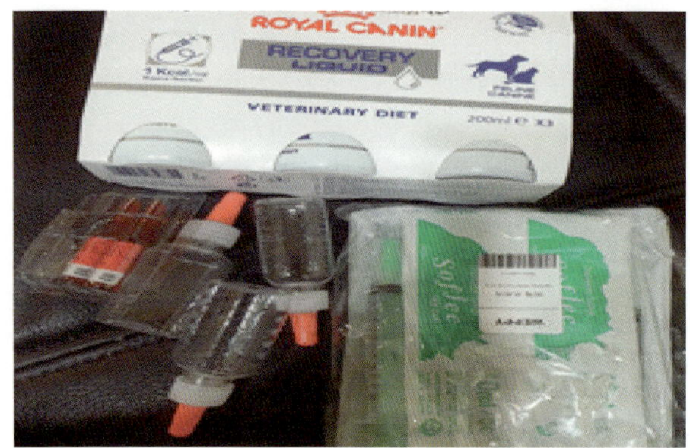

샤니 어머니가 직접 만든 '쫑이의 보행 보조 기구'。

풍뎅의 영상을 이해하고 응원하는 분들이 있는가 하면 약을 올리거나 이상한 트집을 잡는 사람들도 있었다. 그냥 시비 거는 정도는 화가 나도 어찌어찌 넘어갈 수 있는데 한 분이 계속 이상한 댓글을 달기 시작했다.

'강아지가 불쌍하네요. 왜 그렇게 걷게 하려고 하죠?'로 시작된 댓글은 매일매일 풍뎅의 신경을 긁었다. '아무리 노력해도 못 걸어요', '그러는 거 안 힘들어요? 뭐 하러 그런 낭비를 해요?', '강아지가 불쌍해요. 그만 걷게 하고 보내주세요', '계속 살릴 이유가 있어요?'하면서 안락사를 얘기하는, 그런 욕도 아까운 댓글들.

풍뎅은 살려보겠다고 잠도 설쳐가면서 돌보는데 그런 댓글을 달다니. 매일 댓글을 달던 한 사람은 재미라도 들렸는지 험한 말을 해놓고는 풍뎅이 반박하는 댓글을 달면 자신이 쓴 댓글을 싹 지워버린다. 마치 풍뎅을 화나게 하려는 못된 심보 같았다.

그 댓글이 달리자 '안락사하는 게 낫지 않아요?'라는 끔찍한 말을 하는 또 다른 사람의 댓글이 달렸다.

화가 났다. 악의성 댓글이 달리면 동조하는 사람이 꼬리를 물듯 꼭 댓글을 단다. 군중심리인가? 더는 참을 수가 없었다. 유튜브에 매일 약 올리는 댓글 남기는 사람을 신고해 댓글을 달지 못하게 처리하고 나서야 조금 진정이 되었다. 그래서 다음날 영상에 풍뎅은 자기의 생각을 적었다.

'저 우리 쫑이 불쌍하게 키우지 않아요. 어제보단 발에 힘이 조금 더 있어요. 조금 더 노력해보려고요. 그러니 찬물 끼얹지 마세요. 쫑이가 먹고 싶어 하고 걷고 싶은 의지가 있어서 저도 노력하는 겁니다. 그리고 그런 의지가 있는 아이라서, 제 품을 파고들어 주는 아이라서 감사한 요즘이에요. 그런 쫑이가 더 예쁘고 애착이 갑니다. 힘들고 아파도 걷고 싶어서 하루에도 수십 번 몸을 일으키고 발 디뎌보는 쫑이입니다. 기특한 아이예요. 마음 아픈 매일이지만 이 또한 다시 오지 않을 날이기에 소중합니다. 안 힘드냐고요? 힘들어요. 그러니 더 힘들게 하는 댓글은 달지 마시고요. 제가 이해가 되지 않으면 영상 보러 오지 마세요.'

아이가 자신의 엄마라고 믿는 사람의 눈을 바라보고, 눈을 맞추고 잘 먹고 응가도 잘하는데 치매에 걸렸다는 이유로 안락사 시키라고? 걷지 못하니 구태여 걷는 연습을 시키지 말라고? 못 걷는다는 악담이나 하면서 그저 아이가 힘들어 보이니 안락사 시키라고?

무슨 개 풀 뜯어 먹는 소리란 말인가.

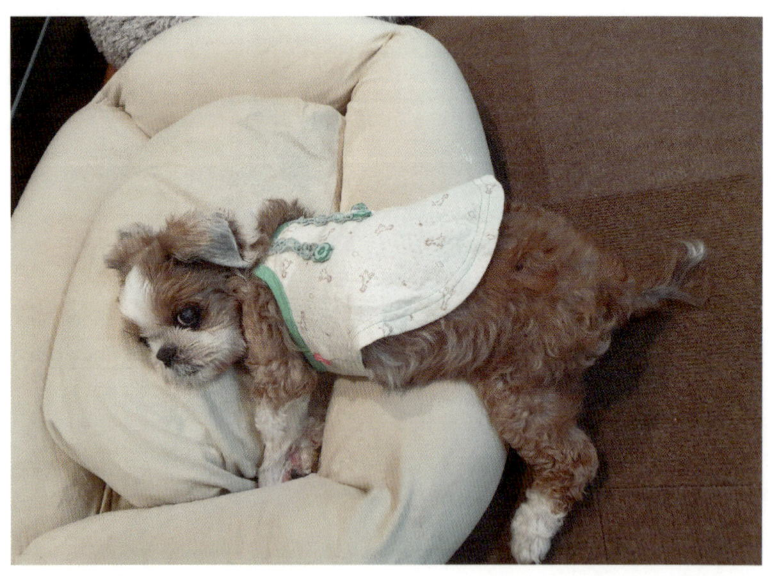

그 댓글들을 읽다가 고개 돌려 쫑이를 보니 쫑이는 일어서려고 애쓰고 있었다. 눈물이 났다.

° 제철 과일과 각국 음식 먹이기

쫑이는 식욕이 좋았다. 치아도 튼튼한 편이었다. 어려서부터 매일 이를 닦아서인지 입 냄새도 별로 나지 않았다. 하지만 똑같이 이를 닦아도 꼬몽이는 달랐다. 잇몸이 약했기 때문이다. 치아도 좋지 않았고 스케일링을 해도 그때뿐이었다. 쫑이와 꼬몽이는 치아뿐만 아니라 식성도 달랐다. 꼬몽이는 어렸을 때만 과일을 먹었다. 나이 들어서는 가끔 수박과 딸기를 먹을 뿐 고기를 좋아했다. 쫑이는 고기도 좋아했지만, 연어와 왕새우를 좋아했다. 쫑이는 나이 들어서도 과일을 좋아했는데 특히 달고 말랑한 여름 과일을 좋아했다. 쫑이가 좋아하는 이것저것을 항상 밥에 챙겨 넣다 보니 더 여러 가지 음식을 먹어보게 하고 싶은 욕심이 스멀스멀 생겨났다. 풍뎅은 몽이가 있을 때도 강아지들을 위한 수제 푸딩이나 수육, 북엇국, 만두 정도는 직접 요리했다. 그리고 설엔 떡국 정도는 항상 해 줬었다. 이제는 새로운 각국 요리를 먹여보고 싶어졌다. 물론 강아지가 먹으면 안 되는 재료가 있기에 (그 재료를 빼면 똑같은 맛은 나지 않겠지만) 다른 재료로 대체하면서 요리해 보았다. 모양이나마 그럴듯하게 만들어 조금이라도 사람이 먹는 음식과 비슷한 맛을 느끼게 해주고 싶었다.

불교에서는 사람이 죽으면 어느 곳으로 가는지 결정되는 데 49일이 필요하다고 한다. 그래서 남은 사람들이 죽은 자가 좋은 곳으로 가기를 바라는 뜻에서 49일 동안 재를 지낸다. 그렇다면 혼은 49일 동안은 완전히 저승으로 넘어가지 않은 상태라는 결론이 나온다. 여행을 좋아하는 풍뎅은 세상을 떠나면 이

승에 연연하지 않고 49일 동안 살면서 가보지 못한 나라들을 구석구석 둘러보겠다는 야멸찬 계획을 세우고 있다. 그래서 자주 여행 프로그램을 보았다. 음식에 대한 호기심도 많아 외국에 여행 갔을 때 혐오식품만 아니라면 무조건 현지 음식을 먹었다. 그러다 보니 아이들에게도 색다른 음식을 먹여주고 싶은 건 당연한 일이었다. 기왕 하는 김에 사람 버전, 강아지 버전으로 따로 나눠 만들어 유튜브에 레시피와 함께 공유도 하면 어떨까 하는 생각이 들자 갑자기 신이 났다.

풍뎅은 한국 음식부터 이탈리아 음식, 프랑스 음식, 이집트 음식, 독일 음식, 베트남 음식, 일본 음식, 튀니지 음식들을 만들었다.

지금 생각하면 어떻게 만들었나 싶지만 당시엔 쪽잠을 자서 잠도 부족한 와중에도 유튜브에 영상을 올리고(사진이나 영상, 편집은 엉망이지만) 수많은 음식을 만들었다. 아마 그때 풍뎅은 아이들을 기록하겠다는 생각과 색다른 음식을 먹게 해 주고 싶다는 생각만으로 지냈던 것 같다. 요리할 수 있는 시간은 많지 않았다. 쫑이가 잠이 들어야 시작할 수 있었다. 깨어나 울면 음식 만들다 뛰어가서 달래고, 때로는 업고 음식을 만들고, 휠체어에 태워 발로 움직이면서 음식을 만들었다. 꼬몽이는 풍뎅의 음식을 아주 즐겨하지 않았지만 쫑이는 무척 좋아했다. 그러니 더 신이 나서 요리를 할 수 있었다.

노견도 먹을 수 있는 강아지 음식 만들기

풍뎅은 선배님 두 분, 친구 한 명과 시작했던 유튜브 채널이 하나 더 있었다. '아는 만큼 보인다 카는데 도대체?'라는 의미를 담은 '아보카도 채널'이었다.

클래식이든 아니든 장르를 가리지 않고 곡의 해설을 하되, 판에 박히지 않은, 그야말로 자유로운 해설을 하는 채널이었다. 먼저 회의를 거쳐 곡을 정하고 그 곡을 어떤 식으로 해설할지 방향을 잡으면 풍뎅이 원고를 쓴다. 풍뎅이 해설 영상을 찍으면 편집을 잘하는 첼리스트 친구가 편집해서 유튜브에 올리는 방식이었다. 첫 번째 해설은 카르멘이었는데 반응이 꽤 좋았다. 하지만 횟수가 거듭될수록 쫑이 때문에 회의하러 나가는 시간도 버겁고 동영상을 찍는 과정도 버거워졌다. 쫑이의 상태가 안 좋아지니 영상을 찍는 과정에 쫑이의 괴성이 들어가면 다시 촬영해야 했다. 아이를 재워놓고 겨우 영상을 시작해도 아이가 깨면 찍다 말고 달려가야 했다. 야외에서 찍는 것은 당연히 불가능했다.

그래서 도중하차를 선언했다. 풍뎅이 빠지면 안 되는 상황이었지만 더 이상 지속할 수 없었다.

대신 집에 있는 동안 돌프의 방에서 동물 관련 책을 낭독하기로 했다. 어차피 풍뎅의 유튜브에 올리는 거니 쫑이의 괴성이 들어가거나 녹음 상태가 나빠도 크게 문제 될 건 없어서 책을 읽기 시작했다. 처음엔 저작권에 걸리지 않는 풍뎅의 책을 읽었고, 다른 책은 저자나 출판사에 연락하여 저작권이 걸리지 않는 범위에서 읽었다.

굳이 동물 관련 책을 읽기 시작한 건, 펫로스로 힘들어하는 분들에게 들려주고 싶은 이야기가 많아서였다. 풍뎅이 몽이를 보내고 바다 위의 띠를 봤던 일 같은 몽이의 신호나 춘심이의 그림, 샤니의 클로버 같은 사후 신호가 허구가 아님을 알려주고 싶었고, 여러 책에도 기록되어 있듯 많은 사람이 그들의 신호를 받았으니 너무 슬퍼하지 말고 그들의 신호를 찾아보라고 말하고 싶어서였다. 조금이라도 힘이 되거나 위로를 주고 싶었다. 역시 예상대로 쫑이의 코 고는 소리도 들어가고 소음도 많았지만 그 소리조차 풍뎅에겐 또 소중한 기록이 되었다.

Chapter 2 점점 나빠지는 증세들

° 안구진탕의 시작

쫑이의 안구진탕이 시작됐다. 안구진탕이란 안구가 초점 없이 빠르게 움직이는 것을 말한다. 마치 눈에 경련이 이는 것처럼 보이기도 한다. 의사 선생님은 아직 시력이 조금 남아있는 편이라고 하시지만 풍뎅이 보기에는 거의 못 보는 것 같았다. 안구진탕은 발작이나 몸의 마비 가능성을 높이고 실명을 초래한다. 풍뎅은 속이 상했다. 도대체 이 쪼끄만 몸에 어디 아플 데가 있다고 골고루 돌아가면서 고장이 나는지 속상하기만 했다. 몽이 이후로 또 신이 원망스러웠다. 한평생 짧은 생을 사는 아이들, 아프면 버려지기도 하는 생명들인데 신이라면서 아프지 않게 만들어주면 안 되는 거였나?

쫑이는 점점 먹어야 하는 약이 늘어 갔다. 쿠싱은 갖고 있던 지병이어서 약을 계속 먹었지만 신장도 나빠졌다. 신부전증이 생긴 것이다. 다행히 구토나 설사, 부종은 없었지만 먹어야 하는 약이 늘어났고 수액 처치도 필요해졌다. 신부전은 완치가 안 되는 병이라 약이나 수액은 병세를 더 나빠지지 않게 하기 위한 치료였다. 심한 경우, 투석도 한다는데 엄청나게 고통스럽다고 들었기 때문에 투석까지는 하지 않기로 했다. 그 상태까지 병세가 심해지고 아이가 고통스러워하면 그때는 보내주자고 독하게 마음을 먹었다.

쫑이는 매일 먹어야 하는 신장 약 레나메진 두 알과 쿠싱 약 그리고 다양한 약들이 얼마나 싫었을까? 사람이면 어떤 약 인지 알고 먹기라도 하지, 강아지들은 왜 먹는지도 모른 채 먹는 것이다. 하지만 안 먹일 수도 없는 노릇이었다. 먹이기에도 안 먹이기에도 미안한 매일의 연속이다. 레나메진은 캡슐이 꽤 크고, 캡슐 안의 약은 흡착이 안 되는 날아다니는 가루라 캡슐째 먹여야 했다. 할 수 없이 쫑이가 먹는 밥에 레나메진 캡슐을 넣었다. 쫑이는 몇 번 씹어보니 '알갱이는 맛없는 약'이었다는 게 학습되었는지, 밥에 넣은 캡슐을 혀로 살살 굴려 약만 싹 빼고 먹는다. 밥 먹을 때 늘 쓰디쓴 크고 작은 알약을 같이 먹어야 한다는 게 얼마나 싫었을까?

쫑이는 병원을 데리고 갔다 오면, 돌아오는 차 안에서 심란한 패들링을 하거나 세상 서러운 듯 고함을 지르는 데 가끔 기력이 다했는지 지쳐 자 버릴 때가 있다. 그러면 풍뎅은 차를 세우고 쫑이를 흔들어 본다. 혹시 자다가 못 깨어날까 봐. 숨을 안 쉬고 있을까 봐. 깊은 잠에 빠져들면 겁부터 나는 풍뎅이였다.

"하나님! 눈, 귀, 정신까지 가져가셨으면 다리만이라도 돌려주세요. 그리고 남은 장기들도 제발 그냥 둬 주세요. 걷고 싶어 매일 일어서려 기를 쓰는 아입니다. 불쌍하지도 않으세요?"

하지만 쫑이는 점점 더 나빠져 갔다. 노견의 상태는 하루가 다르다는 말이 실감 나기 시작했다.

° 집에서 수액 맞아요

쫑이는 매일 수액을 맞아야 했다. 매일 병원에서 수액을 맞기엔 시간과 비용이 어마어마했다. 병원에서는 매일 데리고 다니는 게 보통 일은 아니니 집에서 피하 수액을 놓아보는 건 어떠냐고 제안했다. 풍뎅은 겁이 많다. 자신이 주사를 맞을 때도 주삿바늘 꽂는 걸 보지 못하는데 쫑이의 그 작은 몸에 주사를 놓는다고? 상상만 해도 심장이 떨렸다.

돌프도 "그냥 병원에서 맞게 하자. 돈이 문제가 아니야. 그러다 애 잡을 수도 있어"라고 말했다. 그후 일주일 동안 매일 병원에 가서 주사를 맞으러 다녔는데 풍뎅의 일 때문에 하루 걸러야 하는 날이 생겼다. 선생님이 다시 말씀하셨다.

"수액은 하루라도 거르면 안 돼요. 앞으로도 그렇습니다. 못 오셔서 주사를 거르는 것보다 집에서 놓으시는 게 비용이나 시간 면에서도 나을 수도 있어요. 제가 알려드릴게요. 이렇게 놓으시면 돼요. 강아지는 목덜미 쪽이 그나마 통증이 덜하니까 목덜미를 이렇게 잡아서 얕게 바늘을 넣으시면 됩니다."

선생님은 주사 놓는 방법을 알려주시면서 집에서 해보라고 하셨다.

풍뎅은 주사기를 받고 수액을 받아왔다. 처음으로 쫑이에게 신장 수액을 주사하던 날, 돌프도 풍뎅도 긴장이 되고 떨렸다. 쫑이에게 미안해서 눈물이 흘렀다.

사실 방법이 어려운 건 아니다. 굵은 바늘을 주사기에 끼우고 상온 보관하는 주사액이 든 팩에서 60ml의 주사액을 빼낸 뒤, 바늘이 얇은 나비침으로 교체한다. 그 후 공기를 빼기 위해 주사기를 눌러 주사액이 조금씩 나오면 쫑이의 목덜미에 꽂아 주사액을 넣는다. (나비침은 숫자가 높을수록 바늘이 가늘다.

보통 쫑이처럼 5kg 정도의 아이들은 23G를 쓰는데 바늘이 너무 두꺼우면 아이들에게 통증이 심하고 너무 가늘면 수액이 들어가는 시간이 길어져 또한 고통스럽다고 한다.)

'간단해! 괜찮아! 다들 엄마가 놓는대. 애들도 선생님들이 놓는 것보다 엄마가 집에서 놓아주는 게 더 편할 거야.' 풍뎅은 숨을 깊이 들이마시며 심호흡했다. 하지만 손이 떨렸다. 서툰 본인이 주사를 놓는 게 미안했다. 바보같이 자꾸 눈물이 흘렀다. 그러느라 주사기의 공기 빼는 걸 까먹어 쫑이 목덜미에 꽂은 주사기를 뺐다가 다시 찌르는 실수를 저질렀다. 호들갑을 떨면서 미안하다고 쫑이를 붙들고 울고 있는 풍뎅을 보는 꼬몽이. 한바탕의 소란을 보는 꼬몽이의 눈은 뭔가 두려운 것을 보는 표정이었다.

주사 놓는 일에 조금씩 익숙해져 갔지만 여전히 풍뎅은 덤벙대고 잦은 실수를 했다.

착한 쫑이는 서툰 엄마의 주사를 늘 참으며 맞아줬다.

°집안 곳곳 기억시키기

걷고 싶어 하는 쫑이와의 걷기 연습은 매일 계속됐다.

쫑이가 먹는 저녁 치매약인 가바펜틴은 아이를 안정시키지만 늘어지게도 한다. 풍뎅이 느끼기엔 약을 먹으면 팔다리가 더 말을 안 듣는 것처럼 보였다. 가바펜틴은 신경 계통의 약이라 사람이 먹어도 두통이나 기운이 없다는 부작용이 있다는데, 먹이지 말아야 하나 고민이 되기 시작했다. 그래서 한번은 가바펜틴을 안 먹이니 쫑이는 잠을 못 자고 밤새 잠투정했다. 걷게 해야겠다는 풍뎅의 생각이 쫑이를 더 고통스럽게 하는 건 아닐까 또다시 고민이 됐다. 매일 잠을 이루지 못하고 보채는 아이를 안아주는 것 외에 할 수 있는 일이 없는 무능력한 엄마. 풍뎅은 늘 자신의 판단을 자책했다. 뜨거운 감자처럼 삼키지도 뱉지도 못하는 가바펜틴이었다. 가바펜틴을 끊었다가 힘들어하고 잠을 못 자면 다시 먹이는 매일의 일이 마음속에 지옥을 만들었다.

하지만 쫑이가 아픈 건 못 보겠다는 결론을 내릴 수밖에 없었다. 아직은 시력이 조금 있다고 하니 돌아다니고 싶은 쫑이를 안고 다니다가 휠체어를 태우거나, 샤니 어머니의 선물인 보조기구를 사용해서 집안 곳곳을 데리고 다니는 게 나을 것 같았다. 쫑이의 눈이 더 안 보이기 전에 17년을 살았던 집을 눈에 담아주고 싶어서 풍뎅은 쫑이를 안고 혹은 걷게 하면서 설명을 해줬다.

"쫑아! 여긴 부엌이야. 네가 갓 지은 밥 달라고 엄마가 밥만 하면 오던 데야. 쫑아! 여긴 아빠 방이야. 쫑아! 여긴 엄마 방이야. 다 기억해 줘."

설명하면서도 마음이 슬픈 풍뎅이었다.

˚ 내 강아지는 효자야

그래도 식욕은 여전히 좋았던 쫑이. 게다가 풍뎅은 쫑이에게 고급만 먹었다. 아니, 음식이 점점 고급이 되어갔다. 새우를 유독 좋아했던 쫑이에게 칵테일 새우를 삶아 먹이다가 블랙 타이거를 사 와서 먹이게 됐다.

"견생, 길어야 얼마나 길다고 작은 새우만 먹니. 좋은 거 먹어보자."

블랙타이거 새우 맛을 본 쫑이는 작은 새우를 입에 넣어주면 뱉어내기 시작했다. 풍뎅과 돌프는 할 수 없이 쫑이의 새우를 업그레이드해줬다.

한밤중에 풍뎅이 쫑이를 재우려다가 쫑이가 뭔가 먹고 싶은 듯 입맛을 다시길래 블랙타이거 새우 5마리와 호박을 쪄서 갖고 왔다. 형아만 뭘 주나 싶어 엄마를 주시하고 있던 꼬몽이가 다가온다. 하지만 꼬몽이와 쫑이의 입맛은 확연히 다르다. 먹보였던 꼬몽이지만 새우를 좋아하지 않아 한 마리를 겨우 먹고 호박을 조금 먹었는데, 쫑이는 팔다리를 허공에 내저으면서도 새우 4마리와 호박을 순삭 해버렸다.

잘 먹는 걸 보면 풍뎅은 기분이 좋다. 자신이 못 먹어도 살날이 얼마 남지 않은 아이에겐 좋은 것만 먹이고 싶었다. 잠깐씩이라도 기억이 돌아왔을 때 맛있는 음식을 먹었다는 것을, 사랑받았다는 것을 알았으면 해서다.

당시 풍뎅의 형편은 그다지 좋지 않았다. 입시 레슨을 안 하겠다고 선언하고 나니 레슨도 줄었고 코로나로 인해 돌프의 일도 줄어들었기 때문이다.

일이 줄고 수입이 줄어서 있는 것을 까먹는 처지였고, 점점 바닥이 보였지만 오히려 쫑이가 코로나 때 아파서 참 다행이라는 생각이 들었다. 코로나라 많이 돌아다닐 수도 없을 때였고 사람들을 덜 만나도 눈치 보이지 않는 상황이었다.

그때는 희한하게 성우 일도 아예 들어오지 않았다. 그러니 일로 밖에 나갈 일이 많지 않아서 온전히 쫑이와 함께 있었다. 만일 레슨이나 일이 많은 몇 년 전이었다면, 직업 특성상 사람들을 안 만날 수도 없는 상황이었을 것이고 거기서 오는 스트레스는 더했을 것이다. 쫑이가 아픈 건 속상했지만 때마침 그때 아팠던 게 풍뎅에게도, 쫑이에게도 참 다행이었다.

쫑이는 함께 살아온 16년간 효자였고 아픈 그 순간도 코로나에 시간을 맞춰 엄마를 덜 힘들게 했던, 배려심이 깊은 효자였다.

먹을 것은 나름의 형편에서 더 좋은 것, 더 특이한 것을 먹이기로 했다. 특히나 과일을 좋아하던 쫑이에게 좋아하는 메론이나 황도는 물론이고, 블러드 오렌지, 체리 자두 등 강아지가 먹어도 안전하다는 것은(과일 껍질이나 씨는 절대 먹이지 말 것) 무조건 인터넷으로 주문했고 쫑이에게 먹였다. 쫑이는 그 신기한 과일들을 패들링 중에도 먹으며 즐겼다. 때로는 발을 까딱거리며, 때로는 팔을 휘저으며.

"다행이다. 신이 쫑이에게 하나는 남겨 주셨구나. 식욕."

잘 먹어줘서 고마운 쫑이. 그마저도 효자였다. 새로 사준 것, 직접 요리한 각국 음식을 맛있게 먹어줬던 정말 효자였다.

쫑이의 영상을 보고 많은 분들이 과일을 좋아하는 쫑이에게 과일 선물을 보내주셨다. 과일 중에서도 여름 과일을 좋아하던 쫑이에게 그 얼마 전 아이(이름은 엣지였다)를 보냈던 엣지맘님이 실한 메론을 자주 보내주셨다. 아이를 보낸 상실감에 매일 우시던 엣지맘님은 우연히 쫑이의 영상을 보셨고 그때부터 매일 위로의 글과 함께 풍뎅과 같은 마음으로 쫑이를 응원해주셨다. 재롱맘님도 쫑이에게 약이며 과일이며 좋다는 수제 간식들을 보내주셨다. 연락처나 주소를 묻는 다른 분들도 계셨는데 더는 죄송해서 주소를 드리지 못했다. 마치 유튜브로 돈을 벌고 '삥'뜯으려는 사람으로 보일까 봐 겁이 났었기 때문이다. 쫑이를 응원해주시는 쫑이의 이모, 삼촌들은 매일 쫑이의 영상을 보러 와주셨고 쫑이에 대한 응원은 계속되었다.

그 힘든 시간을 견딜 수 있었던 건 그분들의 응원과 사랑이 있었기 때문이었다.

° 개의 탈을 쓴 여우

한편 풍뎅의 행동을 주시하고 있던 꼬몽이. 머리가 비상했던 꼬몽이는 뭐든 훈련하는 대로 따라 했다. 그리고 작고 귀여운 머리를 굴리며 바쁜 와중에도 자신을 보게 만들었다.

꼬몽이는 먹을 것에 까탈스러웠다. 잘 먹지만 호불호가 분명했다. 뭐든 잘 먹던 형과는 완전 딴판이었다.

특히 물에 까탈을 떨었다. 풍뎅이 집에 정수기를 들여놓은 이후 꼬몽이의 물 투정은 더 심해졌다. 한 번 물을 먹고 나면 자신의 물그릇에 코딱지며 눈곱을 빠뜨려 놓기 때문에 금방 더러워졌다. 그래 놓곤 갈아달라고, 깨끗한 물만 달라고 한다. 한 번 마신 물이나 갈아놓은 지 몇 시간이 지난 물은 절대 먹지 않는다. 그래도 안 갈아 주면 정수기 앞에 두 발로 올라서서 짖는다. 그렇게 물을 얻어내고 난 후에는 성취감에 취해 물 마시기 전에 하는 의식을 정성껏 한다. 물에 입을 한 번 넣고 고개를 들어 좌우로 털고, 다시 한 번 물에 입을 넣고 고개 들어 좌우로 털고……. 이 의식을 서너 번 반복하고 난 뒤에야 물을 드신다.

여름에는 얼음을 넣지 않은 물은 마시지도 않는다. 정수기에서 얼음 떨어지는 소리를 확인해야만 자기 물그릇 놓는 곳으로 뛰어가서 물그릇을 달라고 꼬리를 흔든다. 그리고 물을 다 마시면 입을 닦아달라고 기다리고 서 있다. 나름 꽤 깔끔쟁이다. 이렇듯 영특한 녀석에게 풍뎅은 유튜브에서 본 적이 있는 천재견 놀이를 따라 해 보기로 했다.

풍뎅은 훈련용 녹음벨을 샀다. 빨강, 노랑, 초록색 벨이 집에 도착했다. 그 벨에 각각 풍뎅의 목소리로 '물 주세요', '나가요', '간식 주세요'를 녹음했다. 그리고 꼬몽이 앞에 놓았다. 꼬몽이에게 벨 누르는 것을 연습시키기 위해 풍뎅은 벨을 누르고 소리가 나오게 했다. '간식 주세요'가 가장 효과적일 것 같아서 풍뎅이 먼저 '간식 주세요' 소리가 나오는 벨을 누르고 소리가 나면 꼬몽이에게 간식 주고를 반복했다. 가만히 앉아 엄마가 벨을 누르고 소리가 나면 맛난 간식을 얻어먹는 호사를 누리던 꼬몽이는 풍뎅이 벨 누르기를 멈추자 벨 앞으로 다가왔다.

"오! 오는구나. 벨 누르러 왔어요? 역시 천재 강아지네! 한번 앞발로 눌러봐."

꼬몽이는 벨 앞에 철푸덕 앉더니 풍뎅을 빤히 쳐다본다. 풍뎅은 다시 벨을 누르고 '간식 주세요' 소리가 나자 간식을 줬다.

"해 봐! 꼬몽아. 너 엄마 말 알아듣잖아."

꼬몽이는 벨 한 번, 풍뎅 한 번 보더니 짖는다.

"뭐야? 천재 강아지인 줄 알았더니, 바보 아냐?"

이번에는 꼬몽이의 앞발을 가져와 벨을 누르는 시늉을 하려는데 발에 힘을 주고 뻗어주질 않는다. 다시 앞발을 잡아 벨을 눌러보려 했더니 꼬몽이는 발을 빼며 무는 시늉을 한다.

"아, 미안! 아팠어? 그럼 엄마 하는 거 다시 봐."

꼬몽이는 벨 앞에 앉아 그저 간식을 기다릴 뿐 벨을 누르려는 시도는 하지 않는다. 심지어 벨과 풍뎅의 얼굴을 번갈아 보며 간식 내놓으라고 짖는다.

생각해 보니 엄마가 혼자 북 치고, 장구 치고, 간식까지 주는데 본견이 노력해야 할 아무 이유가 없는 거다. 그저 앉아서 굿이나 보고 떡이나 아니, 간식이나 얻어먹으면 되는데 뭐 하러 불필요한 노동까지 하겠는가. 결국 풍뎅 혼자 호들갑 떨다 지쳐서 그만뒀다.

이번 연습도 꼬몽이 Win!

실패한 천재견 놀이 。

°나도 노즈워킹 잘한다고!

풍뎅은 커다란 노즈워킹(Nose Walking: 후각을 사용하여 먹이를 찾아다니는 활동) 판을 사 왔다. 쫑이의 인지에 조금이라도 도움이 될까 싶었다. 꼬몽이는 노즈워킹을 하고 싶어 했다. 노즈워킹 판에 간식을 숨겨두고 쫑이를 데리러 갔다 오면 어느새 진공청소기에 빙의된 꼬몽이가 훑고 지나가 버린다. 안 되겠다 싶어서 먼저 쫑이를 안고 노즈워킹 판 앞으로 왔다. 간식을 곳곳에 숨기고 꼬몽이를 못 오게 제지하면서 쫑이에게 노즈워킹 판에 숨겨진 간식을 찾게 했다. 쫑이는 비틀거리다 주저앉아서는 앉은 채로 겨우 간식 한두 개를 찾아내거나 아예 못 찾거나 했다. 풍뎅은 보이는 곳에 간식을 꺼내두고 쫑이가 쉽게 찾아 먹도록 했다. 쫑이는 그마저도 잘 찾지 못한다. 꼬몽이는 엄마의 제지로 다가오지는 못하고 아주 안타까운 얼굴로 꼬리를 천천히 흔들면서 서 있다.

'아~ 저기 있는데. 형아는 저것도 못 찾고⋯⋯' 하는 얼굴이다. 그런 꼬몽이를 위해 쫑이가 한바탕 노즈워킹을 하고 나면 다시 꼼꼼히 간식을 숨겨서 꼬몽이에게 찾게 했다. 꼬몽이는 이번엔 억울한 얼굴로 엄마를 쳐다본다. 아마도 '형아는 다 보이게 간식을 둬서 찾기 쉽게 했으면서, 왜 난 시험 들게 하는 거야?' 하고 묻는 얼굴이다. 그래도 나름 천재견답게 꼬몽이는 간식을 잘 찾아내곤 했다. 하지만 간식을 다 찾고 나면 형아한테 가서 심술부리는 타임을 갖는다. 굳이 형아의 방석에 같이 앉는 것이다. 쫑이는 꼬몽이가 자신의 방석에 앉는 게 불편한지 소리를 지르면서 몸을 움직여 방석을 빠져나오려 한다. 그러면 꼬몽이는 형아를 야단치듯 짖기 시작한다. 형아가 몸을 움직여 조금이라도 자기에게 닿으면 짖는 거다. 자기가 빼앗은 방석이면서 자기를 방해한다는 듯 뻔뻔한 적반하장의 얼굴로.

둘을 보면 가관이다. 데칼코마니처럼 엉덩이를 대고 앉은 두 녀석. 쫑이는 빠져나오려 발버둥 치고 꼬몽이는 형아가 움직인다고 짖는데 항상 꼬몽이의 자세는 자신을 야단치는 풍뎅의 얼굴이 안 보이는 쪽으로 돌아앉아 있다.

가끔은 반대로 꼬몽이가 앉아 있는 방석에 눈이 안 보이는 쫑이가 걷다가 털썩 앉을 때가 있다. 그때도 생난리다.

쫑이는 눈이 안 보이니 꼬몽이가 거기 있는 줄도 모르고 앉았는데 꼬몽이의 심기를 건드린 거다. 쫑이는 꼬몽이의 몸이 닿으니 불편하다고 찡찡거린다. 그때의 꼬몽이는 더 억울한 얼굴로 짖는다. 풍뎅이 다가가면 풍뎅과 반대쪽으로 고개를 돌리고 곁눈으로 쫑이를 쳐다보면서 '형아! 너 빨리 안 가? 내가 먼저 앉았는데 엄마가 또 나만 야단치잖아!' 하는 듯 짖어댄다.

"꼬몽아! 형아가 눈도 안 보이고 아프잖아. 그런데 왜 꼭 그 방석에 같이 앉아서 싸우니? 네가 양보해야지!"

꼬몽이는 풍뎅의 말은 못 들은 척 엄마와 반대 방향으로 몸을 더 틀면서 쫑이에게만 으르릉대며 짖고 심술을 부린다. 자기만 야단친다고 세상 억울한 표정으로. 아마도 엄마와 형아한테 서운함이 컸던 것 같다. 이 사달은 풍뎅이 쫑이를 들고 안아 올려야만 끝난다.

화내는 꼬몽 。

° 허당 강아지

꼬몽이는 허당이다. (여기서 '허당'은 허술하거나 어설픈 모습을 말한다.) 사람들이 자신의 몸에 손을 대려 하면 물 기세로 덤빈다. '하아!' 마치 고양이의 하악질 같은 소리를 내면서. 하지만 정작 물진 못한다. 그냥 자기 몸에 손대는 게 싫다는 건데 자신의 소리에 사람들이 놀라면 이내 얼굴이 평온해진다.

'거봐! 무섭지? 나 아주 무섭고 센 강아지야. 그니까 함부로 만지지 마!' 하는 듯하다.

꼬몽이에게 약을 먹이거나 약 바를 일이 있으면 엄마고 아빠고 견(犬)정사정 없이 입질한다. 하지만 물어봐야 아프지도 않다. 생명의 위협을 느낀 게 아닌 이상 꼬몽이의 입질은 위협용 허당 그 자체이고, 꽉 물지 않는 매너 있는 입질이기 때문이다. 무엇보다 발치 이후, 세게 물어도 아플 게 없는 상태가 되어서 아플 수가 없다. 하지만 그마저도 목에 수건을 두르면 위협도, '으르릉'도 못 하는 바보가 된다.

어릴 때부터 약 바르거나 약 먹이려 할 때, 성질나면 무는 습관이 있던 꼬몽이였다. 어느 날 우연히 목에 수건을 두르고 잡아당겨 봤더니 의외로 너무 온순해지는 거다. 그 이후로 꼬몽이의 약점은 목에 수건을 둘렀을 때라는 것을 알아낸 풍뎅과 돌프는 약 먹이거나 이빨을 닦는 일이 수월해졌다.

또 목욕만 하면 신나는 강아지가 꼬몽이다. 두 녀석 다 목욕을 좋아하긴 했지만 유독 꼬몽이는 목욕만 하고 나면 온 집안을 뛰어다니면서 폭주하고 휙 돌아서곤 하면서 좋아했다. 그렇다. 꼬몽이는 엄마 닮아 흥이 많은 아이였다. 좋은 것은 한없이 좋다는 표현을 했었다.

　쫑이의 병이 깊어갈수록 꼬몽이의 흥은 줄었고, 쫑이에게 보이는 심술도 줄었다. 조금 떨어진 곳에서 쫑이를 쳐다보는 일이 많아졌다. 처음엔 그렇게 쫑이를 보고 있다는 것을 풍뎅은 못 느끼고 있었다. 그런데 유튜브에 올릴 영상을 찍고 편집하다 보면 항상 쫑이의 사선 방향 쪽에서 쫑이를 쳐다보고 있는 꼬몽이가 카메라에 잡혔다. 그 사실을 알게 된 풍뎅은 꼬몽이가 받았을 충격에 대해서도 생각하게 됐다. '멋있고 잘생긴 우리 형아가 왜 저러지? 나도 저렇게 되나?' 형아 뒤에서 으스대며 잘생긴 형아를 자랑스러워하던 아이라 별별 생각이 다 들었을 것 같다.

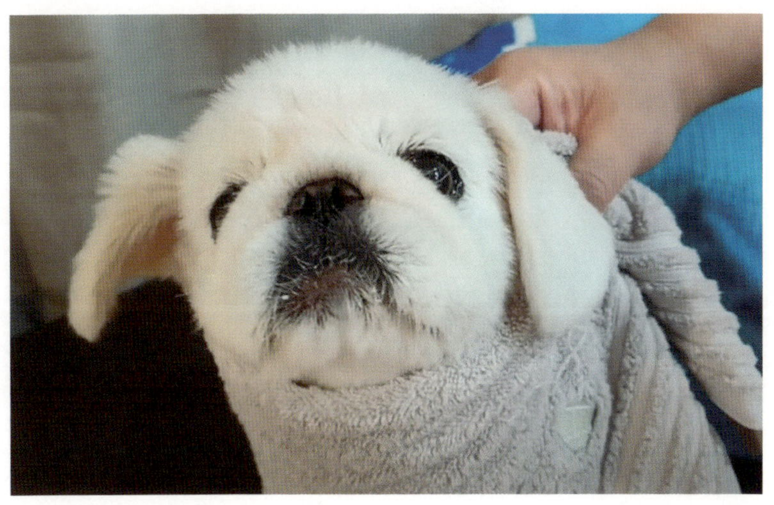

수건을 두르면 얌전해지는 꼬몽이 。

º 기저귀 차기 싫다고!

쫑이에게 기저귀는 최후의 자존심이었나보다. 휠체어도 싫어했지만 휠체어에 태우면 혼자 돌아다니지 않았다. 울고, 발을 빼고, 고개를 돌리기 때문에 풍뎅이 밀어주면서 옆에 있어 줘야 했다. 마음 아프게도 기를 쓰고 혼자 일어나 걷기를 원하는 쫑이었다.

점점 쫑이의 소변 실수가 심해졌다. 소변을 실수하면 본견도 창피하고 싫은지 그걸 몸으로 덮어버린다. 아니면 소변이 몸에 묻을까 봐 몸을 틀어보지만, 한쪽으로 기울어져 버린 몸 때문에, 몸이 마음과 다르게 돌아갔는지도 모르겠다. 한번은 음식을 만들고 왔는데 몸을 폴더 폰처럼 접고 떨길래 안아 올렸다. 온몸에 지린내가 진동하고 몸이 축축했다. 한 시간 전에 씻기고 나왔는데 잠깐 사이에 또 그러니 화가 났다. 욕실에 휙 데리고 가서 야단을 치면서 쫑이를 씻겼다. 기저귀는 최대한 안 하려고 했는데 더는 안 되겠다. 화도 나고 속상하기도 했지만 그래서만은 아니었다. 피부도 안 좋은 아이를 하루에 몇 차례나 씻길 수도 없기 때문이었다.

풍뎅이 기저귀를 안 채우려는 이유는 두 가지였다. 첫 번째는 쫑이가 싫어했기 때문이다. 기저귀를 채우면 더 운다. 그리고 어떻게 해서든 빼 보려고 난리를 친다. 두 번째는 습기 때문에 연한 살이 짓무를까 봐 안 채웠었다. 하지만 더이상 안 되겠다 싶었다. 할 수 없이 기저귀를 채우기 시작했다. 대신 자주 갈아주고 강아지용 베이비 파우더도 발라주면서 관리하기로 했다. 기저귀를 채우자 쫑이는 싫다는 걸 확실히 표현했다. 안 움직이는 몸을 비틀면 기저귀가 뒤틀어져 소변은 줄줄 새고, 풍뎅은 또다시 채우고 하는 일의 반복이었다. 그나마 기저귀를 채운 뒤 쉬야를 하면 축축하고 찝찝하다고 쫑이는 고맙게도 소리를 질러서 바로 기저귀를 갈아줄 수 있었다.

하루는 풍뎅이 자다 깨서 기저귀를 갈고 10분도 채 안 됐을 때였다. 연한 살이 짓무를까 싶어 잠시 기저귀를 빼줬는데 쫑이가 몸을 말고 풍뎅을 어쩔 줄 모르는 얼굴로 보고 있다.

"왜, 쫑아? 얼른 자자. 엄마 안아줘?"

쫑이를 안아 올리자 또 몸이 젖어있다. 금방 쉬야를 했는데 또 한 게 미안했는지 소리도 못 지르고 엄마를 쳐다보고 있던 쫑이. 쫑이의 눈을 보니 그 마음이 어땠을까 싶어서 아이를 안고 펑펑 울어버렸다.

하지만 그런 표현도 점점 없어져 갔다. 쫑이는 쉬를 하고도 모르는 일이 잦아지기 시작했다.

쫑이는 이미 응가를 스스로 할 수 없었다. 항문낭종을 짜듯이 항문을 만지면 응가를 했다. 아니면 응가가 그냥 나왔다. 때로는 밥을 먹다가 응가를 하는 일도 잦아졌다. 그리고 입이 조금씩 벌어지고 늘어져서 음식이 새기 시작했다.

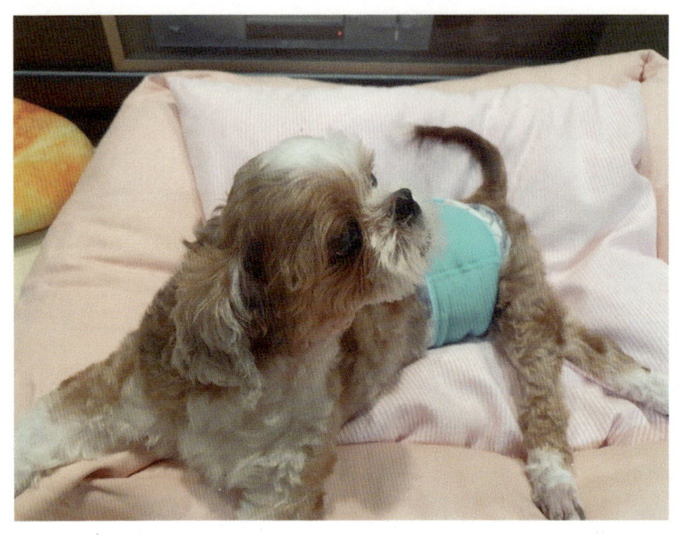

유모차를 싫어했던 쫑이 。

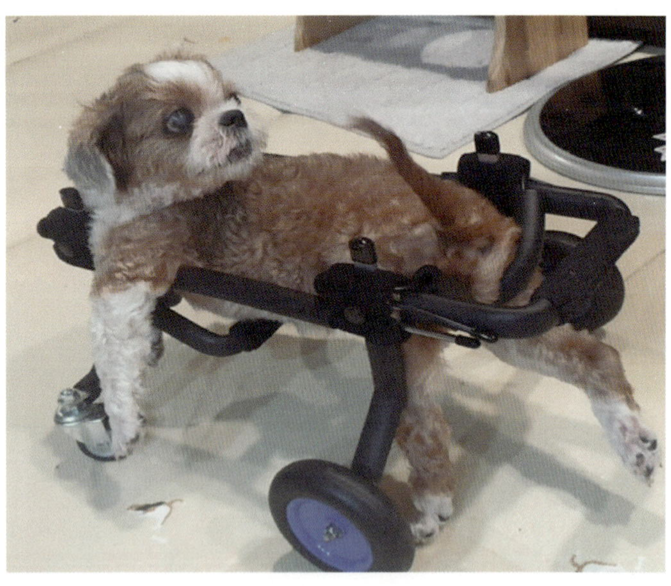

° 모든 수치가 나빠지기 시작하다니

1.7이었던 크레아틴 수치가 2.1로 올랐다. 매일 수액을 맞는데도. 병원에서 수액 맞는 양과 횟수를 늘리라고 하신다. 신부전증 약인 레나메진을 3알씩으로 늘렸다. 신부전이라 쉬를 못할까 봐, 물을 안 마실까 봐 늘 불안불안했다.

안약도 5종류로 늘었다. 가티플로, 코솝, 각막궤양용 ulcer안약, 자가 혈청 안약, 리포직과 같은 약들을 시간에 맞춰 넣어야 한다. 약이 자꾸 늘어 가는 건 '마지막으로 내달리는 것'이라는 생각에 늘 마음이 힘들다.

기저귀를 차고 비스듬히 누워 자는 모습을 보면 귀엽다고 생각하다가도 애처로워 눈물이 콱 나와버린다. 때로는 그대로 숨을 안 쉬는 건 아닌지 겁이 나는 횟수도 잦아진다. 걷기 힘들어진 쫑이는 앉아서도 고개가 돌아간 방향으로 서클링을 한다. 그 모습을 보면 마음이 무너져버린다.

쫑이는 자다가 깨어나면 불안한 얼굴로 두리번거리며 풍뎅을 찾았다. 눈도 안 보이고, 귀도 안 들리니 얼마나 불안하고 무서울까? 풍뎅을 찾다가 엄마의 손길이 안 느껴지면 소리를 지른다. 그렇게 풍뎅만 찾는 아이를 품에 안으면 또 눈물이 흐른다. 쫑이는 엄마 다리를 베야만 편하게 다리를 꼬고 눕는다. 안 그러던 아이가 잘 때도 풍뎅의 옆에 꼭 붙어야만 잠이 든다. 자신이 할 수 있는 게 아무것도 없으니 버려질까 봐 무서운가 보다. 보고 있으면 그저 마음이 아프고 가엾은데 노견이라고 버리는 인간 같지 않은 인간이 많은 모양이다. 그런 기사를 보면 풍뎅은 화가 치민다. 저렇게 불안해하는 아이를 버리고도 잠을 잘 수 있을까 싶다.

풍뎅은 안고 있어도 이 아이의 온기가 그립기 시작했다.

쫑이는 목과 허리에 디스크가 생겼다. 그리고 안구진탕이 심해져 발작을 할 수 있고 호흡이 힘들 수 있으니 잘 지켜봐야 했다.

"걸으려고 애쓰는 쫑이니까 혹시 전침(전기침)을 맞으면 자극이 돼서 걸을 수 있지 않을까요?"

침을 맞으러 간 곳에서 풍뎅은 조심스럽게 여쭤봤다. 선생님은 노견인데 가끔 넋까지 놓는 아이라서 스트레스가 엄청날 거라며 권하고 싶지 않다고 하신다.

"전침이란 게 몸에 전기 자극을 주는 거예요. 저도 전침을 갖고 있지만 잘 권하지 않아요. 갑자기 전기 자극이 몸에 들어온다고 생각해 보세요."

생각해 보니 끔찍했다. 전기 고문 아닌가? 그 말을 들은 풍뎅은 바로 안 하겠다고 했다.

"오른쪽 앞발과 왼쪽 앞발에 딥페인 반응(강한 통증 자극을 줬을 때 나타나는 반응)은 있지만 이미 굳어버렸고, 지금 MRI를 찍을 수 없어 확실치 않지만, 고개가 한쪽으로 기울어버린 건 뇌 질환이거나 전정기관 문제인 것 같기는 합니다. 하지만 스테로이드 약을 써보고 싶어도 쿠싱 때문에 그럴 수 없으니 약물 치료가 불가능해요. 고개나 몸이 기울어버린 거나, 굽은 발에 지금 하는 침 치료도 큰 도움이 될 것 같지는 않습니다.”

풍뎅은 또 절망했다. 하지만 엄마가 포기하면 아이는 더 실망할 것 같았다. 다시 걷는 연습을 시켜봤다. 아이의 적극성이 떨어지기 시작한 게 느껴진다. 아무리 보조 도구로 잡아줘도 걷지 못하고 기울어져 버린 몸을 가누지 못한다.

쫑이는 아주 가끔이라도 정신이 들면 휠체어를 타고 움직여 물을 마시러 가기도 했다. 엄마가 근처에 없으면 그렇게 싫어하던 휠체어를 타고 어떻게든 엄마를 찾으러 온다. 그러면 풍뎅은 다시 희망이 생긴다. 신이 나서 다시 걷는 운동을 시켜본다. 하지만 굽은 발은 펴지지 않는다. 풍뎅은 몸이 한쪽으로 기울어져서 두 걸음도 못 떼는 쫑이를 보고 일으켜보려다 주저앉아 운다. 이런 상황이 일상이 되었다.

그래도 아직 식욕은 대단했다. 살려는 의지가 강한 쫑이였나 보다. 하루는 음식을 맛있게 먹다가 너무 맛있었는지 음식을 넣어주는 풍뎅의 손을 같이 물어 아작을 내버렸다. 손가락에는 피가 철철 나고 무지하게 아팠지만 쫑이가 의도한 것도, 쫑이 잘못도 아닌 걸 안다. 음식인 줄 알고 같이 입에 들어온 손을 문 것뿐이니까.

하긴, 수년 전엔 눈알도 물려봤는데 뭐. (풍뎅의 첫 책 『나와 같이 사는 동안 행복했니』에 눈알을 물린 사연이 나와 있다.) 아마 단언컨대 풍뎅처럼 강아지 한테 ‘눈알’만을 물려본 사람은 전무후무할 것이다. 물론 이게 자랑은 아니다.

° 사람의 말을 터득한 쫑이

눈도 안 보이고 귀도 안 들리고 움직일 수도 없는 정신없는 상황에서 쫑이는 나름대로 자신이 표현하는 방법을 터득하기 시작했다. 그 첫 번째가 물을 마시고 싶을 때 '무~!' 하는 소리를 내는 것이었다. 풍뎅은 '설마 물 달라는 거야?' 하고는 물그릇이 있는 곳에 데리고 갔다. 그랬더니 물을 벌컥벌컥 마신다. '아~ 물 달라는 소리구나.' 그게 학습이 된 건지 쫑이는 물이 마시고 싶으면 '무~!'를 외쳤다. 풍뎅과 돌프는 쫑이의 그 표현에 신기해했다. 패들링을 하면서 '우~ 끙! 익~' 소리를 내는 중에 '무~!' 하면 정말 물을 달라는 소리였다. 그때부터 쫑이는 갖가지 소리를 다 내기 시작했다. 물론 풍뎅이 사람의 관점에서 쫑이가 내는 소리를 이해한 것이겠지만 쫑이는 다급할 때 특히 더 사람의 말에 가까운 소리를 냈기 때문에 풍뎅은 참 신기했다. 보통은 "무~!" "무~ㄹ!" 소리를 내며 말하는데 다급할 때는 "아냐! 아냐!"또는 "언니!"를 외친다.

이 글을 읽으시는 독자님들이 비웃는 소리가 마구 들린다. 물론 쫑이의 소리는 풍뎅이 듣고 싶은 대로 들리는 건지도 모른다. 하지만 물 달라는 신호는 확실했고 유튜브에 찍힌 영상도 있다.

쫑이가 "아냐! 아냐!"에서 발전된 "언니!"를 외치면 풍뎅은 "어쭈! 이제 나보다 나이 든 할배 됐다고 엄마랑 맞먹어?" 하며 대꾸한다. 이 대화들이 누군가에게는 유치하게 들리겠지만 이것은 그 당시 풍뎅이 쫑이와 대화하는 방법이었다.

어느 날 패돌패돌(패들링을 귀엽게 표현해 보았다)하면서 소리를 지르던 쫑이가 갑자기 낮고 분명한 어조로 "누나~!"를 길게 발음하는 것이 아닌가? 방 안에 있던 돌프가 뛰어나왔다.

"얘 지금 뭐라고 한 거야?"

"들었어? 누나래."

"뭔 누나 소리를 저렇게 길게 뽑아?"

"그러게. 이제 나이 들었다고 맞짱 뜨자는 거지."

이런 대화를 하며 한바탕 웃은 적이 있다. 이렇게 힘든 상황에서도 유머러스한 요소를 찾아 나갔던 풍뎅과 돌프였다.

이제 쫑이는 깨어있는 모든 시간에 패들링을 했다. 풍뎅의 무릎에 누워야만 소리를 덜 지르니 풍뎅의 무릎은 늘 쫑이의 차지였고 꼬몽이는 뭐가 그렇게 서운했는지 자주 삐쳤다.

풍뎅은 쫑이에게 밥을 먹이면서 늘 말을 걸었다. 무슨 얘기든 계속 말을 걸었다. 엄마의 목소리를 기억했으면 해서다. 엄마 말을 알아듣는 건지 풍뎅이 말을 하면 쫑이는 늘 뒷발의 발가락을 까딱거리곤 했다. 그 까딱거리는 발과 야무지게 먹어 주는 입이 예뻐서 풍뎅은 쫑이에게 밥 먹이는 시간이 좋았다.

쫑이는 패들링의 하나인 발길질을 하다가 밥을 패대기치기도 했다.

"이건 반(反)견륜적 행동이야."

풍뎅이 쫑이에게 말을 걸면 쫑이는 밥을 패대기친 것에 대한 변명과 말대꾸를 늘어놓기 시작한다.

"아냐! 아냐!", "언니, 언니", "안 돼, 안 돼."

"너~! 엄마한테 언니, 누나 하더니 말대꾸가 늘었어."

늘 똑같은 쫑이의 모습이지만 내일이 되면 이조차 못 찍는 날이 올까 봐 풍뎅은 매일 영상을 찍어 유튜브에 올렸고 쫑이를 응원해 주는 댓글에 많은 위안을 받았다.

가을이 왔다. 풍뎅과 돌프는 전어를 사 왔다. 전어를 먹이면 집 나간 며느리가 돌아오듯 쫑이의 집 나간 정신도 돌아올지도 모른다는 간절한 기도로 전어를 정성껏 굽고 전어의 잔가시들을 발라 쫑이에게 먹였다. 집 나간 며느리는 돌아왔는지 모르겠지만 쫑이의 정신은 돌아오지 않았다.

° 홍길동전 오디션 준비 중인 꼬몽이

꼬몽이는 일어나는 시간도 잠을 자는 시간도 스스로 정했다.

돌프는 밤늦게 자는 게 습관인 사람이다. 그러니 아침엔 늦게 일어난다.

꼬몽이는 새벽 5시쯤엔 어김없이 짖는다. 물을 마시러 갈 테니 침대에서 내려달라는 것이다. 물을 마시고 나면 시원하게 쉬야를 한 뒤 다시 잠을 자려고 안방에 들어간다. 풍뎅이든 돌프든 깨어 있는 사람이 꼬몽이를 침대에 다시 올려줘야 한다. 안 그러면 올려줄 때까지 짖는 집요한 강아지이기 때문이다.

풍뎅은 시간에 맞춰 쫑이의 수액을 놓아주고 밥을 줘야 해서 7시엔 일어난다. 그러면 꼬몽이는 안방에서 또 짖는다. 자기만 빼놓고 밥 먹을까봐 침대에서 전전긍긍 발을 구르며 내려달라고 짖는 거다. 풍뎅은 쫑이의 괴성에 돌프가 잠을 깰까 봐 얼른 들어가서 안타까운 얼굴로 침대 모서리에 있는 꼬몽이를 데리고 나온 후에 안방 문을 닫는다. 거실로 나온 꼬몽이가 아침을 먹고 나면 보통 오전 8시다. 아빠는 그 시간에 당연히 자고 있다.

꼬몽이는 아침을 먹고, 물을 마시고, 쉬를 하고 나서는 항상 닫혀 있는 안방 문 앞에서 서성거린다. 그런 다음엔 풍뎅을 한 번 보고 닫힌 방의 문고리를 쳐다보며 방문 앞에 앉는다. 그래도 엄마가 문을 안 열어주거나 쫑이만 안고 있으면 마구 짖는다. 엄마가 문을 열어주지 못할 땐 꼬몽이의 소리에 잠을 깬 아빠가 인상을 쓰며 안방 문을 연다. 꼬몽이는 냉큼 들어가서 침대 밑에서 꼬리를 흔든다. 아빠가 침대에 올려주면 아빠랑 두 시간여를 더 자는 게 꼬몽이의 아침 일과다.

밤이 되면 12시가 넘기 전에 무조건 안방에 들어가 앉아 짖는다. 엄마아빠가 자든 말든 본견의 취침 시간이니 침대에 올리라는 것.

꼬몽이를 침대에 올려놓고 몇 시간 후, 늦게 자는 아빠가 안방에 들어간다. 아빠가 겨우 잠이 들려는 순간이면 꼬몽이는 뭐가 그리 신이 나는지 침대에서 동에 번쩍 서에 번쩍 돌아다니며 홍길동 놀이를 즐기신다. 아마 어디 사극 스턴트맨 오디션이라도 보려는 모양이다. 결국 아빠의 잠을 방해하다 쫓겨나는 꼬몽이.

쫓겨난 꼬몽이는 삐쳐서는 매우 억울한 표정으로 거실 티 테이블 아래에 등 돌리고 누워버린다. 아빠가 나와서 자길 달래주지 않으면 면벽수행 하듯 벽을 보고 누워 불경을 외우고 있다.

꼬몽이는 시간에 민감한 강아지다. 레슨이 끝나는 시간을 정확하게 안다. 레슨이 끝났는데도 학생과 수다 타임이 계속되면 고개로 조금 열린 풍뎅의 방문을 비집어 열고 들어와 마구 짖는다.

"쌤! 쟤 왜 저래요?"
"끝난 걸 아는데 왜 안 끝내고 수다 떠냐는 거야. 알았어, 꼬몽아! 끝낼게."

"헐, 그걸 알아요?"

"웃기지? 근데 수업을 조금 길게 해줄 때는 소리 지르지 않아. 수다 타임에만 짖어."

"그걸 어떻게 알아요?"

"느낌으로 아나 봐. 수업이 끝난 건 알더라고."

꼬몽이는 진짜 영물 중의 영물, 여우 중의 상 여우다.

어느 날부턴가 꼬몽이는 쫑이가 수액을 맞을 때 옆에 왔다. 주사기만 꺼내오면 형아 옆에 와서 가만히 앉는다. 쫑이가 수액을 다 맞을 때까지 꼼짝하지 않고 곁에 앉아 있지만 주사 맞는 걸 쳐다보진 않는다.

더 이상 형아에게 심술을 부리거나 화내지 않았다. 꼬몽이도 느낌이 있었으리라.

하지만 엄마에겐 늘 서운했나 보다. 아빠가 외출하면 엄마는 자신을 쳐다볼 새가 없으니 삐쳐서 뒤돌아 앉아 엄마 말을 못 들은 척한다. 아빠가 외출하고 돌아오면 아빠한테 달려가 몸을 비비면서 그간 설움을 토로하기 바쁘다. 꼬몽인 엄마랑 있을 시간이 앞으로 더 많을 거니까 조금만 이해해 달라고 말하면서도 그들은 늘 미안했다. 아빠가 자기편이라는 걸 아는 꼬몽이는 점점 더 아빠 바라기가 되어갔다.

그해 늦가을 온 식구가 여행을 가던 날, 출발하면서 필요한 것을 사느라고 아빠가 잠깐 슈퍼마켓에 갔다. 꼬몽이는 늘 그랬듯이 아빠가 차 시동을 끄고 내리자마자 아빠가 간 곳을 쳐다보면서 발을 동동 구른다. 꼬몽이의 입에서는 새소리, 닭 울음소리 등 온갖 소리가 나온다. 남들이 보면 아빠 없을 때 무슨 구박이라도 받는 강아지인 줄 알 거다. 꼬몽이가 그렇게 소리를 지르자 뒷자리의 엄마 무릎에 앉아 패돌패돌하고 있던 쫑이도 발길질을 시작했다. 쫑이는 쉬야를 시작했는지 몸을 비틀다가 기저귀가 벗겨졌고, 풍뎅의 바지는 오줌 범벅이 되어버렸다. 차에 돌아온 돌프는 "이게 무슨 냄새야?"하며 뒤를 보더니 풍뎅의 바지를 보고 "자기 오줌 쌌어?" 말했다.

둘은 어이가 없어 한바탕 웃고 다시 집으로 들러 옷을 갈아입고 출발했다.

"꼬몽이 때문이야. 새소리, 닭소리를 내면서 차 안을 이리저리 뛰어다니니까 쫑이가 놀랐잖아."
"그냥 둬. 홍길동전 오디션이 얼마 안 남은 모양이야."

° 복수의 끝은 냥 펀치

밖에 나갔을 때, 더 이상 형아 뒤에서 으스대지 못하게 된 꼬몽이는 외로워 보였다. 길을 가거나 여행을 갔을 때, 자기 사이즈의 동물 동상을 보면 꼭 가서 인사하듯 정성스럽게 살피고 왔다. 전에 없던 행동이었다. 홍천에 있는 한 펜션에는 꼬몽이 크기의 퍼그 동상이 있었는데 꼬몽이는 그 동상에 아침저녁으로 문안 인사를 하러 다녔다. 동상과 통성명하려는 꼬몽이의 시아에 길고양이들이 보였나 보다. 그 펜션에서 먹을 것을 챙겨 주는 아이들이었다. 꼬몽이는 냅다 흥분해서 쫓아갔다. 평화롭게 밥을 먹고 있던 고양이들은 갑자기 이상한 아이가 흰 머리를 휘날리며 달려오니 질색하고 도망갈 수밖에.
3마리의 고양이들은 담 위로 살포시 뛰어올랐다. 사람 키 정도 높이라 어렵지 않게 뛰어넘을 수 있었다. 그들을 꼬몽이를 쳐다보며 놀리듯이 '냐옹! 냐아

아옹!' 한다. 꼬몽이는 잡힐 것 같은 높이에 있는 그들을 보며 뛰어올라 보려 애썼지만 페키니즈의 짧은 다리론 어림없었다. 꼬몽이는 약이 바짝 올라 두 발로 서서 앞발은 담벼락에 대고 그들을 보면서 짖는다.

고양이 1: 왜 갑자기 미친놈처럼 달려오고 난리야?

고양이 2: 그러게. 밥 먹다 체할 뻔했잖아.

꼬몽: 야~ 너희! 내려와! 치사하게 올라가서 약 올려?

고양이 2: 꼭 저렇게 말 많고 시끄런 놈이 있더라.

고양이 3: 우리 밥 먹는데 갑자기 뛰어온 강아지가 누구더라?

꼬몽: 내가 이름만 물어볼려고 그랬거든?

고양이 1: 내가 이름이 어딨냐? 억울하면 올라오든가.

꼬몽: 야! 맞장 떠!

고양이 3: 쟤 다리 짧고 무거워서 못 올라와.

꼬몽: 내가 못 올라가서 그런 줄 알아? 너네 내려와! 내려오면 봐줄 거니까! 열 센
　　　다! 하나! 둘!

고양이 2: 저 바보가 뭐래니? 가자!

고양이 1: 저 강아지 때문에 밥도 못 먹었네.

고양이 3: 메롱.

꼬몽: 어디 가? 내가 이긴 거다! 너네! 너희가 도망간 거다!

이런 분위기로 서로 '야옹!' '왈왈!'하다가 고양이들이 꼬몽이를 떠나자 꼬몽이는 한참을 서서 그들이 간 곳을 멍하니 보고 있었다. 역시 형아가 아프지 않고 멀쩡했을 때는 보이지 않던 행동들이었다.

그 이후, 꼬몽이는 고양이를 보면 그날 못다 한 한을 풀고 싶은지 쫓아갔다. 진짜로 길고양이들에 대한 복수를 꿈꾼 건지, 형아랑 놀지 못하는데 강아지들은 자기한테 호감을 안 보이니 고양이하고라도 놀고 싶어 그랬는지는 꼬몽이와 진지하게 대화를 나누지 않아 알 수 없다.

풍뎅의 친구 집에는 '양군이'라는 착하고 소심한 고양이가 있다. 양군이는 꼬몽이가 놀러 가면 눈을 동그랗게 뜨고 엄마를 쳐다본다. '엄마! 저 이상한 생물은 뭐야?' 하는 얼굴을 하고. 꼬몽이는 날을 세우며 쫓아가려 한다. 양군이는 불청객이 마음에 안 들었는지 얼른 계단을 올라 2층으로 몸을 피한다. 그리고 계단 난간에 얼굴만 쏙 내밀고 꼬몽이를 보며 하악질과 함께 '야아옹!' 하며 '우리 집에 왜 왔니?'를 외친다. 약이 오른 꼬몽이는 양군이가 올라간 계단을 쫓아 올라가려 하지만 겨우 한 칸 오르고는 앞발은 두 번째 계단에 걸친 채 자신의 짧은 다리로는 더 올라갈 수 없음을 느낀다. 고개를 들어 양군이를 본다. 얼굴에는 분한 기운이 서려 있다.

꼬몽이가 더 못 쫓아오는 것을 파악한 양군이는 약을 올리기 시작한다. 이날도 패배한 꼬몽이는 몹시 분한 얼굴로 집으로 돌아왔다.

쫑이와 꼬몽이가 다니는 병원에서 키우는 온순한 고양이 '티모'가 있다. 그날도 꼬몽이는 티모를 따라다니며 놀자고 보챘다. 귀찮아진 티모는 자기 집에 숨어버렸다. 꼬몽이는 그 앞을 지키며 '못 찾겠다. 꾀꼬리'를 부르짖고 있었다. 꼬몽이의 소리가 시끄러웠는지, 놀리고 싶어서였는지는 모르지만 두더지 게임의 두더지처럼 고개를 쏙 내밀고 꼬몽이와 눈이 마주치면 도로 들어가 버리기를 반복하는 티모. 꼬몽이는 그간 고양이와의 연이은 패배에 약이 올랐나 보다. 꼬몽이는 얼굴이 보였다 안 보였다 하는 티모에게 나오라고 점점 맹렬히 짖어

댔다. 소리가 거슬렸는지 티모가 몸통을 반 내밀었다. 꼬몽이는 신나서 다가갔다. 시끄러운 꼬몽이를 응징하겠다는 얼굴을 한 티모는 주먹을 꼭 쥐더니 꼬몽이의 얼굴에 냥 펀치를 날려버렸다. 얼떨결에 '펀치 킥'을 당한 꼬몽이는 '꼬리둥절(꼬몽이의 어리둥절)'의 얼굴로 있다가 슬슬 자리를 떴다. 그 후론 고양이를 아주 싫어하게 됐다.

꼬몽이와 티모 。

° 꼬몽이의 폐와 심장

꼬몽이도 나이가 있으니 자주 정기 검진을 받아야 했지만, 풍뎅은 쫑이에게 온 신경이 쏠려 있었고, 엄청난 병원비와 약값에 허덕이느라 엄두를 못 냈다. 그런데 이 녀석이 태어나서 처음으로 음식을 거부하기 시작하는 것이다. 풍뎅은 이리저리 생각할 여유가 없었다. 꼬몽이를 입원시키고 검사를 했다. 폐에 뭔가 이상한 게 보인다며 MRI와 CT를 찍었으면 좋겠다고 하신다. 다급히 꼬몽이를 금식시키고 강남에 있는 동물 의학센터에 데리고 갔다. 보험이 안 되기 때문에 두 가지 촬영에 160만 원 가까이 나왔다. 부담스러운 비용이었지만 아픈 아이를 그냥 둘 수도 없었다. 그런데 결과는 더 기가 막혔다. 처음 보는 양상이라 앞으로 주시해서 지켜봐야 한단다. 폐에 이상하게 보이는 것은, 염증이 터진 것인지 알 수 없지만 괴사 된 조직이 액체처럼 고여있는 거란다. 그럴 거면 MRI와 CT를 왜 찍었을까? 어차피 아무도 알 수 없는 거였다면.

다시 말해 MRI와 CT를 찍기 위해 아이를 하루종일 굶기고 마취시켰지만 목 디스크가 심해졌다는 확실한 진단 소견 외엔 폐에 있는 '그 무엇'은 '뭔지 알 수 없는 것'이라는 소견을 들었으니 참으로 허탈했다.

° 쫑이와 보내는 마지막 겨울

풍뎅은 소중한 쫑이를 위해 인터넷을 뒤져 별별 민간요법을 다 해봤다. 율피 가루가 인지 장애에 좋다는 말을 듣고 밤새 밤을 까서 율피를 말려 갈고 꿀에 재서 먹여보기도 하고 신장에 좋다는 음식이 강아지 금기 식품만 아니면 사다 먹이기도 했다. 하지만 쫑이에게 음식의 거부감만 들게 했을 뿐, 아무 효과가 없었다. 지푸라기라도 잡고 싶었는데, 모든 것들은 그저 지푸라기에 불과했다.

쫑이는 변비가 생겼다. 신장 약 크레메진이 변비를 유발하기도 한다는데 변이 딱딱해서 배변을 유도해도 쫑이는 힘들어했다. 유산균도 먹이고 요거트도 먹이지만 가끔 항문 쪽을 만져보면 딱딱한 변이 느껴진다. 응가 할 때 쫑이는 힘이 드니 소리를 지르면서 응가를 한다. 점점 나빠질 뿐 좋아지는 것이 없었다. 말 그대로 어제가 더 좋은 날이었고 오늘이 살아있는 제일 좋은 날이었다.

점점 식사에 집중을 못 했다. 넣어주는 음식의 반은 입 옆으로 흘렀고 고개는 확연히 돌아가 있었다. 신장이 안 좋으니 적당한 음수량이 중요해서 풍뎅은 수시로 주사기를 사용해 물을 먹여야 했다.

풍뎅은 식은 커피만 마신다. 뜨거운 음료나 음식을 좋아하지도 않았지만 쫑이에게 약과 밥 먹이는 시간 동안 뜨거운 음료를 마실 수가 없었다. 쫑이의 밥 먹이는 시간은 길었기 때문에 늘 커피를 옆에 두고 쉬어가면서 커피를 마시는 게 습관이 되었다. 하루는 쫑이에게 밥을 먹인 후 밥그릇을 치우고 쫑이가 먹을 디저트를 가지러 가기 위해 일어섰다. 커피를 쫑이와 조금 떨어진 곳에 두고 쫑이의 디저트를 갖고 왔다. 하지만 디저트를 가지고 돌아온 풍뎅의 눈앞에는 쏟아진 커피가 바닥에 흥건하고, 컵은 나뒹굴고 있으며, 쫑이는 연신 허공에 대고 발길질하고 있다. 저 멀리 있던 쫑이가 축지법을 썼는지 어느새 컵 있는 곳까지 와서 이단 옆차기로 컵을 차고 오히려 성질을 부리는 상황이었다. 방구 뀐 놈이 성낸다고, 기가 막힌 상황이었지만 풍뎅은 웃음이 났다. 그까짓 거, 바닥이야 닦으면 되는 거니까.

"아유~ 이 할배가 기운이 좋아. 좋아! 기운이 있으니 다행이네. 괜찮아! 쫑이니까 괜찮아! 다 잊어도 네가 사랑스러운 강아지라는 건 잊지 마. 매일 너와 보내는 소박한 시간이 엄만 너무 소중하니까."

약값과 병원비가 어마어마했지만 풍뎅과 돌프는 그 비용이 하나도 아깝지 않았다. 풍뎅과 돌프는 그 당시 형편에서 조금 버거웠지만, 쫑이를 최대한 많은 애견 동반 리조트에 데리고 가고 싶었다. 여행을 가면 쫑이도 정신없는 중에 풀냄새라도 맡으려 했다. 의사 선생님도 새로운 환경을 보여주는 게 인지에 좋을 수 있다고 하셔서 시간이 허락하는 대로 데리고 다녔다. 이젠 새로운 곳과 안 데려갔던 곳 중 좋다는 곳에 데려가고 싶었다. 그 겨울이 쫑이와 보내는 마지막 겨울인 걸 느꼈기 때문이었다.

당시 안 가본 애견 동반 리조트는 딱 한 군데여서 그곳으로 목적지를 정했다. 도착하니 방에 엄청난 양의 강아지 간식과 같은 선물이 있었다. 방에는 펫 드라이기와 강아지 식기는 물론 강아지 의자에 강아지 옷걸이까지 비치되어 있었다. 선물로 받은 빙어를 참 맛나게 먹어 주던 쫑이. 쫑이는 엄마를 닮아 바다에서 난 것을 좋아했다.

날을 잘못 선택해 하필 비 오고 바람이 많이 부는 추운 날에 간 게 흠이었지만 쫑이는 펫 파크에서 휠체어로 잘 걸어주었고 꼬몽이는 신나서 날아다녔다.

"쫑아, 겨울이야. 너무 예쁜 세상이지? 너랑 맞는 마지막 겨울일지도 몰라. 잘 기억해 두자. 날 따뜻해지면 꼭 다시 오자."

하지만 또 올 수 없을 거라는 생각에 마음이 먹먹해졌다.

강아지를 위한 용품이 준비되어 있던 리조트 。

° 꼬몽이의 일기

오늘도 형아가 심하게 힘들어해요. 엄마랑 아빠는 얼마 전까진 많이 싸우더니 요즘은 형아가 불쌍하다고 안 싸워요. 전 형아가 불쌍한 건 잘 모르겠고 무서워요. 이 집에 처음 왔을 때부터 있었던 형아였는데 그런 형아가 저를 못 알아보고 이상한 말을 해요. 그래서 자꾸 나가서 형아를 살펴보는데 엄마, 아빠는 먹을 것을 찾으러 나온 줄 알아요. 형아랑 같이 뛰고 같이 냄새 맡던 때로 돌아가고 싶어서 형아한테 말해주려고 가는 건데 억울해요. 그리고 자꾸 삐친다고 야단치는 엄마가 미워요.

한 번도 그런 적이 없었는데 요즘 형아 입 냄새가 너무 많이 나요. 형아는 이빨도 잇몸도 튼튼해서 입 냄새가 안 났었어요. 엄마는 약을 너무 많이 먹고 장기가 자꾸 망가져서 그렇다는데 장기가 망가진 게 뭔지 모르겠어요. 특이한 약 냄새가 올라오는 거래요. 형아 입 냄새가 심해서 이젠 형아가 먹던 건 먹기 싫어요. 형아가 먹던 음식에도 그 냄새가 나거든요. 내가 형아 입 냄새에 질색하거나 형아 물그릇에 물 담아주면 안 먹으니까 나보고 예민하고 까다로운 강아지래요. 마녀 엄마! 해삼! 멍게! 말미잘 똥꼬!

엄마는 입 냄새 없앤다고 입에 넣는 필름 같은 것을 사 왔어요. 그럼 형아만 먹이면 되는 거잖아요. 왜 나까지 먹이는지. 엄마가 억지로 입에 넣으면서 딸기 맛이라는데 엄만 내가 바본 줄 아나 봐요. 딸기 맛은 무슨. 입에 넣으니 맛이 진짜 우웩! 이상한 비닐 같은 게 싫어서 엄마를 물려고 했더니 이번에는 아빠가 잡아서 입에 억지로 넣었어요. 뱉으려고 했는데 입천장에 달라붙어서 떨어지지 않았어요. 그 싫은 게 녹을 때까지 기다려야 했어요. 진짜 아빠까지 이러면 나 삐뚤어질 거예요. 엄마아빠가 미워서 등 돌리고 앉았다고 나보고 '뭔 강아지가 화도 잘 내고 잘 삐치니?' 하면서 웃어요. 흥.

내 머리에 혹인가 종양인가가 생겼는데 자꾸 피가 나요. 머리 위라서 나는 만질 수도 없는데. 아무것도 안 했는데 피가 나고 따가웠어요. 엄마가 병원에 가서 어떻게 해야 좋을지 물어봤어요. 수술하는 줄 알고 잔뜩 긴장했었어요. 다행히 쌤이 수술 말고 냉동 요법인지 무언가를 하자고 했어요. 2주 간격으로 3회 하면 없어질 거라고요. 근데 이거 차갑고 무섭고, 기분 나빠요. 쌤을 콱 물까 하다가 아픈 주사 놓을까 봐 꾹 참고 받았어요. 몇 번 기분 나쁜 걸 하고 나니까 머리 위가 조금 가벼워진 것 같긴 해서 좋았는데 한참 지나니까 더 커지는 거예요. 엄마가 또 병원에 데리고 갔어요. 엄만 포기를 몰라요. 안 되는 건 좀 포기할 줄 알아야 하는데. 근데, 의사 쌤이 또 그 차갑고 기분 나쁜 걸 하재요. 한 번 더 하면 집을 나갈 생각이에요. 그런데 엄마가 '작아지길 기대했는데 더 커진 걸 보니 아이만 힘들게 한 것 같다'라면서 거절했어요. 안 하겠다고 해서 다행이에요. 집은 안 나가도 되게 됐으니까요.

날이 추워졌어요. 겨울엔 아빠가 거실에 코타츠(탁자 아래에 전열기구를 넣고 그 위를 이불이나 담요로 덮은 일본식 난방기구)를 놓아줘요. 난 코타츠가 좋아요. 아빠한테 코타츠 덮은 담요를 들어 달래서 그 안에 들어가 있으면 얼마나 아늑하고 따뜻한지 몰라요. 코타츠 안에서 몸을 노곤노곤 지지고 있는데 아빠가 내 머리를 만져 보고는 막 웃으면서 "하하. 머리가 뜨끈뜨끈하잖아? 구워지겠다."라고 했어요.

오늘은 엄마가 우족을 끓여줬어요. 맛있는 우족만 기다리고 있는데 자꾸 나한테 간식을 줘요. 흥! 내가 모를 줄 알고? 형아만 많이 주려고 하는 게 뻔해서 우족 끓이는 냄비 앞에서 보초를 섰어요. 그랬더니 엄마가 '간식 안 먹은 게 우족 먹으려고 그런 거였어?' 하면서 우족을 주더라고요. 곁눈질로 형아를 보니까 형아도 우족을 좋아했나 봐요. 요즘 형아가 밥도 잘 안 먹고 구역질만 했었는데 잘 먹어요. 그래서 저도 기분이 좋아 많이 먹었어요. 엄마는 딸기를 가져왔어요. 내가 딸기를 얼마나 좋아하는데요. 엄마 손에 있는 딸기를 점프해서 용맹하게 물었는데 엄마가 비명을 지르는 거예요. 내가 딸기가 아니라 엄마 손을 물었대요. 아프게 막 물어서 피가 철철 났대요. 그 순간, 혼날까 봐 걱정돼서 기가 죽었어요. 그래서 얼른 방석에 뒤돌아 앉아 고개 숙이고 있었어요. 그런데 엄마가 안아줬어요. 내 머리를 쓰다듬으면서 '그럴 수 있어. 엄마 손이 거기 있었던 거지 네가 잘못한 게 아니야'라고 해줬어요. 그래서 너무 신이 났어요.

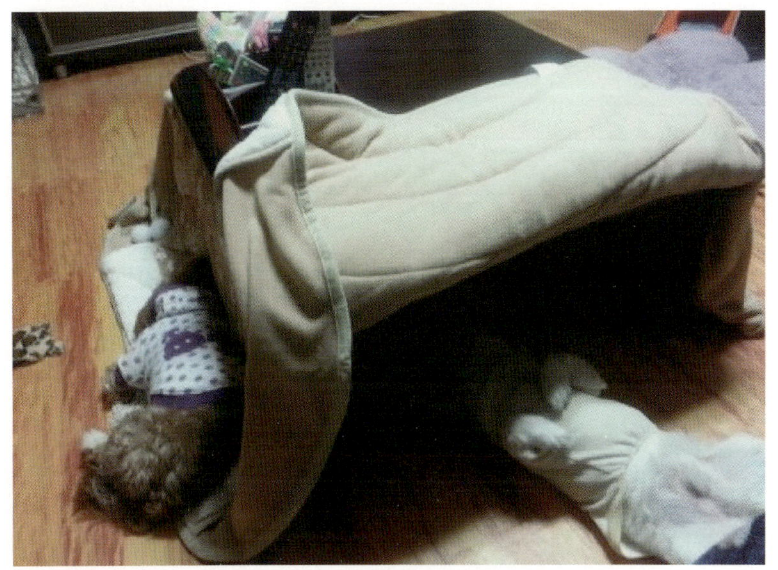

코타츠 사랑 꼬몽이 。

° 절벽을 향해 가는 브레이크 없는 자동차

쫑이는 셀레길린을 먹어도 4~5시간을 자기 시작했다. 셀레길린은 잠을 깨워주고 정신이 들게 하는 치매약이라고 들었는데, 풍뎅의 마음은 점점 불안해진다. 그래서 병원에는 따로 말하지 않고 셀레길린을 조금씩 건너뛰었다. 잠으로 견생을 채우지 말았으면 해서다. 아프지만 않다면, 사랑받고 있다는 것을 느낄 수 있다면, 조금이라도 깨어있기를 바라는 풍뎅이었다. 엄마 무릎에서 편한 얼굴로 잠이 든 천사 쫑이. 풍뎅은 엄마를 전적으로 믿어주는 게 고마워서 눈물이 흐른다.

비록 치매지만, 기억이 과거의 어느 시점에 머물러도 사랑받은 기억만 있기를, 기억을 모두 잊어버려도 새록새록 행복한 기억만 새겨지기를 바라면서 쫑이를 쓰다듬었다.

"꼭 기억해 쫑아. 너는 제일 예쁜 아가라는 걸."

쫑이의 목이 뻣뻣하다. 목을 못 가눈다. 돌아간 목이 아프고 힘든지 돌려보려고 하는데 자꾸 돌아간 쪽으로 더 돌린다. 그러면 쫑이의 몸도 따라서 한 쪽으로 말린다. 몸의 중심도 자꾸 틀어지니 똑바로 누워있는 것도 힘들다. 풍뎅이 반대로 돌려보려 해도 안 된다. 조금이라도 부드러워지게 온찜질을 해 줘야 하는데 더운 걸 워낙 싫어하는 아이라 협조를 안 한다. 그러다가 갑자기 목을 가누고 고개를 똑바로 들기라도 하는 날엔 그저 잠깐일 뿐 좋아진 게 아닐 거라는 걸 알고 있으면서도 '저러다 중심을 잡을 수도 있지 않을까?' 헛된 기대를 해 보는 풍뎅이였다.

병원에 가는 일이 잦아졌다. 하지만 지금 생각하면 그러지 말 걸 그랬다. 그냥 어차피 나빠질 거 그냥 그 시간에 더 안아 줄 걸.

병원에서 검사를 위해 한나절을 입원하라고 해서 풍뎅은 약과 밥을 먹여 달라고 부탁했다. 한나절이 지나 데리러 가니 쫑이 입에 피가 나고 있었다. 한동안 입에서 피가 멈추지 않았다. 신장 수치와 호르몬 수치는 더 나빠졌다는 검사 결과가 나왔다. 입의 피는 아마도 스트레스 때문이었을 것이다. 이틀 간격으로 검사를 받은 데다가 엄마도 없는 병원에서 피 뽑고, 많은 종류의 독한 약을 먹었으니. 얼마나 지치고 힘들면 입에서 피가 났을까. 엄마만 찾는 아이였는데……

돌프도 잦은 검사는 오히려 아이한테 스트레스 줄 것 같다고 한다. 병원에 맡겼는데 아이 입에 안 나던 피가 왜 나냐고, 왜 안 멈추냐고 속상해한다. 아무래도 드라마틱한 차도가 있는 게 아니라면 잦은 검사는 하지 않아야겠다는 생각이 들었다.

그 겨울이 지나고 해가 바뀌었다. 쫑이는 일으켜 세워도 균형을 못 잡는다. 반쯤 넋 나간 아이처럼 어떤 것에도 관심 없을 때가 많다. 가끔, 몸이 떨리는 걸 보니 경련이 오는 것 같다. 이러다가 발작으로 이어질까 봐 겁이 난다. 병원에서는 발작이 오기 시작하면 약을 먹여야 한다고 하셨는데 여기서 어떻게 약을 더 먹일 수 있단 말인가. 지금도 밥보다 더 많은 양의 약을 먹는데.

쫑이의 털은 자꾸 꼬불꼬불해진다. 탄력도 없다.
식사 중 쉬야는 기본이고, 응가 할 때도 많다.
구역질도 심해졌다. 그렇게 잘 먹던 밥도 더이상 먹기 힘든지 입을 안 벌린다. 식사 시간은 점점 길어졌다. 보통 두 시간 밥 먹이고 몇 시간 지나면 또 식사 시간이 왔다. 그러면 퐁뎅은 밥 먹이다 말고 응가 치우고 쉬야 치우고 닦고, 그야말로 북새통이었다.

이제 쫑이에게 '물'이라는 단어는 완벽하게 학습된 것 같았다. '물', '무르' 외치고 나면 물을 마셨다. 불편하거나 싫을 땐 '안 돼!' 내지 '엄마! 언니!' 같은 말을 또렷이 했다.
췌장은 더 나빠졌다. 췌장염 때문에 염증 수치도 높아졌다. 약이 더 늘어나니 쫑이의 입 냄새가 더 심해졌다.
눈을 감지 못하고 잠이 들기 시작한다. 눈꺼풀이 제 기능을 못 하기 시작한 것이다.

기저귀를 채워 놓았기 때문에 기저귀를 자주 풀어도 습한 것은 어쩔 수 없었다. 그러면 베이비파우더를 발라 주고 기저귀를 풀어준 뒤 배변 패드를 깔아둔다. 배변 패드를 깔아도 습하기는 매한가지라 자주 위치를 바꿔주고 소변이 몸에 묻지 않게 해야 했다. 매일 온종일 풍뎅은 바빴다.

그래도 이만한 게 다행이었다. 쫑이를 품에 안아줄 수 있으니까.

풍뎅은 쫑이 머리를 묶어주면서 쫑이를 쓸어본다. 노견의 피부는 얇다. 탄력도 없다. 그래서 머리를 묶는 게 여간 어려운 일이 아니다. 살살 묶어 올려야 한다. 쫑이의 트레이드 마크인 꽁지머리를 계속해서 해 주고 싶어서가 아니라 풍뎅의 실력으론 쫑이 얼굴에 미용기기를 댈 수 없어서였다.

그러다 보니 말 못하는 동물로 태어났다는 게 무슨 형벌처럼 느껴졌다. 쫑이, 꼬뭉이가 정말 딱 그 두 마디, '응!', '아니!'만이라도 말하면 좋겠다. 기본적인 대답조차도 할 수 없는 동물의 삶이라니. 풍뎅은 매일 쫑이에게 다시는 동물로 태어나지 말라고 얘기한다.

사태가 이쯤 되니, 지인들이나 유튜브를 보는 사람 중 몇몇은 반갑지 않은 얘기들을 하기 시작했다. 풍뎅을 또는 쫑이를 위해서 하는 말이라면서 안락사를 얘기하는 것이다. 안락사라고? 그런 말을 어떻게 그렇게 쉽게 하는 것인지.

그렇게 쉽게 포기했을 거라면 여기까지 안 왔을 거다. 병원 검사, 약물 치료, 안약, 침 치료 이런 거 애초에 안 했을 거다. 아이를 위한 여행도 마찬가지고.

돈이 많아서 '돈지랄' 하는 게 아니었다. 가족이니까, 쫑이는 풍뎅을 엄마라고 믿고 있으니까. 물론 그래도 쫑이가 너무 아파서, 사는 게 죽는 것보다 더 힘든 날이 온다면, 쫑이가 그런 신호를 주면 그땐 고려해 봐야 한다는 생각도 갖고 있다. 역지사지(易地思之) 해봤을 때 사는 게 더 고통이라는 확신이 든다면 말이다. 하지만 제3자가 아이를 보내 주라는 이야기를 하는 건 쓸데없는 오지랖이다.

눈이 오던 날, 풍뎅과 돌프는 쫑이와 꼬몽이를 데리고 둔지에 나가 시간을 보냈다. 눈을 좋아하는 꼬몽이를 위해서 그리고 이젠 볼 수 없지만 쫑이에게 눈을 느끼게 해 주고 싶어서.

꼬몽이는 늘 그랬듯 신이 났고 그날 쫑이는 걷기 싫어도 걸어보는 노력은 해줬다. 예쁜 하얀 세상이었지만 그날따라 을씨년스럽고 슬프게 느껴졌다. 아마도 다음번 눈 오는 날을 쫑이는 보지 못할 것 같다는 예감 때문이었다.

시간이 더 지나자 쫑이는 아예 걸으려는 의지가 없어졌다. 불과 두 달 전만 해도 걸으려고 기를 쓰던 쫑이였는데. 휠체어를 태워 끌면 앞 두 발은 구부린 채로 그냥 멈춰 있다. 발을 매일 만져주고 펴주는데도 피가 안 통하는 것처럼 차갑고 자꾸 굽는다. 마비가 더 심해진다. 몸은 점점 더 기울어졌다. 뇌 질환이 심해지나 보다.

쫑이는 부쩍 더 품을 파고들기 시작했다. 풍뎅은 얼마 안 남은 쫑이의 시간이 느껴져 불안했다. 쫑이를 기록하기 위해 유튜브를 시작한 지 일 년. 그 일 년 새, 쫑이는 참 많이 달라졌다. 일 년이 또 지나면, 아니, 몇 달 뒤면 품에 있던 아이가 사라질 것 같았다. 그래서 풍뎅에게는 아이를 안고 있는 그 순간이 더 없이 소중했다.

。쫑이의 마지막 생일 여행

쫑이의 마지막 생일 여행은 쫑이, 꼬몽이와 크리스마스 파티로 불멍을 했던 충주의 한 애견 동반 리조트로 갔다. 쫑이를 위한 생일 케이크를 굽고 아이들이 먹을 음식을 바리바리 싸서 마지막이 될 생일 파티를 하기로 했다. 기적처럼 일 년을 더 지내고 또 생일 파티를 해 줄 수 있다면 더없이 좋겠지만 현실적으로는 불가능하다는 것을 느끼고 있다. 이제 쫑이의 눈에는 초점이 없다. 뭐든 해주고 싶은데 밥도 잘 안 먹고 휠체어조차도 타질 않으려 한다. 컨디션이 점점 떨어지는 아이를 데리고 온 이유는 우리 가족이 오롯이 붙어 있을 수 있어서였다. 날씨가 너무 추워져서 힘은 들었지만 그래도 같이 있어서 좋았다.

다음 날 아침부터 꼬몽이는 나가 놀겠다고 시위 중이다. 너무 추워서 다른 친구들이 없는데도 열심히 혼자 뛰어다니면서 노는 꼬몽이를 보니 울컥 눈물이 났다.

'늘 형아 뒤를 따라다니던 아이였는데 이젠 혼자 놀아야 하는구나. 꼬몽아! 형아는 이젠 걸을 수도 없고 예전처럼 널 지켜 줄 수도 없어. 엄마가 형아를 지켜주지 못해서 미안해.'

쫑이는 이제 걸으려는 의지도 없고 눈은 공허하다. 힘들다고 생각했던 패들링 시기가 그리워질 정도였지만 그래도 안아줄 수 있어서, 온기를 느낄 수 있어서 다행이다.

집에 돌아와서 엄마표 미용을 하던 날, 깎은 쫑이의 털을 버리기 힘들었던 마음은 아마도 이게 마지막 미용이었음을 어렴풋이 알고 있었기 때문이었던 것 같다.

쫑이의 마지막 생일 여행 。

˚ 반짝 삼 일

거실에서 매트 교체 작업을 하고 있었다. 풍뎅과 돌프가 이래저래 바빠 왔다 갔다 하고 있는데 휠체어에 있던 쫑이가 일 주일 만에 '언니!'를 외쳤다. 그 일 주일 동안 쫑이는 그냥 넋을 놓고 있었고 아무 소리도 내지 않았기 때문에 풍뎅과 돌프는 기뻤다.

쫑이는 다시 기운을 내기 시작했다. 소리도 내고 요구도 하고 찡찡대고 발도 까딱거렸다. 그래서 둘은 '쫑이 원기 회복 부활 파티'를 열기로 하고 고기를 사 왔다. 그리고 집을 캠핑장 분위기로 만들어 고기 파티를 열었다. 쫑이는 신장 때문에 단백질을 제한해야 했고, 췌장이 좋지 않아서 기름진 음식은 피해야 했다. 하지만 앞으로 십 년, 이십 년을 살 아이도 아닌데 씹을 수 있고 소화 시킬 수 있을 때 먹고 싶은 걸 다 먹이는 게 옳다. 먹고 싶은 것까지 제한하면 쫑이가 사는 낙이 없을 거다. 보내고 후회하는 건 소용없다. 그런 풍뎅과 돌프의 마음

107

을 알았는지 쫑이는 그날 정말 잘 먹었다. 요 근래에 들어 가장 많이 먹고 제일 잘 씹었다. 그래서 그날 모두 행복한 기분에 들떠있었다. 풍뎅과 돌프는 쫑이가 기운 있을 때 더 데리고 다니면서 먹고 싶은 음식은 모두 먹여야겠다고 생각하며 여행도 예약했다. 그러면서도 풍뎅은 '반짝 삼 일'이 아닐까 하는 불안감도 떨칠 수는 없었다.

불안감은 적중했다.

이후 쫑이는 호흡을 못 하고 밤새 힘들어했다. 코를 보니 코가 너무 말라 막혀있다. 풍뎅은 면봉으로 쫑이의 코를 파줬다. 코딱지가 제법 나왔다. 코를 파주고 나니 쫑이는 편하게 잤다. 하지만 밥 먹는 속도도 다시 느려지고 풍뎅의 무릎만 찾았다. 아무래도 마음의 준비를 해야 할 것 같다. 이젠 한 달씩 받아오던 약도 열흘로 줄여서 받아오기로 했다. 물론 병원은 2~3일에 한 번꼴로 계속 다녔었지만.

점점 쫑이의 컨디션이 널뛰기한다. 풍뎅의 마음도 같이 널뛰기한다. 잠시 장보러 외출한 사이 돌프가 놀란 목소리로 전화했다. 쫑이가 몸을 비틀고 덜덜 떨면서 숨을 못 쉬고 어쩔 줄을 모른다는 거다. 돌프가 호흡이 힘든 상태를 처음 봐서 더 놀랐나 보다. 급히 집에 들어가 보니 코가 또 막혀 힘들어하고 있었다. 착한 쫑이였는데 왜 이렇게 힘든 노년을 맞는 걸까.

° 쫑이의 신호

쫑이가 떠나기 일주일 전에 있었던 일이다. 쫑이가 일어나서 자신을 찾자 풍 뎅은 쫑이를 안아 들었다. 그런데 안구진탕으로 초점 없이 돌아가던 쫑이의 눈 이 30초가량 딱 고정된 상태로 풍뎅의 눈을 똑바로 바라보는 것이 아닌가. 풍 뎅은 소름이 끼쳤다. 쫑이가 보내는 신호이었다. 엄마를 눈에 담아두겠다는, 뭔가 인사를 하는 신호였다. 바보같이 그런 신호를 받았는데, 소름이 끼칠 정 도로 무섭고 또렷한 눈망울로 엄마를 빤히 봤는데 그땐 그 신호를 눈치채지 못 했다. 아니, 알고 있으면서 부정하고 있었다.

쫑이는 다시 넋을 놓았다. 예약했던 여행은 취소했다. 그때부터 마꿈님이 매 일 전화를 주셨다. 요 며칠 전 마이클을 떠나보내고 마음이 힘든 상태였을텐데 쫑이가 걱정된다며 쫑이의 상태에 필요한 처치를 알려주시고, 약을 보내주시 고, 쫑이가 안 좋아지면 풍뎅과 함께 우셨다. 마꿈님은 엄마인 풍뎅보다 더 정 성스럽게 의학적인 이야기나 음식, 먹여야 할 약에 대해 찾아 주셨다. 풍뎅은 정말 많은 도움을 받았다.

병원에서는 신장 수치가 너무 뛰어 당장이라도 삶을 놓아버릴 수 있으니 8 시간 이상 병원에서 수액을 처치해야 한다며 이틀 이상 입원을 권했다. 풍뎅은 만에 하나, 혹시라도 병원에서 아이를 놓쳐 버릴까 봐 수액 맞는 동안 옆에 있 으면 안 되냐고 조심스럽게 여쭤봤지만 입원해서 밤새 맞는 수액이라 어렵다 고 하셨다.

결국 쫑이를 입원시키고 집에 왔다. 풍뎅의 마음은 더 지옥 같다. 온종일 엄 마만 찾는 아이인데 병원에 두는 게 아무래도 아닌 것 같다.

점점 못 먹는 아이가 됐기 때문에, 입에 음식물을 물고 넋을 놓아버리는 아이이기 때문에, 집에서 어떻게든 밥을 먹여 수액을 맞게 해야 할 것 같았다. 집에서야 쫑이만 보는 엄마가 있으니 안 먹으면 멈췄다가 또 먹이고를 반복할 수 있지만 병원엔 여러 환자 강아지들이 있어 그게 힘들 거다.

그리고 무엇보다 곁에 두고 재워야 할 것 같다. 다음날 병원에 가서 수액은 길게 맞되 잠은 집에서 재우겠다고 했다.

쫑이는 이틀간 수액을 맞았지만, Bun 수치가 100에서 82로만 떨어졌을 뿐 여전히 높았다. 병원에서는 며칠 더 반나절 이상 입원 수액 치료를 말씀하셨지만 쫑이 상태가 병원 다녀오면 아무것도 못 먹고 탈진상태가 되어 버린다. 전에 하던 대로 풍뎅이 수액을 집에서 주사하되 용량을 90ml로 늘려서 아침저녁으로 놓으면 안 되냐고 여쭤봤다. 선생님은 말하셨다.

"이러다가 그냥 떠날 수도 있는데, 어쩌죠? 항생 주사도 놔야 하고, 수액은 정맥주사를 놔야 하거든요. 그게 집에서 하시는 피하주사보다 훨씬 효과가 좋아요. 그러니까 3일만이라도 정맥주사 라인 잡은 상태를 유지하고(주삿바늘을 빼지 않고) 병원에 와서 주사를 맞으면 어떨까요?"

잡은 정맥주사 라인은 2~3시간에 한 번씩 주사액을 넣어 막히지 않게 해야 하는데 그래도 간혹 막히는 경우가 있다는 걸 안다. 막히면 또 다른 라인을 잡아야 한다. 쫑이는 노견이라 라인 잡기가 너무 어려웠고 지금 잡은 라인도 겨우 잡은 것이라는데, 막힌다면 아이만 더 힘들 것이다. 자신이 쫑이라면, 서툴러도 엄마가 수액 처치만 해 주고 집에 있기를 원할 듯했다. 그래서 말씀드렸더니 3일간 막히지 않고 라인이 살아 있으면 병원에서 정맥주사를 놓고, 만일 라인이 막히면 또 다른 라인을 잡기엔 쫑이가 고통스러울 테니 집에서 수액 처치하는 걸로 하자고 하셨다.

풍뎅은 통증을 대비해 마약성 진통제까지 약을 잔뜩 받아서 왔다. 그리고 막히지 않게 2~3시간에 한 번씩 주사액을 넣어 막혔는지 확인했다.

다음 날은 쫑이의 빈혈 수치가 갑자기 떨어졌다. 2월 28일에 PCV수치가 30이었고 3월 1일에는 26이었다. 20 아래로 떨어지면 수혈을 받아야 한다. 강아지 수혈은 쇼크가 올 수도 있다는 것을 알고 있는 풍뎅은 위급해도 수혈은 안 받겠다고 했다. 선생님은 아마 며칠 못 먹은 상태라 수치가 낮게 나올 확률이 높다고 하시며 풍뎅을 안심시켰다.

그런데 치매 노견 쫑이였지만, 마성의 매력은 여전히 치명적이었나보다. 휠체어에 탄 채 검사를 기다리는 동안 강아지 한 마리가 오더니 쫑이에게 사정없이 '마운팅'을 하는 것이 아닌가. 주인이 놀라서 아이를 데려가며 연거푸 사과했다. 쫑이는 초점 없는 눈으로 휠체어에 있을 뿐이었다. 간호사님이 웃으며 말씀하신다.

"쫑이 아직 살아있네!"

° 차의 안전벨트가 왜? (1)

불행인지 다행인지 라인은 살아있었고 수액을 3~4시간은 맞아야 했다. 그리고 그 시간은 어쩔 수 없이 풍뎅과 쫑이가 떨어져 있어야 했다. 3월 첫날, 아침에 쫑이를 병원에 데려다주려고 차에 타서 안전벨트를 채우려는데 클립이 갑자기 안 끼워졌다. 아무리 해도 안 된다. 그렇다고 카센터에 맡길 시간도 없었다. 당시 풍뎅의 차가 다니는 곳은 동네 병원뿐이니 돌프에게 차를 수리해 달라고 해야겠다는 생각을 하며 안전벨트는 못 채우고 차를 움직여 쫑이를 병원에 맡겼다. 그다음 날도 안전벨트는 채워지지 않았다. 돌프가 차에 가서 클립에 끼워봤는데도 고쳐지지 않았다. 갑자기 왜 그런지 모르겠지만 그것까지 신경 쓸 시간이 없었다. 이 희한한 신호도 그때 알았어야 했다.

3월 4일, 쫑이는 영양주사를 맞고 진통제에 항생제 다 넣은 수액을 맞더니 표정이 조금 나아졌다. 수액 맞는 정맥 주사라인이 아직 살아있어 통원하며 수액을 맞기로 했다. 다행히 쫑이는 집에 와서 짖기도 하고 처방 사료를 조금이지만 삼키기도 했다. 이렇게 차도가 보이기 시작하는데 주사를 맞게 해야 할 것 같았다. 하지만 그러지 말았어야 했다.

형아가 병원에 가야 해서 집을 자주 비우자 꼬몽이는 스트레스를 받았는지 연신 설사했다. 배가 아픈 와중에도 어떤 느낌이 온 건지 쫑이 방석에 얼굴을 대고 쫑이를 보는 자세로 잠이 들었다.

이 모든 게 같은 신호였다. 며칠 전 쫑이가 풍뎅을 고정된 시선으로 뚫어지게 본 것도, 갑자기 풍뎅 차의 안전벨트가 안 채워진 것도, 꼬몽이가 안 하던 행동을 한 것도 모두 하나를 이야기하는 것이었는데.

안전벨트가 안 채워졌다는 건 주사 맞으러 보내지 말아 달라는 신호였다. 지금껏 쫑이에게 미안하고 후회되는 건 그때 혼자 수액을 맞게 매일 몇 시간을 떼어 놓은 거다.

º 풍뎅의 두 팔에서 쫑이의 심장이 멈췄다

3월 5일, 수액 맞는 쫑이를 병원에서 기다리고 있는데 갑자기 쫑이가 걸어서
나오면 좋겠다는 생각이 들면서 왜 이런 생각이 들까 싶었다. 풍뎅도 마음으로
는 알고 있었던 거다. 그러면서도 그 생각을 애써 지우고 내원 날짜를 정한 뒤
약을 받아왔다. 그리고 인터넷으로 쫑이의 보조제와 물건들을 주문했다.

집에 온 쫑이는 물도 삼키지 못했다. 그리고 넋이 완전히 나갔다. 풍뎅은 자
꾸 넋이 나가는 쫑이에게 미음 같은 음식을 넣어주면서 울었다. 그날 밤 자정
직전 쫑이는 갑자기 응가를 했다. 그러면서 두 마디의 소리를 질렀다. 풍뎅은
쫑이를 안고 있었고 돌프는 응가를 치우고 있었다.

풍뎅의 두 팔에서 쫑이의 심장이 멈췄다.

그리고 고개를 두 번 떨었다. 풍뎅은 자신의 심장이 덜컹 소리를 내는 것을
느꼈다. 주체할 수 없는 눈물이 흐르기 시작한다. 시간도 멈춘 것 같은 시간. 갑
자기 정신이 번쩍 들었다. 어쩌면 심폐소생술이라도 하면 살 수 있지 않을까?
후들거리는 손가락을 들어 병원에 전화를 드렸다. 전화를 받은 당직 선생님이
빨리 오라고 하신다. 서둘러야 했다. 혹시라도 골든 타임을 놓칠까 봐. 부원장
선생님은 느낌이 좋지 않아 연락을 기다리고 계셨다면서 자정이 넘은 시간이
었지만 병원으로 급히 와주셨다.

"이렇게 가면 어떻게 해? 너 모레 병원 가는 날이야. 내일 네 약을 받아오기
로 한 날이고."

하지만 쫑이는 굳어가기만 했다. 병원에서 더 이상 소생을 할 수 없다는 이야기를 듣고 나서 그제서야 쫑이가 돌아올 수 없는 곳으로 갔음을 깨달았다.

"살아주느라 애썼어. 쫑아, 사랑해."

쫑이를 정성껏 담아주신 상자를 거실의 쫑이 방석이 있던 자리에 놓고 쫑이의 사진을 놓고 향을 피웠다. 쫑이가 누운 상자에는 쫑이가 제일 좋아했던 엄마의 옷을 깔아줬다. 그리고 버린 줄 알았던, 아끼다가 못 줬던 쫑이의 '온몸이 삑삑이 인형'을 놓아주었다. 쫑이는 자는 듯이 누워있었다. 전날까지 형아의 방석에 고개를 대고 형아를 보면서 자던 꼬몽이가 상자에 담긴 형아를 보더니 고개를 돌리고 보려 하질 않는다. 더 이상 형아가 아니라고 생각하는 것 같았다.

"꼬몽아, 형아야. 인사해."

꼬몽이는 근처를 맴돌다가 마치 형을 지키는 자세로 앉아 있다. 풍뎅은 쫑이에게 한없이 미안했다. 치매 초기에 아이를 이해하지 못하고 야단치던 일부터 며칠 더 살리겠다고 엄마와 떨어지기 싫어하던 아이를 억지로 떼어 놓고 주사를 맞게 했던 일까지 미안하지 않은 일이 없었다.

쫑이의 회복을 기대하고 걱정하던 유튜브 이모, 삼촌들을 위해 쫑이가 떠났다는 짧은 영상을 올렸다. 쫑이를 언제 보내야 할지, 바로 화장해야 할지 망설이고 있었는데 꼬몽이가 너무 불안해하는 모습이 보였다.

'아! 보내야겠구나. 남은 아이를 위해서라도.'

예전에 멍이와 몽이를 보냈던 광주의 한 장례식장에 연락했더니 밤중에도 전화를 받으셨고, 쫑이의 사진들을 보내달라면서 나이, 이름을 물어보셨다.

다음날 장례식장에서 쫑이를 보냈다. 수의를 예쁜 것으로 사 입힐까 잠시 고민했지만, 가뜩이나 더위를 타던 아이를 불 속에 넣는데 예쁜 옷은 필요 없을 것 같았다. 대신 쫑이가 좋아했던 간식 네 개를 넣었다. 며칠을 너무 못 먹었으니 가면서라도 먹었으면 하는 마음이었다. 장례식장에서는 화장하기 전, 방에 빈소를 마련해 주시고 이별의 시간을 갖게 하셨다.

"몽아. 너를 너무 사랑했던 쫑이가 네 곁으로 가고 있어. 같이 간식 먹으면서 쫑이 손을 잡고 데려가 줘."

이때는 동물 TV 촬영 당시 PD님이 사 오셨던 분홍색 인형은 생각도 하지 못했었다. 그저, 아이가 좋아했을 때 아끼다 못 줬던, 버린 줄 알았던 '온몸이 삑삑이 인형'만 생각이 나서 그 인형과 쫑이의 물건들을 놓고 기도했다. (분홍색 인형 이야기는 뒤에 나온다.)

정말 쫑이를 보내야 하는 순간이 왔다. 쫑이의 작은 몸이 들어가고 문이 닫혔다. 쫑이를 화장하는 동안 엣지맘님이 전화를 주셨다. 엣지의 납골당에 가서 엣지에게 '쫑이가 떠났으니 잘 맞이해 달라'며 기도하고 오는 길이라면서 펑펑 우셨다. 풍뎅도 같이 펑펑 울었다.

한 줌으로 돌아온 천사 무릎 강아지 쫑이.
떼쟁이, 이자(야 이 자식아의 준말), 연체동물, 흰 장화, 쫑쫑이, 패돌이, 꼬불이 등등 여러 별칭으로 불렸던 쫑이가 흰 가루가 되어 품에 안겼다.

"쫑아! 힘들었지? 이제 엄마랑 집에 가자."

쫑이의 유골을 안고 집에 돌아왔다.

풍뎅은 또다시 후회가 밀려왔다. '다른 강아지들은 예쁜 수의와 꽃바구니에 화려하게 보냈는데, 너무 맨몸뚱이만 덜렁 보냈나? 혹시 서운하지 않으려나?' 별별 생각이 다 들었다.

'쫑아! 왜 엄마는 매번 후회되는 일만 저지를까? 이렇게 빨리 갈 줄 알았으면 옆에 있을걸. 하루이틀 덜 살아도 그냥 안고 있을걸.' 끝없이 눈물이 나왔다.

또 해야 할 일이 있었다. 등록했던 쫑이의 사망신고를 해야 한다. 컴퓨터를 켜고 쫑이의 기록을 찾았다. 단 몇 분 만에 쫑이는 세상에 없는 아이가 되어버렸다. 어제까지도 품에 있던 아이였는데 몇 번의 클릭으로 더 이상 세상에 없는 아이가 되었다는 사실이 정말 허무했다.

<table>
<tr><td>RFID 번호: 410000000359120</td><td>출생일: 2005-02-16</td></tr>
<tr><td>성별: 수컷</td><td>취득일: 2005-05-16</td></tr>
<tr><td>동물 이름: 쫑</td><td>상태: 승인</td></tr>
<tr><td>중성화: 중성</td><td>품종: 시추</td></tr>
<tr><td>수수료: 납부</td><td>털 색깔: 갈색&흰색</td></tr>
<tr><td>동물 상태: 사망(자연사)</td><td></td></tr>
</table>

여기저기 쫑이의 물건이 많이 보였다. 마음이 아팠다. 특히 쫑이의 약들과 수액들이 너무 많았다. 예감은 하고 있었지만 그래도 살려보겠다고, 살려보면 더 살 수 있을 거라 믿으면서 처방받은 쫑이의 약들이 냉장고며 서랍이며 한가득이다. 거실의 소파에는 밤에 잠을 못 자던 쫑이와 같이 자기 위해 깔아놓은 담요도 그대로 있었다.

전부 다 그대로 있는데 쫑이만 없다.

당시 코로나 시국이라 해외 약들은 구하기가 참 어려웠었다. 쫑이가 떠나고 삼 일 뒤, 어렵게 구했던 쫑이의 보조제와 리퀴드 약, 액상 사료가 배송됐다. 또 눈물이 쏟아진다. 집안 어디를 봐도 쫑이가 보이는 듯했다. 휠체어 타던 쫑이, 기저귀 차고 우는 쫑이, 수액 맞는 쫑이가.

풍뎅은 겁이 났다. 쫑이 때문에 일찍 일어나 수액을 놓고, 음식을 만들고, 약 먹이고, 안약 넣어주고, 밥 먹이고, 기저귀 갈고, 휠체어 태우고 하던 분주한 시간이 텅 비어버렸으니 어쩌지? 그 빈 시간이 전부 쫑이를 그리워하는 시간이 되고 우울해지면 어쩌지?

쫑이의 물건들 。

° 댓글의 감사함

쫑이의 영상이 올라가자 많은 연락이 왔다.
연락받고 같이 한참을 울었던 그 시간.

감사한 분들이 정말 많았다. 걱정했던 풍뎅의 비어 버린 시간을 친구들 그리고 유튜브 구독자분들이 채워주셨다. 유튜브를 통해 알게 된 쫑이와 꼬몽이의 많은 이모, 삼촌들이 쫑이를 위해 울어주셨고 남아 있는 풍뎅과 꼬몽이를 걱정해주셨다. 그분들의 걱정과 위로에 댓글을 달면서 힘든 마음이 희한하게 조금씩 치유되는 기분이 들었다. 그래서 한 분 한 분 감사한 마음으로 정성스럽게 댓글을 달았다.

남아 있는 꼬몽이를 걱정하면서 꼬몽이의 근황과 상태를 영상으로 매일 올려주기를 바라는 댓글도 많았다. 정숙님은 페키니즈 흰디를 보내고 아픈 아키를 돌보고 계셨기 때문에, 남아 있는 아이의 마음을 아셨다. 남은 꼬몽이가 마치 떠나보낸 흰디 같이 느껴진다면서 걱정해 주셨다. 쫑이를 보내고 풍뎅이 '유튜브를 그만해야 하나?' 고민했을 때, 하루라도 꼬몽이의 영상이 안 올라오면 혼자 남은 꼬몽이를 걱정하는 댓글들이 달렸다. '꼬몽이 어디 아픈 건 아니죠? 우울증에 걸렸을까 봐 걱정돼요.'

그래서 꼬몽이의 영상을 이어 나갔고 그렇게 풍뎅은 조금이나마 펫로스에서 벗어날 수 있었다.

정숙님은 지금 투병 중이시다. 하지만 매일매일 꼬몽이의 영상에 글을 남겨 주신다. 전신마취를 하는 큰 수술을 한 달 간격으로 3번이나 받으신 와중에도 응원해주시고 손수 만드신 열무김치를 보내주셨다. 그런 정성 어린 수제 열무김치는 처음 받아봤다. 편찮은 몸이셨는데도 정성을 담아 만들어 주신 귀한 음식을 받고 눈물이 왈칵 밀려왔다. 열무김치는 어디서도 먹을 수 없는 최고의 맛이었다. 양도 엄청났다. 그해 여름, 그 열무김치 하나로 보냈다 해도 과언이 아니었으니까. 척추 수술로 힘드실 때도, 재활 훈련으로 많이 힘들어하실 때도 풍뎅과 돌프, 꼬몽이를 위해 기도해주셨다. 꼬몽이의 아픈 영상에 풍뎅과 같이 울어주셨던 정숙님. 정말 감사하다는 말로는 부족할 만큼 감사하다. 정숙 이모님이 건강해지시기를 간절하게 기도한다.

아픈 노견 멍돌이를 돌보셨던 연미님도 멍돌이와 성격이 꼭 같은 꼬몽이를 많이 걱정해 주셨다. 전화로 같이 울어주신 재롱맘님, 마꼼님, 엣지맘님 그리고 유튜브의 이모님들, 삼촌님들이 모두 꼬몽이와 풍뎅의 상태를 걱정해 주셨다. 풍뎅이 슬픔을 이겨낼 수 있었던 가장 큰 힘은 바로 유튜브였고 구독자님들과의 소통이었다.

요즘도 꼬몽이를 걱정하면서 매일매일 댓글을 주시는 연미님, 정숙님, 선경님, 히토맘님 그리고 거제냥이님과 묘연지기님(이 두 분은 매일 먼 동네까지 돌면서 길고양이들의 밥을 챙기신다) 덕분에 매일 꼬몽이와의 일상을 찍게 되었다. 그렇게 일상이 더 소중해졌고 꼬몽이를 더 사랑할 수 있었다.

° 악플의 대처법

쫑이를 보내고 그 과정을 기록하면서 유튜브의 댓글을 보기 겁이 났던 건, 악플 때문이었다. 샤니 어머니가 샤니를 떠나보내고 그때의 기록을 유튜브에 올리셨는데 많은 위로도 있었지만 험한 악플들이 몇 있었다.

'강아지가 죽었는데 영상을 올리고 싶냐?'
'왜 이런 영상을 올리는 거냐?'

샤니 어머니는 심성이 여리고 착하신 분이다. 이런 악플에 큰 상처를 받으셨는지 샤니의 마지막 소중한 영상을 삭제하셨다.

그전에도 샤니 어머니의 유튜브에 심심치 않게 태클을 거는 나쁜 댓글들이 있었다. 샤니 어머니가 일하는 동안 집에 혼자 있을 샤니를 안타까워하는 영상이 있었는데 '아이를 이렇게 혼자 두는 건 학대 아니냐?', '장시간 아이를 방치할 거면 키우지 않는 게 좋아요. 친구를 만들어 주던지~', '음. 빨리 보내지. 알면서 왜 이런 영상을 남기지? 너희들이 편하자고?' 같은 댓글이 달렸다고 했다.

샤니 어머니는 그런 댓글에도 심성 착하신 분답게 이해시키는 답변을 쓰거나 사과의 답글을 남기곤 하셨다. 그러면 간혹 그 댓글에 꼬리를 물고 또다른 나쁜 댓글이 달리기도 했는데, 참다못한 풍뎅이 그 사람들에게 댓글을 남겼었다.

'아이 동영상 처음부터 보셨나요? 방치라뇨. 댓글을, 특히 좋지 않은 댓글을 다실 거면 그분의 동영상을 다 보고 이유를 알고 말씀하세요.'

진짜 그렇다. 샤니의 영상을 다 본 사람들은 그런 댓글을 함부로 적을 수가 없다. 얼마나 애지중지 키우셨는데. 길에서 말 한 번 걸었다고 집 앞에까지 따라온 아이를 힘든 상황에서도 얼마나 정성껏 사랑하고 돌보셨는데.

샤니 어머니의 영상에 달린 악플을 보니 그냥 두면 안 되겠다는 생각이 들었다. 줄줄이 사탕처럼 악플이 꼬리를 물고 달리니까. 그 후 풍뎅은 심한 댓글은 신고했다. 그리고 풍뎅은 이해 안 가는 댓글은 들이받기로 했다.

구독자가 많아지면서 많은 분들이 응원해 주셨고 조언해 주셨다. 그런 댓글은 너무 감사하다. 하지만 명령조의 반말이나 비아냥거리는 글을 남기는 사람이 꼭 있다. 왜 그러는 걸까? 자신만의 잣대로 판단하고 어긋난 부분은 꼭 집어서 '지적질'을 해야만 속이 시원한 건가.

물론 나쁜 마음으로 학대 영상을 올리거나 하는 사람들은 비난받아 마땅하지만 그런 사람의 영상이 아니라면 나쁜 말은 쓰지 않았으면 좋겠다. 글과 영상을 올리는 사람의 마음을 이해하고 싶지 않다면 보지 않아야 한다. 타인의 영상을 한 번 휘리릭 보고 지나갈 사람이면, 그냥 가던 길 가길 바란다. 괜히 머물러서 남의 영상에 원치 않는 훈수 두지 말고.

샤니 스토리 TV

PART 2

쫑이가 떠난 이후 바뀐 일상

Chapter 5 | 우울증에 걸린 강아지

° 꼬몽이의 캐릭터가 변했어요

꼬몽이가 좀 이상해졌다. 코믹 캐릭터인 꼬몽이가 얌전해졌다. 그리고 그 먹성 좋던 녀석이 잘 먹지 않는다. 가만히 있는 시간이 많아졌다. 쫑이가 형아 몽이를 보내고 그랬던 것처럼, 꼬몽이도 우울증을 앓기 시작한 것이었다.

과학 국제학술지 '사이언티픽 리포트'(Scientific Reports)에 따르면 강아지들도 함께 생활한 강아지가 세상을 떠나면 슬퍼하고 이를 극복하기 위해 견주의 도움이 필요하다는 연구 결과가 나왔다고 한다. 이탈리아 밀라노 대학 연구팀은 두 마리가 한 집에서 같이 살다가 한 마리가 먼저 세상을 떠났을 때 남은 개에게 미치는 영향을 분석했는데, 조사 결과 86% 정도의 강아지가 같이 지내던 강아지의 죽음을 슬퍼하는 부정적인 행동을 보였다고 한다. 남은 강아지들은 덜 먹고, 덜 놀고, 덜 자고, 자주 짖거나 공포를 느끼는 모습을 보였다. 연구팀은 "개들도 사람과 같은 방식으로 친구 개에게 애착을 갖고 슬퍼할 수 있는 것 같다"라고 했다(애니멀플래닛 참고).

모든 동물은 인간처럼 감정이 있고 슬픔을 느낄 줄 안다. 쫑이가 몽이를 잃고 그랬던 것처럼, 꼬몽이도 많이 슬퍼하고 있었다.

하긴 쫑이도 5년을 같이 산 형아가 떠났을 때 많이 힘들어했는데, 꼬몽이는 13년을 같이 산 형아가 없어졌으니 얼마나 힘들고 슬플까?

풍뎅은 꼬몽이를 위해서라도 힘을 내야 했다.

ﹾ 유골함을 갖고 다니는 이유

꼬몽이는 의욕 없는 강아지가 됐다. 그 좋아하던 노즈워킹도 안 하려고 했다. 풍뎅과 돌프의 슬픔보다 꼬몽이의 슬픔을 치료해 주는 게 더 급했다.

'최대한 붙어 있기, 매일 산책하기, 시간 되는대로 함께 여행가기'가 그들에게 가장 중요한 일과가 됐다.

형아랑 갔던 홍천의 강아지 전용 리조트로 데려갔다. 예전에 형아와 함께 갔던 곳이기에 강아지 운동장인 플레이 그라운드가 익숙할 것 같았기 때문이다. 하지만 잘못된 생각이었다. 꼬몽이는 침을 질질 흘리면서 구석진 곳만 찾았고 그 구석에서 누군가를 찾는 것처럼 두리번거렸다. 예전의 기개와 패기는 어디 던져버리고 겁 많은 강아지가 되어 무언가를 계속 찾았다.

왠지 형아를 찾는 것 같아서 일찍 데리고 와버렸다. 형아와 갔던 곳은 당분간 가면 안 될 것 같다는 생각이 들었다.

외출할 때마다 풍뎅은 쫑이의 유골함을 갖고 다녔다. 49일이 지나 아이를 완전히 보낼 때까지 혹시라도 쫑이가 유골함에 머문다면 집에 혼자 있는 게 무서울까 해서였다. 다른 사람들은 이런 행동이 지나치다고 생각할 수 있다는 걸 알지만 풍뎅만 찾고 풍뎅의 무릎에서만 잤던 아이였기 때문에, 집에 덜렁 혼자 두고 나올 수가 없었다.

여행을 가서 유골함을 숙소에 놓으면 꼬몽이는 인사를 하듯 유골함을 보고 그 옆에서 잠을 잤다. 물론 우연일 수도 있지만 참 희한하게 꼬몽이는 항상 그랬다.

형아 유골함을 지키는 꼬몽이 。

˚ 차의 안전벨트가 왜? (2)

풍뎅은 쫑이를 보내고 정신이 반은 나가 있었다. 그래서 수액 처치를 위해 쫑이를 병원에 데리고 다니던 쫑이의 마지막 며칠 동안, 차의 안전벨트가 고장이 나서 채우지 못하고 다녔었다는 사실을 까맣게 잊고 있었다. 갑자기 쫑이가 떠났고, 정신이 없었고, 슬픔이 가시기도 전에 꼬몽이를 돌보아야 했기 때문에 아무 생각 없이 차를 몰고 다녔다. 하루는 꼬몽이의 침 치료로 아현동 동물병원을 다녀왔었는데 차를 집 앞에 세우고 안전벨트를 푸는 순간, '어, 안전벨트! 이거 고장났는데.' 하는 생각이 들어 다시 안전벨트 클립을 끼워봤다.

‘찰칵!’

안전벨트가 야무진 소리를 내며 채워진다. 다시 풀어봤다. 잘 풀린다. 또다시 채워봤다. 야무진 소리를 내며 채워진다. 풍뎅은 돌프에게 전화했다.

“그때 안전벨트 고장 난 거 당신도 확인했지?”
“아, 맞다. 내가 내일 가서 고쳐올게. 정신이 없었어.”
“아니~ 그때 분명히 확인했지? 나만 안 채워졌던 거 아니지?”
“뭔 소리야? 그거 고장 난 것 같아. 아예 끼워지지 않아.”

갑자기 눈물이 났다. 엉엉 울었다.

“풍뎅아, 왜 또? 무슨 일이야? 사고 났어?”
“쫑이가 병원 가기 싫었나 봐. 그것도 모르고 수액 맞게 하고 살려보겠다고.”
“왜?”
“안전벨트가 어제도 채워졌었는데, 내가 안 채워졌었다는 걸 기억 못하고 다니다 이제 기억이 났어. 쫑이가 주사 맞기 싫다고, 병원에 혼자 두지 말라고 벨트가 안 채워지게 한 건 가봐. 내가 미쳤지. 우리 쫑이 불쌍해서 어떻게 해? 쫑이한테 미안해서 어떻게 해? 그렇게 혼자 있는 걸 싫어했던 애를 떠나는 그날까지 몇 시간을 떼어 놓고 병원에서 수액을 맞게 했어.”

주체할 수 없이 눈물이 났다. 정말 희한하게 쫑이가 떠나기 며칠 전부터 안전벨트 클립이 마치 맞지 않는 클립을 달아놓은 것처럼 끼워지지 않았다. 돌프도 직접 보고 고장 났다고 말했었는데, 이렇게 아무 일도 없었던 것처럼 클립이 끼워지다니.

이것 역시 믿지 못하는 분들도 있을 거라는 것을 안다. 하지만 풍뎅은 3~4일 간을 몇 번이나 시도하다 안 돼서 벨트를 못 채우고 쫑이를 데리고 다녔었다.

꼬몽이는 밥을 잘 안 먹기 시작했다. 6.4kg까지 나가던 꼬몽이의 몸무게가 5.9kg로 줄었다. 항상 집안의 분위기 메이커로 코믹한 역할을 담당했던 꼬몽이라 여간 걱정스러운 것이 아니었다.

꼬몽이가 형을 잊고 살도록 도움을 줘야만 했다. 밖으로 나가는 걸 좋아하는 아이이니 밖으로 데리고 나가면 좋아지지 않을까 생각했다. 풍뎅과 돌프도 쫑이와 갔던 곳을 가면 쫑이가 그립고 보고 싶은데 꼬몽이는 오죽할까 싶어서 형 아랑 가지 않은 새로운 곳으로 여행을 다녔다. 쫑이를 혼자 둘 수 없으니 유골함은 늘 들고 기왕이면 몸이 힘들 수 있는 캠핑장을 찾았다. 몽산포, 꾸지해변, 장항 등으로 가 캠핑을 했다. 시간이 많고 몸이 편하면 자꾸 쫑이가 생각나서였다. 꼬몽이도 그럴 것 같아 많이 걷게 했다.

"꼬몽아. 우리 같이 이겨내자. 산 사람, 아니 산 강아지는 살아야지."

정말 쫑이를 보냈어요

애니멀 커뮤니케이터들은 강아지는 세상을 떠난 49일 동안 이승과 저승을 자유롭게 왔다 갔다 한다고 얘기한다. 아마 쫑이는 가끔 내려와서 꼬몽이를 봤을 것이고 엄마가 잠잘 때 옆에서 꼬리를 흔들었을 것이다.

어느새 쫑이가 떠난 지 49일이 됐다.

풍뎅 부부는 몽이를 보낸 바다에 가서 쫑이를 보내주기로 했다. 정성껏 편지를 쓰고 쫑이가 좋아하던 음식을 챙겨 동해로 갔다. 물을 무서워했던 쫑이였지만 형아를 보낸 바다라 먼저 떠난 몽이가 데리러 오기 쉬울 것 같아서였다. 숙소에 짐을 풀고 쫑이의 유골함을 놓고 음식을 먼저 많이 차려줬다. 몽이, 쫑이 그리고 유튜브로 알게 된 먼저 떠난 다른 아이들도 같이 와서 먹고 가라고 기도했다.

이제는 놓아주어야 할 시간이 왔다.

"쫑아. 멀리멀리 자유롭게 날아가. 이제 안 아프고 잘 걷고 잘 들리고 잘 보여서 좋지? 엄마가 놓아줄게. 잘 가. 내 천사! 다시는, 다시는 동물로 태어나지 마."

쫑이에게 쓴 편지들을 읽으며 향을 피웠다. 그리고 쫑이를 천천히 보냈다. 몽이는 유골을 뿌렸을 때 자신이 누워있던 모양을 바다 위 검은색 띠로 보여줬는데.
풍뎅은 '쫑이가 바다에 어떤 신호라도 보여주지 않을까' 하는 마음에 바다를 뚫어지게 봤다. 하지만 아무 신호도 발견하지 못했다.

"쫑이는 떠난 게 행복한가 봐. 야속한 자식."

바다를 좋아했고 바다만 보면 뛰어 들어가려 하던 꼬몽이는 그 이후 이상하게도 바다에 절대 들어가지 않았다. 오히려 바닷물 근처로 가면 질색하고 도망가기 시작했다. 그 이유는 돌프도 풍뎅도 아무도 모른다.

° 꿈에 나타난 쫑이 (1)

바다에 보낸 쫑이가 어쩌면 몽이처럼 바다에 자신의 모습을 한 띠를 보여주지 않을까 내심 기대했었다는 건, 어쩌면 그것까지 바라는 건 너무 큰 욕심이었을지도 모르겠다. 왜냐하면 이미 그전에 많은 기적 같은 신호들을 보냈었으니까.

쫑이가 떠나고 5일쯤 지나서였을 것이다. 지금은 5등맘님인 재롱맘님께 연락이 왔다. 쫑이가 꿈에 나왔다는 것이다.

"혹시, 쫑이한테 분홍색 돼지? 통통한 인형이 있어요?"

"아뇨. 없어요. 쫑이가 인형을 안 좋아하게 돼서 다 버렸었는데, 아끼다가 못 준 '온몸이 삑삑이 인형'만 있어요."

"아~ 그래요? 쫑이가 아닌가? 분명 쫑이였는데. 배가 아파서 따뜻한 전기방석을 배에 올리고 잠깐 잠이 들었다가 꿈을 꿨어요. 꿈에서 쫑이가 자꾸 두 발로 뛰길래 강아지 울타리에 넣어놨는데, 근데 자꾸 그 옆에 있는 분홍색 인형을 달라고 하는 거예요."

그 순간 소름이 끼쳤다. 잊고 있었던, 동물 TV PD님이 사 준 쫑이가 안고 잤던 분홍색 토끼 인형이 문득 생각났다.

"팔다리 짧고 배가 통통한 토끼 인형은 있는데. 그게 분홍색예요."
"혹시 그 인형인가? 분홍색이고 통통한 인형이었어요. 쫑이가 자기 인형이라는 듯이 계속 뛰어오르면서 그 인형을 달라고 하더라고요."

세상에. 쫑이가 그 인형을 찾았었나보다. 마지막에 선물로 받았던 그 인형을.

"그 인형은 생각하지도 못하고 '온몸이 뻑뻑이 인형'을 못 줬던 것만 생각이 나서 그것만 쫑이 사진 옆에 올려줬는데. 그걸 찾다니. 세상에~ 자기가 받은 선물이었으니 자기 것이었는데 엄마가 잊어버렸다는 건가 봐요. 쫑이 사진 옆에 올려둬야겠어요."

쫑이가 떠나고 보름쯤 됐을 때 엣지맘님의 연락이 왔다.

"언니, 어제 쫑이가 꿈에 나왔어요."
"네? 쫑이요? 쫑이 잘 있어요? 엄마 꿈에는 오지도 않아요."
"쫑이가 너무 예쁜 하얀 길을 걸어가고 있었어요. 하얗고 깨끗한 길이었는데 양옆으로 예쁜 꽃나무들이 쭉 있었어요. 쫑이가 한참을 가다가 뒤를 돌아보고, 또 한동안 가다가 뒤를 돌아보고는 멀리 갔어요."

꼬몽이는 늘 직진 본능이라 가다가 뒤돌아보는 일은 없는 아이였고 쫑이는 늘 가다가 풍뎅이 오는지 뒤를 돌아보던 아이였다.

"정말 쫑이네요. 감사해요, 엣지맘님. 쫑이를 얼마나 사랑하시고 챙겨주셨는 지 쫑이가 알았나 봐요. 착하게 인사하고 갔네요."

착한 쫑이는 고맙게도 이렇게 사랑을 주신 분들께 감사의 인사를 했다.

쫑이의 분홍 인형 。

° 네 잎 클로버와 50원 동전들

풍뎅의 꿈에는 찾아오지 않았지만 쫑이는 풍뎅에게 다른 신호를 보냈다. 바로 네 잎 클로버와 50원 동전이었다. 풍뎅은 살면서 한 번도 네 잎 클로버를 찾은 적이 없었는데, 그 귀한 것을 몇 개나 발견했다. 그리고 요즘 거의 쓰이지 않는 동전, 그것도 50원짜리 동전을 몇 번이나 쫑이를 산책시키던 길에서 발견한 것도 신기했다. 네 잎 클로버를 처음 발견한 건 쫑이가 떠난 그 다음 주에 꼬몽이의 침 치료를 위해 갔던 아현동 동물병원 앞에서였다.

꼬몽이는 어릴 때 허리 디스크 때문에 수술했었고, 목 디스크가 있어 목과 허리를 위해 침 치료를 꾸준히 받고 있었다. 집에서는 온찜질과 원적외선 치료를 병행했고 열심히 보살폈지만 형을 보낸 이후로는 밥을 잘 안 먹었 다. 특별한 이상은 없는데도 몸무게가 5.9kg까지 빠지더니 결국 5.6kg까지 빠졌다. 형을 잃은 상실감, 정신적인 이유가 큰 것 같았다.

침 맞고 난 꼬몽이의 기분 전환을 위해 늘 쫑이와 걷던 잔디를 걷고 있는데 눈에 딱 들어온 것이 네 잎 클로버였다. 그리고 2주 뒤, 같은 자리에서 50원짜리 동전을 발견했다. 신기했다. '이 모든 게 그저 우연인데 호들갑을 피운다'고 생각하는 사람이 있어도 어쩔 수 없었다. 풍뎅은 엄마였으니까 그렇게 믿고 싶었고 그렇게 느낀 것이니까. 여러 가지로 힘들어 하던 엄마와 아빠에게 주는 쫑이의 선물이라는 생각이 들었다.

어디선가 동전마다 상징적인 의미가 있다고 들었는데, 50원 동전에 새겨진 벼 이삭 모양은 풍요, 번영의 의미란다. 쫑이의 신호가 50원 동전인 이유를 생각해봤다. 아마 지금 힘들어도 풍요로워질 거니 걱정하지 말라는 위로였을까?

행운의 클로버와 함께?

참 신기하게 풍뎅은 네 잎 클로버를 또 발견했다. 그리고 캠핑 가서 길고양이에게 간식을 나눠주고 그들이 떠난 자리에서 또 50원 동전을 발견했다. 쫑이가 떠나고 두 달 동안 그렇게 발견한 네 잎 클로버가 4개, 50원 동전이 3개였다. 이 정도면 우연이라고 하기에는 좀 신기하지 않은가?

˚ '반려'의 의미

여기서 잠깐 '반려'라는 단어의 의미를 짚고 가려 한다.

과거에는 '애완동물'이라는 단어로 주로 사용되었지만 최근에는 '반려동물'이라는 용어를 많이 사용한다. 애완동물의 '애완(愛玩)'은 '사랑 애(愛)', '희롱할 완(玩)'이다. '완'이라는 단어가 '장난하다, 희롱하다, 놀다'의 의미이기 때문에 생명을 하대하는 의미가 강해 동물을 존중하는 뜻을 담아 '반려'로 대체해서 사용하기 시작했다. 반려(伴侶)란 원래는 '자신의 짝' 즉, 배우자를 지칭하는 단어였다고 하지만 시대가 바뀌면서 평생을 함께하는 동반자나 가족 모두 지칭하는 용어로의미가 확장되었다.

이제 '반려'라는 단어는 사람에게만 사용하는 말이 아니다. 고양이나 강아지 같은 반려동물부터 함께 살며 사랑을 주고받는 모든 존재들을 의미한다. 반려식물은 물론 반려돌멩이라는 말까지 등장하는 세상이니까. 다만 '반려'라는 의미가 확장된 만큼, 자신의 짝처럼 소중한 존재가 된 그들을 끝까지 책임지고 지켜줘야 한다는 것도 명심해야 한다.

° 나비가 되어 찾아온 아이

풍뎅은 네 잎 클로버와 50원 동전 외에도 나비로 찾아온 쫑이를 가끔 만났다.

갈색 점이 있는 흰 나비 한 마리가 꼬몽이와 산책하고 있는 길을 따라 낮게 날았다. 멀리 가지도 않고 꼬몽이의 걸음과 속도를 맞춰 날고 있다가 꼬몽이 코를 스치듯 지나갔다. 풍뎅은 자신도 모르게 "쫑이니?" 물었다. 꼬몽이는 아무 느낌이 없는 듯 보였지만 풍뎅의 마음은 울컥했다. 한동안 풍뎅의 앞을 따라다니고 맴돌던 나비는 쫑이였을 거다. 쫑이가 아니라도 쫑이가 보낸 신호이길 바라는 풍뎅이었다.

며칠 뒤에도 갈색 점이 있는 흰 나비가 풍뎅의 아파트 입구에 있길래 "쫑이니?" 하고 부르자 풍뎅의 머리 위를 한 바퀴 돌더니 집 앞의 작은 나무에 앉았다.

"쫑이면 잠깐 기다려. 엄마가 꼬몽이 지금 데리고 나올게. 꼬몽이 보고 가."

설마설마하면서 집에 들어가 꼬몽이와 산책할 때 필요한 것을 챙겨 나왔는데 신기하게도 그 나비는 같은 자리에 앉아 있었다.

"쫑이 맞네. 엄마 기다려줘서 고마워."

착하게 꼬몽이가 올 때까지 기다렸다가 간 그 나비. 분명 쫑이였다.

어떤 날은 두 마리의 나비가 풍뎅과 돌프, 꼬몽이가 산책하는 길에 교대로 낮게 날고 있었다. 그 나비들은 날개를 접고 길 위에 앉아 있었다. 그 산책길은 일방통행이라 길 끝까지 가면 반환점을 돌듯 돌아와야 집으로 갈 수 있는 곳이었다.

"몽이랑 쫑이니? 너희 여기 기다리고 있어. 끝까지 갔다 올 동안."

이번에도 설마했는데 풍뎅과 돌프가 돌아오자 그제야 인사를 하듯 날아오르는 나비들이었다. 꼬몽이 앞을 스치듯 지나서 가는 나비 두 마리. 정말 신기했다. 눈으로 보고 영상으로 찍어도 믿기지 않았다.

한번은 풍뎅을 계속 맴돌던 나비에게 "쫑이면 여기 앞에 앉아봐." 말했더니 나비가 마치 말을 알아듣듯 앞에, 그것도 풀밭이 아닌 아파트의 시멘트 위에 앉은 적이 있었다. 풍뎅은 눈물을 줄줄 흘렸다.

그 이후 풍뎅에게 나비는 "쫑이니?" 물었을 때 풍뎅과 꼬몽이 주위를 도는 '쫑이 나비', '몽이 나비'와 그렇지 않은 나비로 구분되었다.

가끔은 갈색 무당벌레로 오기도 했다. 거실에 앉아 있던 풍뎅의 코앞을 날아간 무당벌레. 풍뎅은 모기인 줄 알고 전기 모기 채로 잡으려고 갔는데 무당벌레였다. 색이 딱 쫑이의 털 색 같은 갈색에 흰 땡땡이였다. 흔치 않은 그 색의 무당벌레라니. 쫑이도 엄마가 보고 싶은 모양이다.

네 잎 클로버 。

무당벌레 。

° 꼬몽이가 하는 쫑이의 행동

쫑이와 꼬몽이의 확연히 다른 점이 있다. 앞에도 언급했지만 쫑이는 잠잘 때 잠꼬대를 많이 했었다. 자기표현 못하는 소심한 강아지가 주로 잠꼬대한다는데 쫑이는 소심했고 늘 참는 아이였기 때문에 아마도 못 한 이야기를 잠꼬대로 하는 것처럼 느껴졌다. 반면 꼬몽이는 하고 싶은 대로 성질도 부리고 물기도 하는 녀석이라 그런지 잠꼬대를 하지 않았다. 그런데 쫑이가 떠나고 나서 꼬몽이가 잠꼬대를 하기 시작했다. 남겨진 아이가 떠난 아이의 행동을 하는 것은 그 아이가 왔다가 가는 것이라던 어느 책의 구절이 떠올랐다. 쫑이가 자신이 왔다는 것을 알려주고 싶어 자신이 하던 행동을 꼬몽이를 통해 보여 주고 있다고 풍뎅은 생각했다.

간혹 밤중에 꼬몽이는 이상한 짓을 했다. 잘 누워 있다가 어느 한 곳을 주시하는데 대부분 풍뎅의 방이다. 그곳을 보면서 가만히 보기만 할 때도 있고 꼬리를 흔들 때도 있다. 형아가 자주 누워있던 그곳에 형아가 왔던지, 아니면 그리운 마음에 형아가 있던 곳을 보면서 지난 기억을 생각하던지 둘 중 하나일 거라고 풍뎅은 믿었다.

° 없어진 꼬몽이의 폐에 있던 '무엇'

꼬몽이는 여러 군데 아팠다. 광견병 예방주사를 맞고 알러지가 생겨 얼굴이 퉁퉁 붓기도 하고, 장이 약해져 설사를 하기도 하고, 어릴 때 앓았던 디스크가 도지기도 하고, 심지어 발작도 있었다. 형아를 잃은 스트레스가 상당히 심했던 것 같았다.

그러던 중 반가운 소식이 있었다. 꼬몽이의 폐에 있던 그 염증인지 괴사된 무엇인지가 없어졌다는 얘기였다. 동물병원 원장님은 기뻐하시면서 이제 관리만 잘하면 될 것 같다며 안심하라고 하셨다.

꼬몽이는 엄마 아빠와 많은 여행을 다녔고 풍뎅 부부는 꼬몽이를 혼자 두지 않았다. 아주 급할 때만 2~3시간 혼자 두는 것을 제외하고는 엄마든 아빠든 꼬몽이의 옆을 지켰다. 다행히 꼬몽이는 조금씩 예전의 깨방정(깨춤을 추듯 개방정을 떨어서 깨방정이라 한다)을 다시 장착하기 시작했고 코믹했던 옛 캐릭터를 찾아 나가고 있었다.

무엇보다 가장 찜찜했던 폐의 '그것'이 없어졌으니 꼬몽이는 이제 날아다닐 일만 남았다.

° 다시 돌아온 쫑이의 꽁지머리

꼬몽이 진료와 미용 때문에 한남동의 동물병원에 갔는데 간호 선생님이 작은 박스를 보여주셨다.

"이게 뭐예요?"
"뭐니 뭐니 해도 아이 보내고 나면 제일 갖고 싶은 게 내 새끼 털이더라고요. 그동안 드릴까 여러 번 고민했었는데 쫑이 얘기만 나오면 너무 우셔서 못 드렸었어요."

박스를 열어 보니 세상에. 쫑이의 꽁지머리가 묶인 상태로 들어있었다.

"전에 수액 맞을 때 조금 잘라서 갖고 있었어요."
"세상에……."
"뭐니 뭐니 해도 내 새끼 털이 제일 쓰다듬고 싶더라고요."

풍뎅은 어디서도 받을 수 없는 정말 귀한 선물을 받았다. 이후 간호 선생님과 풍뎅은 엉엉 울면서 대화를 나누었다. 신기했던 건 쫑이가 떠난 후 풍뎅이 쫑이의 사진을 보며 유화를 그린 적이 있었는데, 그 사진이 꽁지머리 상자에 같이 들어있었다. 간호 선생님이 어떻게 알고 이 사진을 넣어주셨을까?

또 신기했던 건 그 이후로 네 잎 클로버와 50원 동전은 발견하지 못했다는 것이다. 클로버는 두 가지 종류가 있다. 우리가 흔히 클로버로 알고 있는 하트 모양의 클로버와 조금 큰 둥근 모양의 클로버. 둥근 모양의 클로버는 그나마 네 잎도 꽤 있고, 다섯 잎도 있는 모양이다. 하지만 하트 모양의 클로버 네 잎을 발견하기는 어렵다. 쫑이를 보내고 그간 풍뎅이 발견한 네 개의 클로버는 귀하다는 작은 하트 모양의 클로버였다. 돌프는 말했다.

"쫑이 꽁지머리가 있으니 쫑이는 더 이상 다른 걸 보여주지 않아도 된다고 생각했을 거야. 가장 소중한 실체가 왔잖아."

그렇구나. 진짜 쫑이의 털이 돌아왔으니 더 이상의 신호가 무의미할 수도 있겠구나.

쫑이의 꽁지머리 。

PART 3

꼬몽이와 새롭게 얻은 세상

Chapter 7　　**매일 산책하는 꼬몽이**

° 두 가족이 함께하는 여행

　재롱맘님은 어느 날 유튜브를 보다가 떠난 재롱이와 너무 비슷한 상태의 쫑이의 영상을 보게 됐다. 재롱이처럼 기억을 잃어가는 쫑이를 보니 마음이 아팠고, 영상 속의 풍뎅과 쫑이를 보니 마치 자신과 재롱이를 보는 것 같아 울컥하는 감정이 밀려왔다. 유튜브나 SNS에 한 번도 달아 본 적 없던 댓글이지만 재롱이와의 추억에 대한 긴 댓글을 썼다. 댓글을 쓰고 보니 뭔지 민망해서 얼른 지웠다. 하지만 쫑이 영상을 볼 때마다 재롱이가 생각나 조금 망설이다가 다시 댓글을 썼는데 바로 풍뎅의 답글이 올라온다. '읽었는데 바로 지우셔서 서운했었어요'라고.

　올리자마자 바로 읽은 게 신기해서 '벌써요? 처음 써 보는 댓글이라 썼다가 바로 지웠어요'라고 했더니 또 즉답이 왔다. 이것도 인연인가 싶었다.

　이후 재롱맘님은 매일 쫑이의 상태를 보러 유튜브를 찾게 되었고, 쫑이가 조금이라도 잘 버텨주길 기도했다. 재롱맘님은 강아지 4마리를 돌보고 있었지만 늘 재롱이가 가슴 속에 있었다. 매일 쫑이의 유튜브를 보다가 뭔가 쫑이와 꼬몽이에게 주고 싶어졌다. 그때 현관의 유모차가 눈에 들어왔다. 거의 새것이고 굉장히 튼튼한 유모차였다. '혹시 필요하다고 하면 이걸 드리고 우리 유모차는

다음에 필요할 때 사면 어떨까?' 하는 생각이 들었다.

'물론 있으시겠지만 저희 아이들의 유모차가 사용을 거의 안 한 새것인데 드리고 싶어요. 혹시 필요하세요?'라고 댓글을 썼다. 풍뎅은 놀랐다. 집에 강아지가 여러 마리 있으니 꼭 필요한 유모차일텐데, 선뜻 주시려고 하다니. 풍뎅은 큰 감동을 받았다.

'아! 말씀 정말 감사합니다. 근데 저한테 주시면 또 사셔야 하는 거죠? 저희 유모차는 좋은 건 아니지만 아직 멀쩡해요.'

'있을 줄은 알았어요. 그래도 혹시 필요하실까 해서 여쭤봤어요. 그러면 뭐라도, 아이들의 다른 물건이라도 보내드리고 싶어요.'

그때부터 재롱맘님은 재롱이 챙기듯 쫑이를, 그리고 꼬몽이를 살뜰히 챙겼고, 아이가 아픈 영상만 올라가도 눈물을 흘렸다. 쫑이에게 좋은 영양제나 제일 좋다는 수제 간식을 보내기도 했다.

쫑이가 떠난 후, 마음 아파하던 재롱맘님의 꿈에 쫑이가 나타나 인사를 했다. 쫑이도 그간 받은 것에 감사했었나 보다. 마침 집도 가까웠기에 풍뎅은 재롱맘님께 만나자고 했다. 하지만 막상 만나려니 겁이 났다. '혹시 보시고 영상과 달라서 실망하시면 어쩌지?' 등등 별생각이 다 들었다. 하지만 기우였다. 첫 만남에서 오랜 지인을 만난 것처럼 풍뎅과 재롱맘님은 대화가 잘 통했다. 시간 가는 줄 모르고 이야기의 장을 펼치던 두 사람은 레스토랑의 '브레이크 타임'이 되자 아쉬웠고 근처 커피숍으로 장소를 옮겨 다시 많은 이야기를 나눴다.

자연스럽게 다음 만남을 기약하고 집으로 돌아간 재롱맘님은 재롱 아빠님께 풍뎅과 만난 일을 이야기 했다. 재롱 아빠님은 '다음엔 더 좋은 데서 대접해드려'라고 말하셨다고 한다. 재롱맘님은 애견 동반이 가능한 고급 프랑스 레스토

랑에 풍뎅을 초대했다.

두 번째 만남, 재롱맘님은 네 마리의 아이들을 모두 데려올 수 없어 두 아이만 데리고 왔다. 풍뎅과 동행한 꼬몽이는 날이 서서 호시탐탐 그 아이들에게 짖을 기회만 노리고 있었지만 두 사람은 조용하고 우아한 기분 좋은 식사 시간을 보냈다.

집에 온 풍뎅도 이 만남에 대해 이야기하자, 돌프가 재롱 아빠님을 안다고 했다. 20년 전쯤 전 가끔 뵈었던 형님이란다. 이런 인연이 있을 수 있단 말인가? 참 신기한 인연이라고 풍뎅은 생각했다.

얼마 뒤 강릉에 놀러 간 재롱맘님과 재롱 아빠님은 풍뎅 부부에게 연락했다. 애견 동반이 가능한 호텔에 머물고 있으니 놀러 오라며 풍뎅 부부를 초대했다.

° 오둥이가 된 꼬몽이

꼬몽이는 앞에도 얘기했듯 강아지들에게 인기가 없는 편이다. 꼬몽이는 강아지들을 보면 맹렬하게 짖고 못된 얼굴로 달려들곤 했다. 그래서 풍뎅은 재롱맘님으로부터 강릉에 초대받았을 때 내심 걱정했었다.

'강아지들끼리 너무 싸워서 문제가 되면 어쩌지?'

초대받은 첫날, 역시 분위기가 좋지 않았다. 꼬몽이는 네 강아지, 사둥이들을 보면서 짖을 기회만 노렸다. 사둥이들도 그런 꼬몽이가 싫었을 터였다. 혹시나 초대한 걸 후회하시거나 불편해하실까 풍뎅은 고민이 됐다. 그런데 이틀째부터는 같이 놀진 않아도 큰 무리 없이 서로를 대했다. 참 다행이었다. 그럼에도 최후의 자존심인 자신을 안는 행위는 허락하지 않았다. 아니, 않을 줄 알

왔다. 꼬몽이는 누군가 자신을 안으려 하면 고양이 마냥 하악질을 하고 무는 시늉을 하며 상대방에게 공포감을 주는 걸 즐기는 녀석이었다. 재롱맘님은 그걸 알기 때문에 꼬몽이를 안을 엄두조차 내지 못하셨는데, 처음 만난 날 갑자기 재롱 아빠님이 꼬몽이를 덥석 안는 게 아닌가? 풍뎅과 돌프가 미처 말릴 할 틈이 없었다.

"저 그러다 물리시……"

말을 얼버무리면서 꼬몽이를 봤다. 굉장히 얼떨떨하고 떨떠름한 표정으로 그냥 안겨 있었다. 처음 있는 일이었다.

"왜요? 애 순하네."
"아니, 저놈이 순한 놈이 아닌데. 웬일이지?"

한참을 안고 뽀뽀까지 하는 데도 꼬몽이가 그냥 있다니. 그 후로도 재롱 아빠님은 가끔 꼬몽이를 훅 안으셨는데 '훅' 들어오는 바람에 으르렁댈 시간을 못 가진 건지, 전투력을 상실한 건지 그때마다 꼬몽이는 가만 안겨 있었다. 그렇다고 전투력을 상실할 놈은 아닌데 참 신기할 따름이었다. 이로써 재롱 아빠님은 꼬몽이의 큰아빠가 되었다. 함께 가는 여행이나 나들이가 계속될수록 점차 꼬몽이는 사둥이들에 섞여 오둥이가 되었다. 다른 강아지들이 오면 다섯 마리 모두 단합해서 짖었다. 재롱맘님이 음식을 주시면 까칠하고 의심 많은 꼬몽이 가 사둥이들과 나란히 서서 받아먹기도 했다.

남편들끼리 알고 지냈던 추억이라는 공통분모가 있었고 강아지라는 매개가 있어 두 식구는 급속도로 친해졌고 자주 만나게 되었다.

이후 두 식구는 많은 곳으로 여행을 다녔다. 재롱이와 쫑이가 맺어준 소중한
인연의 시작이었다.

오둥이가 되어가는 꼬몽이 。

° 이렇게 덥석 안기다니

° 밥과 생선 반찬

쫑이는 발바닥 패드가 여전히 새끼 강아지처럼 핑크색이었는데 패드가 약해 오래 걸으면 피가 나곤 했다. 바쁘다는 핑계, 발의 패드가 약하다는 핑계로 풍뎅은 두 아이를 매일 산책 시키지 않았었다. 하지만 쫑이가 기를 쓰고 일어나 걸으려다가 주저앉는 걸 본 순간부터 미안하고 후회가 됐다. '진작 많이 걷게 했었다면, 쫑이의 다리 근육이 발달하도록 했었다면 못 걷지 않았을 텐데' 하는 후회로 풍뎅은 괴로워했다. 그래서 풍뎅과 돌프는 꼬몽이를 많이 걷게 했다. 워낙에 나가는 것을 좋아하는 아이고 세상에 대한 호기심도 많은 아이라 시간이 안 되더라도 매일 걷게 하자고 약속했다. 하긴, 아이들이 무슨 낙이 있을까. 주인과 같이하는 시간이 최고 행복일 것이고 같이 외출하면 더없이 좋을 거다. 그 후 하루 한 번 산책은 기본이고 근교 나들이도, 여행도 많이 갔다.

완도에 갔을 때 일이다. 애견 동반 생선 구이집이 있어 데리고 갔더니 유모차에 있던 꼬몽이가 갑자기 두 발로 섰다. 풍뎅이 의아하게 쳐다 보니 꼬몽이가 생선 접시를 뚫어져라 쳐다보고 있었다.

"생선 줘?"

짜지 않은 부분으로 줬더니 먹는다. 밥도 줬다. 먹는다.

"무슨 강아지가 밥반찬으로 생선을 먹니?"

풍뎅과 돌프는 그런 꼬몽이가 귀여웠다.

° 열일하는 유모차

접는 방법을 몰라 풍뎅이 우격다짐으로 접다가 사자마자 삐꺽해 버렸던 유모차가 있었다. 위태위태하게 잘 버티고 있던 꼬몽이의 유모차였는데 1일 1산책으로 열심히 하루를 보내고 있던 어느 날. 꼬몽이를 태우고 가다 갑자기 접혀 버린 유모차 때문에 아이를 떨어뜨린 적이 있던 풍뎅 부부는 새로운 유모차를 사야겠다고 생각했다. 그런데 희한하게 새로운 유모차를 사겠다고 결심하면 알아들은 건지 골골거리던 유모차가 다시 튼튼하게 작동이 잘 됐다. 돌프는 이렇게 말하곤 했다.

"이 유모차, 꼬몽이랑 끝을 같이 할 것 같아. 새로운 유모차를 사지 못하게 하는 걸 보면."

간혹 강아지를 유모차에 넣어 데리고 다니는 사람들을 비난하는 글을 많이 본다. 노견이거나 아픈 강아지들은 장시간 걷는 게 힘들다. 사람처럼 지팡이로 걸음을 지탱할 수도 없다. 하지만 유모차에 강아지를 태우고 다니면 비아냥거리는 목소리들도 들린다.

"참 세상 좋아졌어. 개들을 저렇게 신줏단지 모시듯 하고."
"아픈 애거든요."

돌프는 퉁명스럽게 툭 내뱉는다. 지쳐서 못 걷는 강아지를 안고 걷는 건 한계가 있다. 1~2kg도 힘든데 5kg 이상이라면 여름엔 땀띠 정도는 각오해야 한다. 신경통은 덤이다. 그리고 강아지도 주인이 안는 것에 따라 통증을 느끼기도 한다고 한다. 무조건 색안경을 끼고 볼 것이 아니라 조금은 이해하는 마음을 가졌으면 좋겠다. 그리고 안고 가기 무겁다고 힘들어하는 노견을 무조건 질질 끌며 걸으라 하는 견주들도 '그들의 입장'에서 한 번쯤 생각해줬으면 한다.

°만 보 걷기

꼬몽이와는 여행도 다녔지만, 서울 곳곳 강아지가 허용되는 곳은 다 같이 다니기 시작했다. 덕분에 풍뎅 부부도 걷는 운동을 하게 됐다. 집에서 가까운 신당동이나 종로까지는 그냥 걸었다. 자연스레 하루 만 보 걷기는 기본이 되었다. 꼬몽이가 걷다가 지치면 유모차에 태워 같이 다닌다. 꼬몽이는 유모차에서 바깥세상을 보는 걸 즐겼다. 걷다가 목이 마르면 애견 동반이 되는 노포에서 맥주를 마시고 꼬몽이에겐 간식을 주면 세상 행복하다. 꼬몽이도 이젠 형아를 잃은 우울증에서 벗어난 듯했다.

꼬몽이 덕분에 부부는 차에서 벗어나 걷는 일상을 즐기기 시작했다. 유모차에 태우면 꼬몽이는 안정된 자세로 바깥 구경에 신이 난다. 유모차 안에서는 절대 조는 법이 없다. 연신 고개가 움직이며 눈에는 호기심이 가득하다. 자기가 걸으면서 보는 위치보다 높으니 보이는 게 더 많아 신기한 얼굴이다. 풍뎅은 늘 발랄하고 노는 데 적극적인 꼬몽이라 오래오래 잘 버텨줄 줄 알았다.

° 지하철 타기 도전

풍뎅 부부는 꼬몽이와 지하철 타기를 도전하기 시작했다. 장을 보러 가려고 하면 아무래도 대형마트들은 강아지 출입이 제한되니 재래시장을 가면 풍뎅도 꼬몽이도 좋겠다 싶었다. 노포 맛집도 많고 야장도 많아 재래시장에서 장을 보다가 출출하면 식사를 할 수 있고 잠깐 쉬어 갈 수도 있어 꼬몽이와 다니는 데 큰 제약이 없었다.

우리나라 지하철은 최고다. 엘리베이터가 잘 연결되어 있어 꼬몽이의 유모차가 다니기 편했고 유모차 뚜껑을 닫으면 애견 동승 규정을 위반하지 않게 되기 때문에 경동 시장도 다니고 마포도 다니고 멀리 공릉시장까지도 다닐 수 있었다. 꼬몽이가 지하철을 타면서부터 풍뎅 부부의 행동반경은 더 넓어졌다.

° 지하철 매너가 좋은 꼬몽이

° 여행에 최적화된 꼬몽이가 '똥튀'를?

　쫑이를 보내고 꼬몽이와 다닌 곳도 무척 많아졌다. 꼬몽이는 아기 때 이후 멀미를 하지 않았고 어딜 가도 얌전히 있어 주는 여행에 최적화된 아이였다. 차에 타면 늘 세상이 궁금한 꼬몽이는 창밖을 바라봤다. 그러다가 차가 빨리 달려 볼 게 없어지면 운전석과 조수석 사이의 콘솔박스에 눕곤 했다. 엄마아빠 사이에 있어야만 편하고 안심되는지, 꼬몽이의 자리는 늘 가운데였다.

　요즘 고속도로의 휴게소는 애견 동반되는 곳이 많아졌고 반려동물 운동장을 만들어놓은 곳도 많아졌다. 여행 중에 그런 휴게실을 하나씩 찾아다니는 것도 큰 즐거움이었다.

풍뎅 부부에게 여행지와 숙소의 조건은 시설의 상태보다는 꼬몽이와 함께 할 수 있는지 그리고 근처에 꼬몽이와 갈 식당이 있는지가 가장 중요했다.

처음에는 고된 캠핑을 주로 했지만 짐이 너무 많았다. 그리고 다녀오면 힘이 들어 온종일 뻗어버린다. 해서 캠핑 도구는 슬슬 팔기로 했다. 편히 재워주는 곳으로 가고 싶어졌다.

그런데 숙소도 맞는 곳이 있고 맞지 않은 곳이 있나 보다. 부산의 한 호텔에서 꼬몽이는 잠을 한숨도 못 자고 거울을 쳐다보며 싸우듯 짖고 밤새 왔다 갔다 했다. 덩달아 풍뎅과 돌프도 잠을 못 잤다. 다음날 숙소를 바꿨더니 잘 잔다. 그래서 꼬몽이와 안 맞는 호텔이 있다고 생각하게 됐다.

완도, 감포, 광안리, 동해, 영진해변, 포항, 가평, 서면, 광주, 전주, 거제도, 속초, 여주, 안면도, 군산, 덕산, 사근진 해변, 보령, 수안보, 신안, 목포, 해운대 등등 동쪽에서 서쪽으로 분주하게 다녔다. 그중 광주에 갔을 때의 일이었다. 이곳은 투룸과 거실이 있는 아파트였다. 2박 3일 일정이었는데 여기서도 꼬몽이는 잠을 자지 못했다. 게다가 이틀 동안 응가도 못 했다. 녹지대가 없어서 아이가 산책하기엔 좋지 않아 더 그랬나 보다.

음식은 기막히게 맛있는 곳이 많았지만 산해진미보다도 꼬몽이가 못 자니 그게 문제였다. 꼬몽이가 못 자면 풍뎅 부부도 거의 못 잔다. 그래서 3일째 되는 새벽, 결국 올라오기로 결정했다. 어차피 다 같이 잠을 통 못 자니, 차 막히기 전에 그냥 일찍 가는 게 낫다 싶어서였다.

퇴실 때 분명 확인한다고 했는데 실수가 있었는지 집주인에게 연락이 왔다.

'저, 안녕하세요? 강아지가 이불에 똥을……'

풍뎅은 퇴실 매너는 좋아야 한다고 생각해서 항상 깨끗하게 정리하고 꼼꼼히 점검하는 편이다. '개' 데리고 다니는 사람이라 민폐가 되지 않으려고 무척 애를 쓰는 편인데 이불에 덮여 있어서 못 본 건지, 새벽에 급히 나오느라 실례를 저지른 건지 꼬몽이가 큰 실수를 해 버린 것이다. 재차 죄송하다고 말씀을 드리고 침구를 새로 사는 비용을 보내드렸다. 지금 생각해도 얼굴이 화끈거리고 죄송한 마음이다. 어째 꼬몽이 혼자만 다른 방 침대에서 잔다고 하더라니. 베개까지 베고 버티고 서길래 그냥 뒀는데. 배변 실수를 전혀 하지 않는 아이라 제대로 확인 못한 게 실수였다. 에휴.

꼬몽이는 그 이후 가끔 응가를 실수하기 시작했다.

˚ 딱 3일만 더 살게

2025년, 풍뎅의 아빠는 91세가 되셨다. 일주일에 한 번이지만 아직 연구소에 다니신다. 그리고 계속해서 책을 읽고 글을 쓰신다.

전공인 항만에 대한 저서도 있지만 아내에 대한 감사와 사랑을 담은 일기 같은 시집 『사랑하는 사람, 당신』을 비롯해 4권의 시집도 내셨다.

부지런하고 모범적인 가장인 풍뎅의 아빠. 살면서 단 한 번도 아내와 자식들에게 불필요한 짜증이나 화를 낸 적이 없다. 당신의 일로 사소한 심부름을 시키신 적도 없다. 항상 부지런하셨고, 양보하셨고, 대외적으로는 하시는 일의 분야에서도 뛰어나셨다. 풍뎅은 나이가 들수록 그런 사람이 자신의 아빠라는 것에 감사한다.

풍뎅의 아빠는 늘 아내를 잘 만났기 때문에 잘 살고 있는 거라며 아내에게 고마워하신다. 물론 그러기까지 풍뎅 엄마의 헌신적인 내조가 있었지만 그걸 알고 고마워하는 배우자이기에 훌륭하다. 평생을 믿고 사랑하며 손을 꼭 잡고 다니는 두 분. 그 모습이 아름답고 보기 좋지만, 한편으로는 이러다가 한 분만 남는 날이 올까 봐 걱정스럽다. 풍뎅의 아빠도 같은 생각을 하는지 아내에게 늘 입버릇처럼 말한다.

"내가 당신보다 딱 3일만 더 살게. 우리가 같이 떠나면 좋겠지만 혹시라도 내가 먼저 떠나면 남겨진 당신이 힘들까봐 걱정돼서 그래. 그러니까 내가 당신 잘 보내주고 따라갈게."

풍뎅은 이 세상 어느 위인보다 아빠를 존경하고 사랑한다.

풍뎅이 여행을 좋아하는 건 순전히 부모님 덕분이다. 여행을 좋아하는 부모님은 자식들이 어렸을 때부터 데리고 다니면서 곳곳을 보여주셨다. 풍뎅이 결혼한 후에는, 사위도 자식이라면서 풍뎅 부부를 여행지에 같이 데리고 다니셨다. 특히 팔라우, 알래스카, 스페인과 포르투갈, 서유럽 크루즈, 캐리비언 크루즈 등 쉽게 갈 수 없는 곳을 데리고 다니셨다. 풍뎅과 돌프는 그저 자식이라는 이유로 그 많은 특혜를 누렸으니 이젠 부모님을 모시고 여행을 가야겠다는 생각을 했다. 2년 전, 일본을 모시고 갈 때만 해도 같이 여행할 시간이 꽤 많이 남아있을 줄 알았다. 하지만 풍뎅 아빠의 당뇨가 심해지고, 전립선암 수술의 부작용이 간혹 돌발 사태를 일으켜 더는 해외여행이 힘들어졌다. 두 분이 언제까지 기다려 줄 수 없는 연세라는 게 실감이 났다. 꼬몽이도 마찬가지다. 특히 노견의 하루는 어린 강아지보다 열 배는 빠르다. 지난달까지 멀쩡하던 아이가 어이없이 떠나버리는 일이 다반사기 때문이다.

"시간이 될 때, 그분들이 걷고 드실 수 있을 때 어디든 한 번이라도 더 같이

가야겠다. 아버지 돌아가시고 나니까 후회되더라고. 나중에 후회하지 않으려면 지금 해야 할 것 같아.”

돌프의 생각대로 꼬몽이와 부모님이 함께하는 여행을 시작했다. 딸과 사위에게 짐이 되는 것 같으신지 한사코 싫다던 풍뎅의 부모님은 막상 여행을 가면 즐거워하셨다.

앞에도 썼듯이 여행을 가는 이유는 한가지다. 피곤하고 힘들어도 그 시간을 온전히 같이 지내면서 웃고, 같이 먹고 이야기할 수 있기 때문이다.

° 부모님과 꼬몽이가 함께하는 여행

부모님은 온천을 좋아하신다. 돌프도 온천을 좋아한다. 하지만 풍뎅은 딱 질색이다. 더운 게 싫어서다. 욕탕에 3분을 참고 앉아 있기 힘들다. 한증막이나 사우나는 왜 가는 지 이해가 안 가는 사람이다. 하지만 세 사람이 좋아하니 여행지는 ‘애견 동반이면서 대중 사우나가 있는 숙소’로 한정된다. 90이 넘은 아빠니까 많이 걷거나 여기저기 관광하기는 힘드실 거다. 꼬몽이 역시 노견이라 이리저리 끌고 다닐 수도 없다.

생각보다 구미에 맞는 숙소를 찾기는 쉽지 않았다. 더 연세가 드시면 먼 곳을 다녀오긴 힘드실 테니 먼 곳부터 다녀오기로 했다.

모두 만족했던 곳은 포항 보경사의 연천 온천이었다. 그곳의 숙소에 애견 동반 룸이 있다. 근처 식당은 비수기에 불경기라 일찍 닫긴 했지만, 음식이 맛있고 모두 펫 프렌들리 식당이었다. 대부분 유기묘와 유기견을 돌보시는 분들이셨다. 꼬몽이가 있어 본채에서 못 먹고 간이로 된 장소에서 먹는 일이 많았지만 따뜻하게 난로도 피워주시고 구워 먹을 수 있는 고구마도 받았다. 풍뎅의 가족 모두 즐거운 기억을 많이 만들고 왔다.

이 책을 쓰기 시작한 2024년 가을까지만 해도 음식점의 반려동물 출입이 식품위생법을 위반하는 불법이었다. 당시 식품위생법에는 음식점에서 동물을 출입하도록 허용하는 경우 동물과 사람의 공간을 분리하라고 명시되어 있었다. 즉, 같이 들어가되 같이 앉지는 말라는 것이다. 하지만 같이 앉지 않을 거라면 동반의 의미가 없지 않은가? 음식점 주인도 정확한 법을 잘 몰라 동물 출입을 허락했다가 불법이라는 말에 출입을 제한하는 등 갈팡질팡의 연속이었다. 반려인이 많아진 지금, 관련 법 개정이 시급했다. 그래서 식품의약처에서는 기존 규제를 완화하여 2024년 10월 기준 우선 100여 개의 업체에 반려동물 동반 시 같은 공간 사용을 허용해보기로 했다. 음식점 입구에 동물 출입 허용 안내문을 표기하고 동물 출입에 따른 식품위생에 대해 안내하며 안전사고 관리 등을 게시하는 조건으로 말이다.

2025년 4월 25일에는 시설 기준을 갖춘, 희망하는 음식점에 한해서는 반려견과 고양이의 동반 출입을 허용하는 법적 근거가 마련됐다. 식약처는 지난 2년간의 시범 운영 결과, 소비자 만족 등의 효과가 있어 법제화하게 됐다고 한다. 2024년과 마찬가지로 음식점 입구에 손님이 쉽게 알 수 있게 동물 출입 허용 안내문을 표기하고, 위생에 철저히 힘써야 한다는 조건만 갖춘다면 말이다.

좋은 마음으로 견주를 배려해 동반 출입을 허용했지만 사람을 위한 그릇에 강아지 음식을 덜어 핥게 하거나, 배설물을 흘리거나, 식탁 위에 강아지를 올리거나, 목줄을 매지 않은 채 바닥에 풀어놓는 등 기본적인 예절을 지키지 않은 사람들이 많아 동반 출입을 다시 금지하는 곳도 꽤 많다.

앞으로 반려동물과 같이 갈 수 있는 식당이 더 많아질 것이다. 그러면 애견인들은 더 깨끗한 매너가 필수다. 애견 동반을 허용한 음식점 주인들이 애견 동반을 허용했다는 것을 후회하지 않도록 노력해야 한다.

Chapter 9   강아지를 보며 떠올리는
우리들의 노년

° 웰-다잉(well-dying)이 중요한 나이

멍돌맘님은 아픈 노견 멍돌이를 돌보다 쫑이의 영상을 보게 되셨다고 한다. 그 후부터 쫑이가 떠나고 홀로 남은 꼬몽이를 응원해주셨다. 꼬몽이의 특이한 행동들이 멍돌이와 많이 닮았었나 보다. 멍돌이도 꼬몽이처럼 발랄하고 지나치게 해맑은 강아지였다.

멍돌맘님은 결혼 전, 강의 하던 학원에서 우연히 강아지를 떠안게 되어 얼떨결에 멍돌이를 기르게 되셨다고 한다. 보통 그런 경우엔 끝까지 책임지기 힘들 수도 있는데 멍돌맘님은 책임감이 강한 분이셨다. 결혼 후 여수로 내려가게 되면서 멍돌이를 데리고 신혼을 시작하셨다. 멍돌이는 멍돌맘님의 가족이었다. 심장병이 있던 그 아이가 아프면 부산이든 광주든 차를 몰고 아이를 치료하기 위해, 좋다는 병원에 데리고 다녔다. 보통 정성이 아니었다. 그러면서도 그 바쁜 와중에 유기 동물 단체에 이불이며 옷을 보내셨다.

쫑이가 떠난 후 멍돌이는 신부전까지 더해져 건강이 더욱 안 좋아졌다. 마지막일지도 모른다고 생각은 하면서도 막상 조금이라도 호전의 실마리라도 보이면 끈을 놓지 못하는 마음. 그 마음이 풍뎅에게도 전해져서 매일 멍돌이의 건강을 기도했다. 노견을 돌보는 사람들은 비슷한 생각들을 하나 보다. 하지만

그런 정성도 멍돌이의 가는 길을 잡을 순 없었다. 멍돌이는 떠나면서도 자신에게 큰 사랑을 준 엄마를 끝까지 눈에 담으려는 듯 사랑하는 엄마를 쳐다보면서 떠났다.

사람의 축소판 생을 사는 반려동물들은 사람의 사연만큼이나 다양한 증세로 힘든 노년을 보낸다. 풍뎅이 키웠던 몽이와 쫑이도 제각기 다른 말년으로 힘들게 떠났고 꼬몽이도 새로운 양상의 노년을 보내며 힘들어했다. 아파서 힘들어하는 아이를 보면 아이를 그만 보내줘야 할지, 사는 그날까지 살게 하는 게 맞는지에 대한 고민도 따라온다. '정말 고통스러워하고 아이가 삶을 놓은 느낌이 들면 그땐 보내 주자'는 말은 하지만 그 시점을 언제로 잡아야 할지 우린 알기 힘들다.

요즘 친구들과의 대화는 강아지의 아픈 이야기로 출발해 각자의 노년에 대한 걱정으로 흐를 때가 많다. 치매에 걸린 쫑이를 보면서 '내가 저 상황이라면 어떨까?'를 수도 없이 생각했다. 기억을 다 놓고 자신만의 세계에 빠진 그 순간에도 풍뎅을 기억하고 품에 파고들던 아이를 생각하니 시간이 지난 지금도 마음이 아리고 눈물이 났다.

꼬몽이의 건강이 더 악화되고 그러다 풍뎅 곁을 떠나고 나면 이젠 풍뎅의 노년 시기가 올 것이다. 미리 조금씩 대비해야겠다는 생각이 들었다. 사전연명의료의향서에 대해서도 알아보고 불필요한 살림살이도 조금씩 줄여 나가야겠다. 매번 퇴실할 때마다 깨끗이 마무리를 하던 것처럼 (비록 꼬몽이가 똥튀라는 오점을 남겼지만) 풍뎅은 자신의 인생도 깔끔한 마무리를 지었으면 좋겠다는 생각이다.

더 이상 강아지를 키우지 않을 거예요

"선생님, 한 마리 더 키우시면 안 돼요?"

항상 물어보는 제자들이 있다. 풍뎅은 더 이상 반려동물은 키우지 않을 거라고 못 박았다. 두 번의 이별을 겪고 너무나 힘들었기도 하고 또 남은 한 녀석, 존재감이 남달라 깨방정을 떨던 여우 천재견 꼬몽이가 없을 미래의 시간을 생각하니 벌써부터 마음이 아프고 눈물이 났다. 이제 더는 아프고 싶지 않다.

풍뎅은 7살밖에 안 된 몽이를 어이없이 암으로 떠나보내고 쫑이에게 항상 말했었다.

"쫑아, 너는 형아처럼 일찍 떠나지 말고 오래오래 살다가 가. 평생 엄마가 사랑해 줄 거니까."

치매로 힘든 노견을 보낸 쫑이를 생각하며 풍뎅은 꼬몽이에게 이렇게 말했다.

"꼬몽아. 형아처럼 떠나는 건 너무 불쌍하잖아. 그러니까 오래 오래 살다가 떠나는 그 날까지 걷고, 보고, 먹고 잘 자다가 떠나. 그게 엄마 아빠 소원이야."

꼬몽이까지 보내고 나면 아이들과 갔던 장소는 절대 가지 말자고 그리고 어디 훌쩍 떠나서 한 달 살기를 해 보자며 풍뎅 부부는 서로 이야기를 나눴다.

그리고 다시, 아니, 절대 더는 안 키울 거다. 꼭 마음이 아파서만이 아니다. SNS에 올라오는 유기견 입양 공고를 보면, 물론 버려진 강아지들이 다 불쌍하지만, 보호소에 들어온 가장 불쌍한 아이가 주인이 세상을 떠나고 남은 노견이다. 노인들과 살다가 남겨진 노견. 그 아이들은 주인과 오래 살면서 서로 의지하면서 사랑받았던 아이라 쉽게 다른 곳에는 정을 못 준다. 노견이라 입양도 잘 안된다. 우리나라는 작고 어린 강아지를 선호하기 때문에 노견은 늘 안락사 1순위가 된다. 안 그래도 주인을 잃은 슬픔에 힘든 아이들이 노견이라는 이유로, 아프다는 이유로 낯설고 좁은 보호소 케이지에 갇혀 있다가 죽음을 맞이한다.

한 치 앞도 모르는 인생이고 나이가 점점 들어가면 아이가 아파도 지금처럼 돌봐주기도 벅찰 것이다. 입양에는 큰 책임이 따르는 만큼 신중해야 해서 안 하기로 한 거다. 대신 그만큼 동물 단체에 후원해야겠다고 풍뎅은 다짐했다.

° 꿈에 나타난 쫑이 (2)

KBS 드라마 '태풍의 신부'의 대본을 받던 날 처음으로 풍뎅의 꿈에 쫑이가 나왔다. 쫑이가 떠난 지 1년쯤 지났을 때였다. 하고 싶은 드라마 연기를 하게 된 것도 쫑이와 만난 인연 덕분이었는데, 꿈에 나타나서 응원까지 해 주다니. 고마운 천사 쫑이였다. 촬영장에 가니 자칭 사촌 오빠라 하시며 풍뎅을 예뻐해 주시는 대배우 손창민 선배님이 계셨다. '태풍의 신부'는 그전에 풍뎅이 간간이 출연했던 재연드라마와는 스케일 자체가 달랐다. 엄청난 스케일에 기죽어 있을 뻔했는데, 선배님이 특유의 소년 미소로 걸어오셔서 떨지 않도록 챙겨주셨다. 촬영장에서 본 선배님은 그 긴 대사를 다 외우는 건 기본이고 다른 등장인

물이 어디에 나오는지 모두 다 알고 계셨다. 평상시에도 기억력이 대단한 분인 건 알았지만 현장에서 보니 배우로서 정말 존경스러웠다. 사석에서 봬도 유쾌하고 소탈하면서도 품위가 있는(거기에 귀여움까지 장착하셨다는 건 비밀입니다), 늘 베푸시는 멋진 여유와 카리스마. 풍뎅도 연기를 계속한다면 그런 배우가 되고 싶다고 생각했다. 풍뎅은 자신의 연기가 만족스럽진 않았지만, 선배님 덕에 쫄지 않고 촬영을 잘 마쳤다.

두 번째로 쫑이가 풍뎅의 꿈에 나온 건, 그다음 해 풍뎅의 생일 때였다. 유모차에 태워 쫑이를 친구네 레스토랑(치즈 장인이 운영하는 곳이다)으로 데리고 갔는데 산책하고 싶다고 해서 같이 걷는 꿈을 꿨다. 대본을 받던 날 그리고 엄마 생일에 꿈에 등장해 응원을 보낸 착한 천사 쫑이였다.

쫑이는 어디에든 흔적을 남겼고, 특별한 날에는 엄마의 꿈에도 나왔다.

PART 4

꼬몽이가 어느새 노견이라니

⬭ Chapter 10 ⬭ 　⬭ 꼬몽이의 종양 ⬭

° 폐에 있던 그것이 없어졌다고 했는데

꼬몽이는 머리에 혹 또는 종양 같은 게 있다. 2년 전에 냉동 요법을 했지만, 처음에 좀 작아지는 듯하다가 얼마 지나지 않아 더 커져 버렸고 여기저기 자꾸 닿아 염증이 났다. 피가 나고 멎고를 반복하더니 점점 혹 위에 또 다른 세포들이 자라는 듯 다른 색의 혹들이 자랐다. 보라색의 혹은 얇은 막처럼 핏줄이 다 보였고 그 위에 분열하듯 다른 혹들이 생기기 시작한 것이다. 마치 혹성들이 들러붙은 형태같이 징그러운 모양이 되어 갔다. 마취가 조심스러운 노견이고 냉동 요법은 효과가 전혀 없다. 아니, 오히려 더 커졌다. 그래서 꼬몽이 침 치료를 위해 찾아갔던 아현동의 동물병원 선생님께 혹에 대해 상담했다.

"이전에 다른 곳에서 냉동 요법을 했었는데 잠시 줄어들더니 더 커졌네요. 이거 자꾸 덧나는데 어떻게 할 수 없을까요?"

"자꾸 덧나면 어떤 조치든 취하긴 해야 하는데, 건드리지 말고 그냥 두시는 게 나을 수도 있어요."

"제거하는 거……, 부분 마취로는 힘들겠죠?"

"꼬몽이가 예민한 아이라 쉽지 않을 것 같습니다."

이전에 재롱이가(사둥맘님의 떠나간 아이) 딱 그 부위에 혹이 났었단다. 혹이 자꾸 어딘가에 스치더니 혹 위의 피부가 아주 얇아져서 조금만 스쳐도 피가 줄줄 났었다는 말을 들은 적이 있다. 재롱이가 눈이 잘 안 보이게 되면서 아무리 주의시켜도 계속 부딪치는 통에 피가 너무 많이 나서 어쩔 수 없이 마취하고 수술했다고 들었다. 노견이라 걱정했는데 수술이 잘 되어 더는 그런 고통을 겪지 않았다는 말을 들은 적이 있는 터라 혹이 점점 걱정되기 시작했다. 조심스럽게 수술을 하는 건 어떨지 여쭤봤는데 선생님께서 노견이지만 아직 건강하니 몇 가지 검사를 하고 나서 마취가 가능한지 보시겠다고 했다. 검사가 시작되고 얼마 지나지 않아 선생님께서 급하게 풍뎅을 호출하셨다.

"꼬몽이가 폐 쪽에 종양이 있네요. 꽤 커요. 알고 계셨어요?"
"네? 종양이요?"
"정확한 건 CT를 찍어봐야 알겠지만, 이 정도 크기면 몇 달 안에 생긴 건 아닌 것 같은데. 전에 검진 한 병원에서 애기 안 하셨어요? 검진을 언제 하셨어요?"

그제야 생각났다. 2년 전, 폐에 있다던 그 무엇! 그건 종양이 아니었고 조직 괴사 뭐 그런 거라고 했었는데. 그리고 깨끗이 없어졌다고 했었는데.

"그거 없어졌다고 했는데요."

너무 놀라고 당황스러웠다. 당시 검사했던 한남동의 동물병원에 전화를 해 2년 전의 진료 기록을 보내달라고 부탁했다. 풍뎅의 전화를 받은 병원도 깜짝 놀라 2년 전부터의 CT 기록과 진료 기록을 모두 보내주었다.

결과는 종양이었다. 괴사된 조직이나 염증이 아니라 종양이었고, 선생님이 가리키시는 부분을 보니 확연히 보였다. 없어진 것이 아니었다. 1년 반 전, 그리고 8개월 전 X-Ray 기록에도 종양은 그대로 있었던 것이다. 아마도 판독 오류였던 것 같다. 그 미운 종양은 그때보다 좀 더 커진 상태로 폐와 심장 근처에 떡하니 자리 잡고 있었다.

풍뎅은 마른침을 겨우 삼키며 선생님의 설명을 들었다. 누군가 풍뎅의 심장을 두 손으로 꽉 쥐고 짜는 듯 통증이 느껴졌다.

양성인지 악성인지 정확한 건 또 마취시켜서 CT를 찍어봐야 알 수 있지만 그나마 다행인 건 아직 악성의 소견은 보이지 않는다고 하셨다. 하지만 2년 전부터 종양의 크기가 계속 커지고 있어 혹시라도 폐나 심장을 압박하게 되면 문제라고 하셨다.

하늘이 노랗다. 풍뎅이 알고 있기엔 '그것'은 종양도 아니었는데. 없어졌다고 해서 안심했는데. 꼬몽이는 어릴 때 디스크 외에는 건강으로 무장한 천하무적 아이였는데.

충분히 알고 있다고 생각했는데 왜 아이들마다 늘 새로운 양상의 병이 찾아오고 그때마다 풍뎅은 늘 무지한 엄마가 되는지 모르겠다.

° 머리에 있던 혹을 제거했어요

머리의 작은 혹(종양) — 풍뎅은 그 혹을 '땜빵'이라 불렀었다.—은 점점 커졌고 생긴 게 무서웠다. 하지만 그 혹이 아니었다면 검사를 안 했을 것이고 풍뎅은 꼬몽이의 종양이 없어진 줄 알고 계속 안심했을 거다. 심장에 종양이 있는 걸 알았으니, 마취는 안 된다. 종양의 존재를 알려준 혹이지만 풍뎅은 그 혹이 영 기분이 나빴다. 그래서 조심스럽게 선생님께 부분 마취로 가능하면 제거해 달라고 부탁드렸다. 아현동의 동물병원 선생님께선 수술 부위가 쉬운 곳은 아니라며 또 꼬몽이가 얌전히 있는 아이가 아니니, 머리를 움직이면 예쁘게 봉합되지 않을 수 있다고도 하셨다. 풍뎅은 그래도 가능하시다면 꼭 부탁드린다고 말씀드렸다. 선생님은 해 보겠다며 꼬몽이를 데리고 가셨다. 다행히 부분 마취로 그 신경 쓰이던 머리 위 종양을 깔끔하게 제거해 주셨다. 걱정했던 것 보다 훨씬 더 깔끔하게 봉합되었다. 의사 선생님을 보니 꼬몽이가 가만히 안 있는 녀석이라 떼어내는 데 고생하신 얼굴이었다. 풍뎅은 감사하다고 연거푸 인사를 드렸다.

"잘라낸 종양은 제가 가져가도 될까요?"
"이거 가져가시게요?" 선생님은 좀 의아한 얼굴로 웃으시더니 작은 지퍼 비닐에 넣어주셨다.

집에 와서 만져 보니 하얀 피지 같은 게 있다. 그 별거 아닌 혹 따위가 몇 년간이나 꼬몽이를 괴롭혔다고 생각하니 화가 났다. 그래서 유튜브에 올릴 혹(종양)에 대한 영상을 찍고 없애버렸다.

혹여나 피지가 든 종양을 왜 굳이 달라고 해서 갖고 왔는지 이상하게 생각하지 않았으면 좋겠다. 풍뎅은 단지 그렇게 큰 혹 안에 대체 뭐가 있었는지가 궁금했을 뿐이었다.

° 똥 테러의 시작

폐와 심장 쪽에 종양이 있다는 말을 들어서 그런지 꼬몽이를 더 가까이 밀착해서 봐서 그런지 꼬몽이 숨 쉬는 게 불편해 보였다. 뒷다리는 덜덜 떨기 시작한 지 꽤 됐는데 병원에서는 아마도 노환 때문일 거라고 했다. 목 디스크나 허리 디스크 때문이 아닌가 걱정했는데 그렇게 보이지는 않고 노화로 인한 다리 떨림 정도로 보이신다고 하셨다. 그러고 보니 꼬몽이가 집중할 땐 다리를 떨지 않는다. 그나마 조금은 다행이다 싶었다.

꼬몽이는 늘 그랬듯 새벽 5시쯤 깨서 꼭 짖는다. 물을 마시거나 쉬를 하겠다는 뜻이다. 쉬가 마렵거나 목이 마르면, 짖거나 '합! 왈!' 소리를 내서 돌프나 풍뎅을 깨운다.

모든 신체 활동을 표현하는 녀석이었는데 어느 날부턴가 아침에 일어나면 침대에 조그만 알갱이가 떨어져 있을 때가 있다. 바로 응가다.

똥튀에 이어 똥 테러를 시작한 거다. 자다가 물 마시고 쉬야 하겠다는 신호 외에도 이상하고 구리구리한 냄새가 나면 풍뎅은 즉각 일어나야 했다. 쉬를 하고 싶은 신호는 오는데 응가가 마려운 신호는 느껴지지 않는 걸까? 이것도 쫑이와는 또 다른 양상이다.

꼬몽이는 유독 자신의 털에 대한 자부심이 강했다. 노견이기도 하고 허리, 다리가 부실한 아이이기 때문에, 겨울엔 미용을 보내지 않고 털을 길렀다. 페키니즈는 장모종이다. 털이 길면 사자의 후예답게 가슴에는 사자 갈기 같은 풍성한 털이 자라난다. (페키니즈는 사자와 원숭이의 결혼으로 생긴 종이라는 전승 설화가 있다.) 자기가 보기에도 그 털이 멋있어 보였는지 갈기만 자라면 용맹스러움이 하늘을 찌른다.

그래서일까. 털이 어느 정도 길면 꼬몽이는 안방에 들어가 자겠다던 루틴을 과감히 깨고 거실에서 뒹굴뒹굴 주무신다. 안방으로 불러도 절대 안 들어온다. 하지만 초여름이 와서 더위를 심하게 타는 꼬몽이를 배려해 미용을 보내 털을 깎고 오면 갑옷을 뺏기고 적진에 들어가는 병사가 빙의 된 것처럼 세상 둘도 없는 쫄보가 된다.

실제로 강아지들은 털을 깎고 나면 자신감을 상실하거나 창피해하는 경우가 많다는 이야기를 들은 적이 있다. 미용 후에 집에 돌아온 꼬몽이. 그 전의 패기는 깎여나간 털과 함께 버리고 온 얼굴로 엄마 뒤를 졸졸 쫓아다닌다. 밤이면 독야청청 거실을 굴러다니던 전날과 달리 다시 안방에서 자겠다고 먼저 안방에 들어가 짖고 있다.

때로는 털이 길 때 꼬몽이의 털을 장식품 진열대 또는 크리스마스트리 장식 대용으로 쓰기도 했다. 산책하면서 냄새를 맡고 나면 나뭇잎들이 털의 정전기와 의기투합해 풍성한 가슴이나 귀에 난 털에 잔뜩 붙는다. 보기엔 지저분하지만 그 장식이 자랑스러운 듯 으스대고 걷는 꼴이 코믹하기까지 하다.

° 침으로 상모돌리기 할 거야?

꼬몽이는 발치로 입이 비뚤어진 이후 침을 더 많이 흘렸다. 어딘가 교합이 안 맞는지 겁이 날 때(이건 풍뎅의 사견이다), 혹은 산책하며 한 곳을 집중할 때 특히 침을 많이 흘렸다. 침이 흐르면 입에 나뭇잎들이 굴비 한 두름처럼 일렬로 쭉 붙는데 미관상뿐 아니라 위생적으로도 아주 더럽다. 풍뎅이 서둘러 꼬몽이 입을 닦으려고 다가가면 얼굴을 부르르 터는데 그때 그 침에 꿰인 나뭇잎들이 상모돌리기의 형태로 공중에 원을 그리며 꼬몽이의 얼굴에 붙는다.

그렇다. 꼬몽이의 또 다른 재주는 '침으로 상모돌리기'이다.
아! '식사 중에 이 책을 절대 읽지 마세요.'라고 책 표지에 썼어야 했나?

° 숨 쉬는 게 힘들어요

꼬몽이의 호흡은 2024년 여름이 되면서 점점 힘들어졌다. 고개를 숙이고 자면 호흡하기가 힘든지 고개를 반쯤 들고 잠들기 일쑤였고 잠들지 못하는 밤이 많았다. 노견은 여름과 겨울에 더 힘들어한다는 말이 실감나기 시작했다. 풍뎅은 꼬몽이가 숨 쉬는 게 힘들어 보이면 겁이 덜컥 났다. 혹시 심장에 있는 종양이 아이를 아프게 하는 건 아닌지, 혹은 어느 순간 악성으로 변해 아이가 힘든 시간을 보내야 하는 건 아닌지. 하지만 CT를 찍지 않으면 확실한 건 누구도 알 수 없다. 고민하고 있었는데 아현동의 동물병원 의사선생님은 이렇게 말씀하셨다.

"적극적인 치료를 하시고 싶으시면 CT를 찍는 게 맞죠. 하지만 심장 쪽에 종양이 있는 아이라 마취하는 걸 권하지는 않습니다."

틀린 말씀이 아니다. 아이를 떼어 놓고 치료받게 하다 후회하는 일은 이젠 그만하고 싶다.

° 까다로워지는 입맛

꼬몽이는 식사를 거부하는 횟수가 많아졌다. 2022년, 형아를 보내고 식욕이 없던 당시의 몸무게 5.9 kg에서 조금 더 빠져 2024년 여름, 5.6~7kg을 왔다갔다했다. 하루하루 좋아하는 음식이 달라졌다. 어느 날 고구마를 잘 먹어서 고구마를 잔뜩 사 와서 구워주면 다음 날 고구마는 쳐다보지도 않는다. 쫑이와 꼬몽이가 좋아하던 사슴고기 간식도 어느 날은 한없이 먹으려 하고 어느 날은 냄새 맡고는 '힝!' 하고 가버린다. 오메가3 츄어블(chewable)도 마찬가지다. 어느 날은 잘 먹어서 또 사 오면 안 먹는다. 사료도 마찬가지였다. 혹시 이가 안 좋아서 씹는 게 힘든가 싶어 죽을 만들었다. 하루는 전복죽, 하루는 북어 당근 죽. 먹는 건 그날 꼬몽이의 마음과 몸의 상태에 달린 것 같았다. 그러다 보니 음식을 버리는 일이 많아졌고 풍뎅은 꼬몽이를 붙들고 먹으라고 사정하기 바빴다.

바보같이 풍뎅 부부는 꼬몽이가 어느 날 갑자기 식욕이 없어진 게 아니라 형아를 보낸 이후, 음식에 대해 큰 관심이 없어졌다고 생각했다. 몸무게에 큰 변동이 없으니 우울증에 의한 식욕 거부에서 시작하여 노화로 인한 식욕부진으로 넘어갔으려니 생각했을 뿐이었다.

˚ 한밤중의 밀당 놀이

　꼬몽이는 장이 약한 편이었다. 그래서 피곤하거나, 뭔가를 잘 못 먹거나, 밖에서 이상한 걸 핥은 것 같을 때, 설사를 하는 일이 종종 있었다. 아기도 먹을 수 있는 스멕타(설사를 멈추는 데 쓰는 약으로 아기, 강아지 모두 복용할 수 있다)는 집의 상비약이었다.

　하지만 점점 설사를 하는 일이 잦아지면서 스멕타도 효과가 없었다. 무식한 엄마는 췌장이 아파서라는 생각은 하지도 못했다.

　꼬몽이는 소고기를 좋아했지만 꼬몽이의 위장과 췌장은 아무 고기나 반기지 않았다. 꼬몽이의 장은 냉동된 소고기를 엄격하게 걸러냈다. 아주 신선한 고기가 아니면 바로 구토나 설사를 하게 함으로써 고기의 신선도를 정확히 알려줬다. 간혹 양고기도 그랬다. 그래서 소고기와 양고기는 냉동육을 먹일 수 없는 고급 입맛의 아이였다는 걸 알게 됐다. 쫑이는 엄마 입맛과 비슷해, 과일과 바다 것을 좋아했고 꼬몽이는 아빠 입맛을 닮아 육 고기를 좋아했다.

　꼬몽이의 식사 습관은 점점 나빠졌다. 사료만은 절대 안 먹는다. 그래서 사료에 닭가슴살을 삶아 섞어 줬다. 닭가슴살이 지겨울 즈음엔 돼지고기 수육을 만들어 섞어 줬다. 구운 고기는 아이들이 소화하기 어렵다고 해서 삶은 고기를 주로 줬다.

　쫑이가 떠난 이후, 꼬몽이는 절대 혼자서는 밥을 먹지 않았다. 엄마든 아빠든 누군가 옆에 있어야만 먹었다. 그러더니 점점 엄마 아빠가 뭔가를 먹을 때만 밥을 먹기 시작했다. 주로 밤중에 먹었는데 '생활 습관이 자꾸 밤으로 가서 낮보다 밤에 식욕이 돋나 보다'라고만 생각했다. 장이 안 좋아 느글거리니 못 먹고 있다가 밤이 되면 배가 고파져 먹는 것인 걸 몰랐다. 그러다 보니 풍뎅과 돌프는 '꼬몽이 밥을 먹이기 위해'라는 핑계로 야식을 시작했다. 참 좋은 핑곗거리가 생긴 둘은 술도 한잔하고 음식도 먹으면서 꼬몽이와의 야식 시간을 즐겼다.

하지만 누구인가? 천하의 여우, 우리의 꼬몽이가 아닌가? 순순히 밥을 먹어 줄 리가 만무한 꼬몽이는 야식시간에 겨우 먹는 밥조차 엄마와 여러 차례의 옥신각신 끝에 밥을 먹곤 했다.

"(꼬몽이의 밥에 손을 갖다 대며) 이거 엄마 먹을까?"
꼬몽이가 밥의 냄새를 맡는다.
"(꼬몽이 밥에 손을 갖다 대며) 엄마 먹는다."
꼬몽이의 반응이 심드렁하다.
"엄마 먹는다. (그릇 뺏는 시늉을 하며) 먹는다"
꼬몽이는 그제야 콧잔등을 실룩거린다.
"엄마 먹을까?"
"으르렁! 왈!"

간략히 적었지만 저런 상황이 짧으면 5분, 길면 10분 이상 지속된 뒤에야 밥을 먹는 꼬몽이였다.

。사라져 가는 꼬몽이의 특기

꼬몽이가 아파지기 시작하면서 하지 않게 된 행동이 많아졌다. 많은 강아지가 하는, 그다지 특별한 행동이 아닐 수 있지만, 꼬몽이의 행동을 기억하기 위해 풍뎅은 나열해 봤다.

첫째, 놀리면 잘 삐쳐서 등 돌리고 앉아 있기.

꼬몽이는 놀리는 재미가 있는 아이였다. 엄마 아빠의 말을 잘 알아들어서 자신을 놀리거나 하면 등을 돌리고 못 들은 척한다.

둘째, 언제 어디서든 아빠를 만나도 이산가족 상봉 장면 찍기.

꼬몽이는 산책할 때 아빠가 주차를 위해 시야에서 잠깐 사라지거나 잠깐 쓰레기를 버리러 나갔다 오면 반나절 이상 떨어졌다 만난 것처럼, 아니, 오래 못 본 아빠를 만난 것 마냥 뛰어가서 보고 싶었다며 통사정했었다.

셋째, 패 돌리는 자세.

꼬몽이의 트레이드마크다. 한쪽 앞발을 반으로 접어서 마치 타짜들이 패 돌리는 자세를 하고 앉아 있다.

넷째, 사람처럼 누워 거꾸로 보기.

꼬몽이는 어릴 때부터 사람처럼 등을 대고 누워있는 걸 즐겼는데 그 자세로 사람들을 쳐다보곤 했다. 허리가 굽고 뼈가 두드러진 후로는 더이상 누울 수 없게 되었다.

다섯째, 식탁에 팔 괴고 앉기.

좌식 식탁이 있는 애견 동반 음식점에 가면 일어서서 앞다리 하나를 식탁에 올리면서 겸상을 요구했다.

여섯째, 말대꾸하기.

어릴 때부터 엄마를 '흑싸리 껍데기'로 생각했던 꼬몽이는 엄마가 야단치면 '왈왈왈' 대꾸하는 아이였다.

일곱째, 엄마가 복근 운동하면 따라 하기.

엄마가 복근 운동을 한다고 누우면 가만 보고 있다가 같은 자세로 눕는다. 그리고 몸을 반쯤 일으켰다 누웠다 하는 엄마와 같이 앞발을 허공에 내저으며 일으켰다 누웠다 하는데 마치 '엄마! 이건 나도 해! 그리고 백날해도 그렇게 야식을 먹는데 복근 같은 게 생길 리가 있겠어?' 하면서 놀리는 것 같은 얄미운 얼굴을 하고 누워 옆 눈으로 쳐다보고 있다.

여덟째, 청소하면 와서 참견하기.

엄마가 걸레질하느라 네 발로 다니면 좋은가 보다. 늘 와서 엄마 얼굴을 보고, 걸레 한 번 보고 엄마 얼굴에 얼굴을 갖다 댄다. 아마도 개 엄마 같은 동질감을 느끼는 듯했다.

아홉째, 쓰담 해달라고 떼쓰기.

같이 소파에 앉거나 침대에 누우면 쫄랑쫄랑 와서 쓰담 해달라고 앞발로 긁는다. 잠시 하다 멈추면 또 해 달라고 앞발로 긁는다. 마치 텔레토비의 무한 인사 같다.

열째, 자기 물건 지키고 있기.

자기 물건이라고 생각한 것은 절대 잊는 법이 없다. 다른 데 갔다가도 누군가 자기 물건 근처로 가면 '어디선가 나타나는 짱가'처럼 득달같이 달려온다.

열한째, 발 닦아 줄 땐 누워버리기.

산책하고 돌아와서 발을 닦으려 하면 벌렁 눕는다. 마치 "에미야. 힘들었다. 닦아라." 하는 자세다.

열둘째, 목욕하고 나면 뛰어다니기.

목욕을 사랑했던 꼬몽이는 목욕시키고 나면 온 집안을 돌아다니며 폭주한다. 아마도 엄마, 아빠의 "아유! 냄새가 너무 좋아!" 소리를 즐기면서 샴푸 냄새를 여기저기 뿌리는 행위로 보인다. 물론 직접 물어본 적은 없어 진짜 그런 건지는 검증되지 않았다.

열셋째, 깡충깡충 뛰기.

꼬몽이가 토끼처럼, 구름처럼 가볍게 깡충깡충 뛸 때는 기분이 매우 좋다는 뜻이다.

열넷째, 몸 지지기.

코타츠에 열선을 틀거나 난로를 켜면 대가리가 뜨끈뜨끈해져도 몸 지지기를 그만두지 않았다. 또 한여름에 굳이 베란다에 나가 햇볕 쬐기를 즐긴다. 노견이 되면서 점점 더위를 타 없어진 행동이지만.

열다섯째, 시위하기.

나가고 싶은데 안 나가면 현관 앞에 앉아 농성하는 자세로 서 있다. 또 잘 시간이 되면 혼자 안방에 들어가 침대 밑에 앉아 도사리고 있다가 아무도 알은체를 안 하면 짖는다.

열여섯째, 자기가 예쁜 거 알기.

풍뎅 부부가 티비를 보다가 "아, 예뻐!"란 말만 하면 자기 얘기라 생각하는지 어느새 으스대듯 고개를 흔들면서 나타난다. 아마도 자기가 치명적으로 예쁜 존재라는 걸 아는 모양이다.

열일곱째, 북청사자 놀이하기.

사자를 닮은 꼬몽이는 기분이 좋은 날 덩실덩실 춤을 추듯 엉덩이를 실룩대는데 마치 북청 사자놀이를 하는 것 같다. 인간문화재, 아니, 견간 문화재 신청할 걸 그랬다.

열여덟째, TV 보고 짖기.

TV에 동물만 나오면 배틀을 한다. '네가 꺼질 때까지 짖겠다.'라는 야멸찬

포부를 갖고 짖어대니 풍뎅과 돌프는 채널을 돌려 그 동물을 사라지게 해야만
했다.

열아홉째, 기지개 켜기.

앞 다리를 쭉 뻗어 길게 기지개를 켜는 것도 기운이 없으면 못 하게 되나 보다.

스무째, 말벅지 강아지.

꼬몽이는 말 근육이었다. 근육 하나는 튼실했는데 신부전을 앓고 근육이 하
나도 없어졌다.

스물한째, 노즈 워킹 즐기기.

노즈 워킹 판을 좋아했고 간식 숨겨주는 걸 즐겼었는데 노즈 워킹 판은 점점
방석이 되어가고 있다.

스물두째, 세배하면 따라 하기.

따라쟁이 꼬몽이는 엄마가 세배하면 따라 하거나 절하는 사람 앞에 가서 자
기가 세배를 받는다. 할머니, 할아버지 집에 가서도 할머니, 할아버지 앞에 앉
아 엄마, 아빠의 세배를 지가 받아낸 무시무시한 놈이었다. 그렇게 절을 가로
채 받아 놓고 세뱃돈도 안 줬다.

스물셋째, 눈사람에게 말 걸기.

지나가다가 자기와 비슷한 사이즈의 눈사람이나 조형물을 보면 정성스럽게
인사하고 통성명을 권한다. 쫑이 형아가 떠난 후 생겼던 버릇이었다.

스물넷째, 개껌과 축구하기.

꼬몽이는 개껌을 주면 신이 나서 이리 던지고 저리 던진다. 개껌을 참 교육
한 뒤, 집으로 끌고 들어가 아작을 낸다.

스물다섯째, 헬스클럽 즐기기.

꼬몽이의 헬스클럽은 터널 내의 사람 통로다. 그곳으로 가면 무아지경에 빠
져 냄새 맡는 것도 잊어버리고 직진 본능만 살아나 빠른 걸음으로 운동에 열중

한다. 이후, 신부전증이 심해지고 걷는 게 많이 느려진 후, 헬스클럽에 데려갔지만 잘 걷지 못했다.

스물여섯째, 레슨이 끝났는데도 수다 떨고 있으면 문 열고 들어와서 야단치듯 짖기.

꼬몽이는 엄마가 레슨하고 있으면 앞발로 문을 열고 들어온다. 그러다가 슬그머니 나가는데 레슨이 끝났는데도 자신한테 신경 쓰지 않고 수다를 떨고 있으면 들어와서 펄쩍펄쩍 뛰면서 짖는다. 마치 '애미야! 레슨 끝난 거 다 안다! 먹을 거 주고 나 챙겨!'하는 것 같다.

스물일곱째, '귀여운 거 해 봐' 하면 누워 애교 부리기.

'꼬몽아 귀여운 거 해봐!' 하면 바로 벌렁 누워 이리저리 몸을 꼬며 교태를 부린다. 꼬몽이의 필살기였다.

스물여덟째, 뽀뽀해 주면 하품하기.

꼬몽이가 예뻐서 풍뎅이 꼬몽이의 볼에 마구 뽀뽀 세례를 하면 귀찮아하며 심드렁한 표정으로 하품한다. 이 행동도 건강이 나빠지면서 사라졌다.

스물아홉째, 물기.

엄마고 아빠고 성질이 나면 물고는 잘못한 걸 아는 표정을 한다. 본견이 아무리 반성해도 문 게 정당하고 잘못한 사실이 없다고 생각되면 무척 뻔뻔한 얼굴을 한다.

서른째, 곡예 하듯 응가와 쉬야하기.

나이가 들어가면서 뒷다리가 자꾸 약해지고 미끄러지자 생각해 낸 꼬몽이만의 배설 방법이다. 약간 언덕진 곳에 올라가 앞발 쪽을 밑으로 해서 지탱하고 응가나 쉬야를 했다. 이것도 뒷다리 힘이 빠져 자꾸 미끄러진 후 못하게 되었다.

서른한째, 물과 우유 구별해서 마시기.

꼬몽이는 물그릇에 우유 담아주는 걸 싫어한다. '약은 약사에게! 진료는 의사에게!'처럼 물은 물그릇에, 우유는 우유 그릇에 내놓으란다. 또 물을 줘도 안 먹고 옆에 서서 뭔가를 바라는 표정으로 있으면 우유를 달라는 소리다.

서른두째, 자리 펴기.

그나마 이건 최근까지도 하는데 자신이 누울 자리를 앞발로 정성껏 다림질 하듯 편다. 다 펴지면 눕는다.

서른셋째, '물 줘?' 하면 입맛 다시기.

이것도 최근까지 계속하고 있는 행동이다. 말을 잘 알아듣는 꼬몽이는 목마를 때 물 줘? 하면 입맛을 다신다. 그러면 물을 마시겠다는 뜻이고 그 말을 개무시하면 생각 없다는 뜻이다.

서른넷째, 두고 나가지 말라고 통사정하는 눈빛 보내기.

강아지를 키워 본 사람이라면 가장 공감할텐데, 제일 마음에 걸리는 눈빛이다. 엄마 아빠가 자기를 두고 잠깐이라도 나갈 것 같으면 쫓아와서 눈을 맞추면서 무한의 눈빛 공격을 보낸다. 아이를 데려왔을 때부터 떠나는 날까지 이눈빛 공격은 가슴을 호벼 팔 만큼 강력한 레이저를 발산한다. '레드 썬! 나가지못한다! 십 리도 못 가서 발병 난다.'

서른다섯째, 목욕하고 싶거나 허리 디스크로 아플 때 욕실 구석에 앉아 시위하기.

꼬몽이는 일주일 이상 목욕을 안 시키거나 허리가 아프면 꼭 욕실에 스스로 들어가 풍뎅이나 돌프를 기다린다. 꼬몽이가 없어져 찾으면 있는 곳. 그땐, 꼭 욕조에 담그고 드라이 후에도 온열 찜질을 해주는 게 국룰, 아니, 꼬룰이다.

여기까지 쓰고 나니 풍뎅은 한숨이 푹 나온다. 이렇게 웃음을 주던 아이가 가만히 서서 멍때리고 있거나 산책을 나 가도 걷지 못하는 일이 많아졌기 때문이다. 35가지의 행동 중 지금까지 하는 행동이 이젠 3가지밖에 안 된다.

° 더 이상 못 하게 된 꼬몽이의 행동

꼬몽이식 아빠와의 인사 。

Chapter 11 매일이 소중합니다

° 여름날의 산책

꼬몽이가 열네 살이었던 2024년의 여름은 정말 심하게 더웠다. 이른 여름부터 덥기 시작하더니 몇 달간 지치지 않고 뜨거운 열기를 내뿜었다. 꼬몽이를 매일 데리고 나가던 풍뎅 부부지만 하루씩 거르기도 하고 열기가 가신 저녁 무렵에야 산책하기도 했다. 한여름의 땡볕 아래서 강아지에게 맨바닥을 걷게 하는 건 살인 행위다. 풍뎅은 꼬몽이를 내려놓기 전에 먼저 맨발로 맨바닥을 짚어본다. 그리고 발이 조금이라도 뜨거우면 절대 내려놓지 않는다. 강아지도 발바닥에 화상을 입을 수 있기 때문이다. 풍뎅의 발을 댔을 때 바닥이 맨발로 걸을 수 있을 만큼 식으면 꼬몽이를 내려놓았다. 그리고 물은 수시로 마시게 했다. 앞에도 언급했지만, 물은 여름뿐 아니라 어떤 계절이건 산책의 필수다.

바깥을 좋아하는 꼬몽이는 한여름에도 매일 나가고 싶어 했다. 그래서 쿨링 패드를 얼려 유모차에 깔아줬다. 쿨링 패드에 물기가 생기거나, 배가 너무 차지 않게 타올로 감싸 깔아주면 꼬몽이는 시원하고 쾌적한 유모차 드라이브를 즐길 수 있었다. 한여름에 물 한 모금 안 주고(물통도 없이) 뜨거운 도로를 헉헉대고 걷게 하는 강아지 옆에서 아이스 아메리카노를 쪽쪽 빨고 있는 견주를 보면 화가 난다. 온몸에 모피(털)를 두르고 걷는 그 아이는 안중에도 없고 카톡을 하거나 유튜브를 보면서 우아하게 시원한 음료를 마시며 걷고 계시는 분들이 심심치 않게 보인다. 그들의 강아지를 보면 혀는 바닥까지 내려와 헐떡대고 바닥이 뜨거워 발을 떼서 걷는 속도가 빠르다. '너를 위해서 이 더운 날 산책 나온 거야.'라고 생각하는가?

도로가 뜨겁다. 사람만 덥고 목마른 게 아니라 그들도 뜨겁고 목이 마르단 말이다!

°떠나보내는 줄 알았어

풍뎅은 꼬몽이가 '식전 밀당 놀이'를 즐기는 줄 아는 바보 엄마였다. 췌장염이 시작됐다는 걸 몰랐다. 또 가끔 하는 '똥꼬 스키(엉덩이를 땅에 대고 두 다리를 들어 스키를 타는 것처럼 미끄러지게 하는 자세)'도 췌장 때문은 아닌지 지켜봤어야 했다. 췌장이 안 좋은 아이도 똥꼬 스키를 자주 탄다고 하는데.

여름이 길어지자 꼬몽이는 조금씩 지쳐갔다. 식욕은 더 떨어졌다. 한밤중의 밀당 놀이에도, 음식에도 흥미 없어 하는 날이 생겼다.

풍뎅과 돌프는 꼬몽이가 좋아하는 이것저것을 만들어 먹여봤지만 마지못해 겨우 먹었을 뿐이었다.

어느 날, 설사가 심해지더니 음식을 거부했다. 그리고 삶에 의욕이 없는 아이 마냥 늘어져 있는 거다. 탈수가 올 거 같아서 12년간 꼬몽이를 진료하시고 침을 놓아주시는 아현동의 병원에 급히 연락하고 예약을 잡았다. 병원에서는 수액을 긴 시간 천천히 맞는 게 좋을 것 같다고 하셔서 아침에 데리고 갔다.

꼬몽이는 심하게 예민했다. 병원에서 수액을 맞는데 주삿바늘을 물어뜯으려 하고 가만히 있지를 않는다고 하셨다. 그래도 긴급 상황이라 맡겨 놓을 수밖에 없었다. 췌장염이었다.

저녁에 데리러 갔는데 선생님께서 '12년간 침 맞을 때 봐서 꼬몽이가 순하지 않고 예민한 아이라는 건 알고 있었지만, 이 정도로 심각하게 예민한 아이인 줄은 몰랐다'라고 하셨다. 이런 아이이니 풍뎅은 어떻게든 집에서 밥과 약을 먹여 치료해야 할 것 같은 생각이 들었다.

췌장 보조제인 에피클과 췌장약을 먹이기 시작했다. 조금 호전되는 듯하더니 또다시 상태가 나빠졌다. 이번에는 구토까지 하고, 음식 냄새조차 거부하기 시작했다. 다시 병원에 갔다.

선생님께서 수액 맞는 동안 염증 수치를 검사하셨다. 췌장염인 경우, 염증 수치가 정상인 10보다 훨씬 높은 보통 50~100까지도 오르는데 꼬몽이는 염증 수치가 6이다. 희한하게 정상이었다. CT를 찍을 수 없으니 가슴 쪽의 종양이 어떤 작용을 하는 것이 아닌지 추측하실 뿐이었다. 수치상으로 뭔가 뚜렷이 안 좋은 곳이 나타나야 판단을 하실 텐데 두드러지게 나쁜 수치는 없었다. 선생님께서는 일단 수액 처치를 며칠만 더 해 보자고 하셨다.

혈관을 다시 잡기 어려워 라인을 잡은 채로 집에 돌아온 꼬몽이는 주삿바늘이 꼽힌 다리를 들고 그냥 있다. 쉬야를 하러 베란다에 나가서는 멍하고 있다가 그냥 들어오기도 했다. 3일 수액 처치하고 선생님은 '꼬몽이가 너무 예민해요. 꼬몽이는 입원이 어려울 것 같아요. 입원을 하자는 곳은 생각해 보셔야 할만큼 예민해요. 지금의 증상이 정신적인 것 때문에 오는 건 아닌지도 고민해 보겠습니다. 집에서 약 먹이는 게 더 도움이 될 것 같습니다.' 하셨다. 이 말씀이 감사한 이유는 뭘까 생각해 봤다. 어쩌면 쫑이 때도, 이런 결단이 있었다면, 이런 얘기를 한 번이라도 들었다면, 선생님 생각처럼 아이의 정신적 문제까지 헤아렸다면, 안전벨트 클립이 안 채워질 정도의 신호를 받지 않지 않았을까 하는 생각이다. 앞서 여러 번 언급했었지만, 가장 후회되는 건 떨어지기 무서워하는 아이를 떼어 놓지 말고 그냥 종일 안고 있다가 3~4일, 아니, 일주일 먼저 보내더라도 그럴 걸, 며칠 더 살려보겠다고 품에서 떨어트려 혼자 긴 시간 수액을 주사하게 했다는 거였다.

꼬몽이가 헉헉거리고 잠을 못 자는 일이 늘어났다, 호흡도 불편한지 고개를 들고 호흡하고 밤새 잠을 못 잔다. 때로는 기면증처럼 서서 아무것도 안 하고 있다. 그냥 늘 예민해 있는 것 같았다. 이러다가 금방이라도 떠나버릴 것 같다.

수치상으로 드러나는 게 전혀 없으니 선생님 말씀처럼 정신적인 문제인 건 아닐까도 고민해 봐야 했다. 그래서 아이의 상태를 상담했다. 많이 예민한 성격이라 그럴 수 있다면서 꼬몽이가 좀 안정할 수 있도록 안정제와 췌장 약을 처방해 주셨다.

췌장염은 있지만 염증 수치가 심하지 않다. 다른 수치는 정상이다. 종양은 있는데 그 성분이나 진행 상태는 CT를 찍어봐야 알 수 있다. 꼬몽이의 행동 변화나 식욕부진은 종양 상태의 변화가 아니면 심리적인 영향밖에 없다. 이런 상태다 보니 선생님도 답답해하셨다.

힘들어하는 꼬몽이를 좀 진정시켜보려고 안정제를 먹였다. 세상에. 졸음이 오고 힘이 없는지 꼬몽이 앞다리가 옆으로 벌어지고 뒷다리가 미끄러져 걷지도 못하고 서 있지도 못한다. 안정제를 더 먹이면 아이를 잡을 것 같았다. 안정제는 아이가 세상을 떠날 때까지 안 먹이기로 했다.

혹시 쫑이처럼 '치매는 아닐까요' 여쭤봤더니 선생님께선 치매로는 보이지 않는다고 하시면서 꼬몽이의 행동은 마음이든 몸이든 어딘가 불편해서 나오는 행동이라 하신다.

이렇게 안 먹으면 아이가 살지 못할 것 같다. 눈물만 나온다. 언제까지 아기일 것 같던 꼬몽이가 어느새 노견이라니.

의사 선생님도 고개를 절레절레

꼬몽이를 며칠 수액 처치해 보신 선생님은 고개를 절레절레 흔드셨다.

꼬몽이는 온순한 성격은 아니다. 머리도 비상하고 까탈스러운 녀석이다. 알약을 입에 넣는 건 있을 수도 없는 일이고 숟가락으로 음식 먹이는 일도 꼬몽이에게는 있을 수 없는 일이다. 꼬몽이에게 강제 급여할 수 있는 유일한 방법은 그나마 주사기로 먹이는 방법밖에 없다. 주사기로 먹이는 양이 얼마 되지 않아도 그 방법밖에 없었다.

풍뎅은 걱정스러웠다. 선생님은 조심스럽게 2차 병원으로 래퍼 해 보는 건 어떠냐고 물어보셨다.

꼬몽이는 예민한 아이라 몸이 불편한 이 상태에서 병원이 바뀌는 건 스트레스만 줄 뿐이다. 다른 곳에 입원하는 건 의미가 없을 것 같아 안 하겠다고 말씀드리고 뭐든 먹여야 살 수 있으니 강급해 보겠다고 했다. 선생님께서는 식욕 촉진제를 처방해주셨다. 효과가 있는 아이도 있고, 없는 아이도 있다면서 뭐든 해서 아이부터 살리고 보자고 하셨다. 풍뎅은 췌장염 약과 식욕 촉진제를 처방받고 구토 억제제와 수액을 맞게 하고 집으로 돌아왔다.

구토 억제제 덕분인지 식욕 촉진제 덕분인지 모르지만, 다행히 밥을 잘 먹고는 조금 기운을 차렸다. 다음날 식욕 촉진제만 먹여보니 밥을 잘 먹지 않는다. 선생님께서는 아마 전날 맞은 구토 억제제 덕에 밥을 먹은 것 같다고 하시면서 구토 억제제가 효과 있다는 건 속이 불편하다는 의미이니 통증이 심해 보이면 진통제나 패치를 써 보자고 하셨다.

° 수치와 반대로 행동하는 꼬몽이

식욕 촉진제는 어느 날은 듣는 것 같고 어느 날은 안 듣는 것 같아서 안 먹여 보기로 했다. 하지만 이상한 건 그렇게 안 먹고 지쳐 있는데 산책을 좋아하고 나가면 잘 걷는다. 게다가 산책을 다녀와야 뭐라도 조금 먹는다. 꼬몽이의 동영상을 보신 선생님도 신기해하셨다.

"아프면 산책할 기력이 없는데 이상하네요. 심리적인 원인이 큰 것 같아요. 혹시 소변을 잘 보는지 지켜봐 주세요. 방광 쪽 문제는 아닐지 보겠습니다."
"쉬야를 쉽게 보는 것 같지는 않은데, 목욕시켰더니 갑자기 깨춤을 추네요."
"특이하네요. 기운이 없을 텐데. 일단 호흡과 배뇨 상태를 함께 살펴보면 좋겠습니다."

풍뎅은 꼬몽이에게 "꼬몽아! 너 엄마 말 알아듣지? 선생님이 그러시는데, 너 정신적인 거래." 했더니 꼬몽이가 갑자기 밥을 먹기 시작한다. 이게 무슨 조화인지. 더위가 조금씩 꺾여가면서 꼬몽이는 조금씩 기운을 차렸다. 여름 이전의 발랄한 꼬몽이로 돌아가진 않았지만.

° 이가 안 좋은데 껌을 씹게 한다고요?

풍뎅이 치약을 짜서 "이빨 닦지, 이빨 닦고, 이빨을 닦자!" 하는 말도 안 되는 노래를 부르면 몽이와 쫑이는 꼬리를 흔들며 다가왔었다. 몽이가 떠난 후 쫑이와 꼬몽이도 그 노래에 맞춰 엉덩이를 실룩거리며 다가왔다. 하지만 어느 순간, 아니, 꼬몽이가 발치하고 입술이 비뚤어진 이후 꼬몽이는 입에 손대는 걸 싫어했다. 양치질도 싫어했다. 반면 건치 미남 쫑이는 치약 먹는 재미에 이 닦는 걸 즐겼다. 구석구석 닦아도 치약을 더 달라고 쫓아다녀 이 닦기가 수월했다. 쫑이의 이를 닦은 후, 꼬몽이의 이를 닦으러 가면 어느새 줄행랑이다. 겨우 잡아 와서 닦아보려 애쓰지만 구석구석 닦는 데 늘 비협조적이기 때문에 '처 삼촌네 벌초하듯' 휘리릭 닦고 만다.

꼬몽이는 이가 안 좋다. 잇몸도 안 좋다. 게다가 칫솔질도 싫어하니 흔들리는 이도 생겼다. 아마도 아플 터. 하지만 노견 인데다가 심장 쪽에 종양이 있어 마취할 수가 없다. 4년 전에 꼬몽이 흔들리는 이를 뽑았을 때, 발치와 스케일링 했던 병원에서 잇몸이 약하니 딱딱한 것은 주지 말고 조심해야 한다는 말을 들었다. 그래서 딱딱한 간식은 주지 못했다. 꼬몽이도 딱딱한 걸 피하는 듯해서 아예 안 줬었는데 아현동의 동물병원 선생님은 오히려 딱딱한 껌을 씹게 하는 게 스트레스 해소에 도움이 될 수 있고 씹다가 흔들리는 이가 빠질 수도 있다고 하신다.

'줘도 될까?' 잠시 고민했다. 하지만 선생님의 말씀이 일리가 있다. 속는 셈 치고 껌을 줘봤는데 꼬몽이가 씹는다. '이건 뭐지?' 싶었다. 이가 약하니 껌을 안 씹을, 아니, 못 씹을 거라고 믿었던 고정관념은 틀린 거였다. 며칠을 열심히 씹던 꼬몽이의 이를 닦이는데 제법 썩은 이 하나가 칫솔에 묻어 나오는 거다. 아, 그렇구나. 껌을 피하는 게 오히려 더 안 좋았구나. 진작 씹게 할 걸. 후회가 밀려왔다.

그래서 풍뎅은 꼬몽에게 껌을 권한다. 꼬몽이가 껌을 얼른 받아 들고 가는 날은 열심히 씹고, 이가 불편하거나 컨디션이 안 좋은 날은 본 체도 안 한다. 그래서 꼬몽이의 의중을 충분히 물어본 뒤 껌을 급여하는 민주주의 방식을 쓴다.

껌 씹는 영상이 올라가면 '이가 아픈 아이에게 껌을 씹게 한다고요?' '그러다 큰일 나요.' '생각이 있는 거냐?' 등등의 댓글이 달릴 때가 있다. 사람들은 참 이상하다. 자기가 생각하는 것에서 조금이라도 어긋나면 꼭 비아냥거리듯 꼬집어줘야 속이 시원한가 보다. 그러거나 말거나 풍뎅은 꼬몽이만 좋아한다면 계속 씹게 할 생각이다.

꼬몽이에게 껌을 줬을 때 신이 나서 어쩔 줄 모르고 좋아하는 날은 기분도 컨디션도 좋은 날이다. 앞에도 언급했었지만, 껌에 관심 있는 날 껌을 주면, 껌을 물고 깨춤을 춘다. 그리고 이리로 휙! 던지고 쫓아가서 저리로 휙! 던지면서 꼭 축구공을 주고받듯 자신만의 놀이를 즐긴다. 껌이 자신에게 항복한 느낌이 들 때까지 응징과 참교육을 하는 것이다. 껌을 이긴 느낌이 들면 의기양양하게 껌을 자기 집으로 끌고 들어가 매정하게 부숴 버린다. 이를 닦일 때 왼쪽 어금니 쪽에 피가 묻어나는 거로 봐서 흔들리는 이가 하나 더 있는 것 같다. 그놈을 제거할 때까지 꼬몽아! 파이팅!

° 강제 급식이냐 식욕 촉진제냐 그것이 문제로다

신부전이 오기 전에도 꼬몽이는 여전히 췌장이 안 좋은지 식욕이 좀처럼 돌아오지 않았다. 가끔은 주사기로 췌장 캔을 강제급식(줄여서 강급이라고 표현하겠다)한다. 살은 더 빠져서 뼈가 손에 잡힌다.

꼬몽이가 한없이 늘어져 잠만 자려고 하길래 식욕 촉진제를 먹여봤다. 그랬더니 벌떡 일어나 밥을 마구 먹는 게 아닌가. 신기했다. 그전에는 큰 효과가 없었는데 갑자기 식욕 촉진제가 들다니.

그 다음날도 밥을 안 먹고 늘어져 자길래 다시 식욕 촉진제를 먹였다. 또 뭘

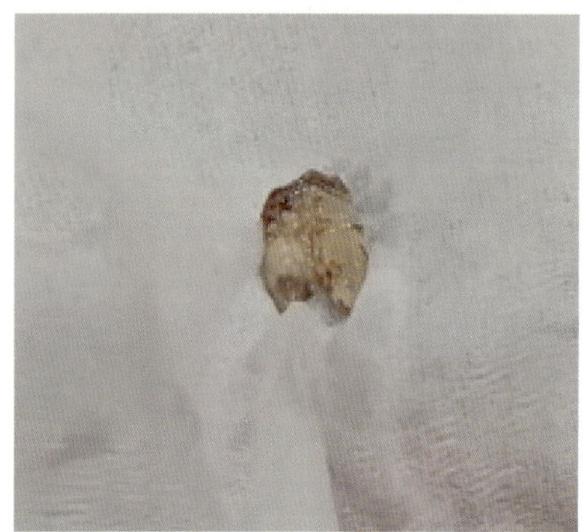

° 흔들리던 이빨

껌 씹는 노견 。

가 각성 된 애처럼 갑자기 일어나 밥을 먹는다. 풍뎅은 무서워졌다.

'대체 이 식욕 촉진제가 뭐길래 아이가 이렇게 즉각적인 반응을 하지?' 싶어서 선생님께 조심스럽게 여쭤봤다.

"선생님. 혹시 이 약에 정신적인 각성을 시키는 성분이 있는 건가요? 그리고 5분 안에 효과가 있을 수 있나요? 촉진제를 먹이면 바로 밥을 먹어서요."

"식욕 촉진제는 약간의 정신과적인 효과도 있긴 한데 그래서 정신이 나는지는 좀 불분명합니다. 다만, 이게 배고픔을 느낀다기보다 입에서 음식을 당기게 하는 약이라 그럴 수도 있을 듯싶습니다."

아무래도 정신과적인 효과가 있는 약이라면 자주 먹이는 게 안 좋지 않을까? 그렇지만 식욕이 없을 때 식욕 촉진제를 안 먹이면 스스로 밥을 안 먹을 것이고, 강급을 계속 시키면 어설프게 배가 차서 또 밥을 안 먹으려 들 것이니, 이러지도 저러지도 못할 상황이다.

° 같이 밤을 지새우면서

2024년 여름이 지나치게 길었다. 꼬몽이는 더위를 심하게 탔고 풍뎅 부부는 집안의 나머지 에어컨도 모두 인버터로 바꿨다. 꼬몽이를 위해 매일 하루 종일, 24시간 에어컨을 켜 두어야 했기 때문이다. 날씨가 갈수록 더워진다는데 풍뎅은 앞으로의 여름이 걱정되기 시작했다.

폐에 있는 종양은 1년 사이에 2cm가량 컸다. 3개월 만에 1cm가량이 컸으니 커지는 속도가 빨라지는 것 아닌지, 이 종양이 폐를 눌러 아이를 힘들게 하는 건 아닌지 걱정이다. 노견을 돌본다는 건 늘 시한폭탄을 안고 사는 기분이다.

밤에 꼬몽이의 호흡이 힘든 날이 많아졌다. 잠 못 자고 호흡이 힘든 꼬몽이의 머리를 쓸거나, 안아주면서 그래도 안을 수 있어서 다행이라고 생각하는 풍뎅이지만 꼬몽이를 볼 때마다 마음이 아프고 꼬몽이가 불쌍하다. 같이 밤은 얼마든 새 줄 수 있는데. 아프지만 않았으면.

˚ 할 수 있는 게 없어서 미안해

2024년 여름에 세상을 금방이라도 떠나갈 듯 힘들어하던 그 이후, 아팠던 췌장의 회복이 안 되는지 단단한 변을 보지 못한다. 췌장 약과 보조제를 계속 먹이고 있는데 보조제는 그렇다 쳐도 약을 너무 장복하는 것 아닌가 싶어 걱정스럽다. 췌장의 염증 수치든 뭐든 수치상으로 딱히 잡히는 게 없으니 맞게 가고 있는지 그저 답답할 뿐이었다. 현재로선 꼬몽이가 힘든 게 종양 때문이 아니면 다른 이유는 정신적인 것밖에 없다는 결론이 나온다. 동물병원 선생님께서도 답답하신지 저번과 같은 말씀을 하셨다.

"정확한 원인을 알고 싶고 적극적인 치료를 원하신다면 CT를 권합니다. 보호자가 하시겠다면요."

"아뇨. 이 아이를 다시 마취시킬 수는 없어요."

"심장 쪽에 문제가 있는 아이라 그러실 거예요. 만약 종양이 양성이라고 해도 수술하기 쉬운 부위는 아닙니다. 그리고 악성이라 하면 더 방법이 없을 거고요. 어쩌면 모르는 게 약일 수 있습니다. 물론 적극적인 방법을 택해 CT를 찍으면 이 종양의 형태나 위치, 양성인지 악성인지를 알 수 있죠. 약간의 대처 방법을 바꿀 수는 있지만 그 이후에 할 수 있는 게 없는 건 비슷할 거예요."

맞다. 지금 꼬몽이의 상태가 답답하긴 하지만 모르는 게 약이다. 꼬몽이가
열두 살 이하면 뭐라도 해 보겠지만 벌써 열여섯 살이다. 그저 성분과 대처 방
법을 알고 싶다는 이유 하나로 저 아이를 또 마취시키고 불안하게 하고 싶지
않다. 또 안다 한들 어쩌겠는가? 간단히 수술할 수 있는 부위가 아니니 더 답답
할 것이다. 그냥 많이 안아주고 지금의 상태에서 최선을 다해 돌봐 주자. 마취
시킬 힘이 있는 아이라면 좋은 곳으로 힐링 여행을 떠나야겠다. 그게 꼬몽이가
바라는 삶일 거다.

꼬몽아, 엄마가 할 수 있는 게 없어서 미안해.

。몸무게가 자꾸 줄어요

힘이 든 꼬몽이는 아빠 방의 구석으로 숨기 시작했다. 이때부터 밥 먹이기
전쟁뿐 아니라 약 먹이기 전쟁까지 시작됐다. 췌장 보조제 에피클도, 항산화
영양제 액티 베이트도, 오메가3도 절대 순순히 먹어 주는 일이 없다. 할 수 없
이 알약은 빻고, 캡슐에 있는 것은 캡슐을 제거해 안의 내용물만 꿀과 물에 섞
어 주사기로 먹인다. 이러니 온전히 한 알을 먹는 게 아니다. 캡슐을 제거하고
먹이니 효과가 현저히 떨어질 테고 빻아 먹여도 온전히 한 알을 먹는 것과 다
를 텐데. 참 협조가 안 되는 놈이다. 주사기로 먹이는 캔 사료의 강급도 싫어하
니 기운이 없고 몸이 힘든가 보다. 아빠 방 한구석에 그냥 누워있다. 몸을 만져
보니 더 말랐다. 2024년 가을이 되면서 5.7kg이던 몸무게는 5.4kg 아래로 내려
오기 시작했다.

컨디션은 오늘도 롤러코스터

　여름에 바닥을 드러냈던 꼬몽이의 컨디션은 초가을에 조금 회복이 되어 늦가을까지는 그럭저럭 괜찮았었다. 풍뎅의 부모님을 모시고 청송에 갔을 때, 꼬몽이의 활력은 조금 떨어져 있었지만 스스로 잘 먹어줬다.

　여행 가기 3주 전, 풍뎅의 아빠가 저혈당 쇼크로 길에서 쓰러지셔서 얼굴 전체가 멍이 들었었다. 다행히 뇌 쪽은 문제가 없었고 골절도 없었지만, 그날 풍뎅의 아빠가 쓰러지시는 걸 본 동네 사람들은 큰일이 났을 거라 느꼈을 정도로 심하게 넘어지셨다. 여행 예약을 취소해야 할 것 같았다. 그런데 온 얼굴이 멍인데도 가고 싶어 하신다. 온천이고 휴양할 수 있는 곳이니 가고 싶으시단다. 워낙 여행을 좋아하시는 것도 있지만 본인들 연세가 있으니 운전할 수 없어 멀리 가시는 게 힘든데 딸 부부와 같이 가면 멀리 가도 안심되고 그저 좋으신가 보다.

　그때 꼬몽이까지 상태가 안 좋았으면 참 힘들었을 텐데 다행이 꼬몽이는 잘 먹고 잘 지내주었다. 꼬몽이가 알았던 것 같다. 할아부지가 안 좋으시다는 걸. 그래서 다른 때 보다 더 잘 먹고 기운 내준 것 아닌가 하는 생각을 한다. 여행에서 돌아와서는 또 식욕이 떨어졌다 좋아졌다 롤러코스터를 탄다. 널뛰는 컨디션이 서서히 우하향 그래프를 그리고 있다는 것을 알고 있다. 하지만 희망의 끈을 놓을 수 없는 풍뎅이였다. 여행을 좋아하는 부모님과 꼬몽이를 보니 부모님과의 여행도, 꼬몽이와의 여행도 더 서둘러 다녀야겠다고 생각했다.

Chapter 12 제 소원은요

° 아빠한테 좋은 일이 생겼어

꼬몽아, 아빠한테 좋은 일이 생겼어. 아빠가 제일 잘하고 제일 좋아하는 일에서 날개를 펼칠 수 있게 됐어. 감사하게도 유명 작곡가님께서 같이 일해 보자고 손을 내밀어 주셨지 뭐야? 한 삼 년 동안 참 많이 힘들었는데 이젠 열심히 할 일만 남았어. 아빠는 오늘도 즐겁게 음악을 만들고 있어. 선배님이 엄마한테도 기회를 주셔서 감사한 마음으로 가사를 쓰고 있고. 유명 작곡가님과 같이 작업한 곡들이라 하나씩 방송을 타고 있고 반응도 좋아. 참 감사할 일이지? 엄마 아빠, 열심히 일할게. 엄마가 좋은 가사 많아 쓸게. 그러니까 꼬몽아, 너만 건강하면 돼.

올해 연극 대본들도 다시 정리할 거야. 엄마가 가장 애착을 갖던 귀신 얘기 '슬픈 영혼의 노래'는 책으로 내보고 싶은 욕심이 있어. 올해든 내년이든 성우들끼리의 낭독극도 좋고 연극도 좋고 소극장 뮤지컬도 좋고 꼭 '엄마의 무대'를 만들어 볼 거야. 그리고 엄마가 쓰는 '팝트송(Pop'it Song: 풍뎅이 만든 장르로 대중적 가사의 가곡 형식의 곡을 말한다.)'도 다시 작곡할 거고, 친구들과의 '모노연('모이자 노래하자 연세'의 줄임말로 연대 동기들과 하는 풍뎅이 만든 팝트송 공연)'도 다시 올려보려고. 최선을 다해 살 테니까 우리 꼬몽이도 힘내 줘.

ﾟ고마워 아프지 마

　쫑이가 조금씩 귀가 안 들리고 걷기 힘들어졌을 때, 그림을 배워 쫑이를 그려주고 싶었다. 그리고 쫑이가 살아있을 때 아이들의 이야기를 책으로 써야겠다는 생각이 들었다. 풍뎅이 다시 책을 써야겠다고 결심한 건, 쫑이 때처럼 꼬몽이의 상태가 심상치 않게 느껴져서다.

　2024년 여름에 한 번 고비를 넘긴 후, 꼬몽이의 우하향하는 컨디션 그래프가 감지되자, 아이들에 대한 두 번째 책을 지금 쓰지 않으면 안 될 것 같은 생각이 머릿속을 채우기 시작했다. 꼬몽이 마저 떠나버리면 다시는 그 아이들의 이야기를 못 쓸 것 같았기 때문이다.

　겨울이 되니, 꼬몽이의 몸은 다시 안 좋아졌다. 또다시 가만히 서 있는 '멍때리기'를 시작했다. 쉬야 하러 가면 꽤 오랫동안 시간이 멈춘 듯 가만히 서 있다 들어오기도 하고, 가만히 서 있을 때 풍뎅이 큰 소리로 '꼬몽아!' 하고 부르면 화들짝 놀라 그제야 쉬야를 하기도 한다. 치매인가 아픈가 걱정이 된다. 노견은 여름과 겨울이 힘들다고 한다. 겨울이 깊어질수록 꼬몽이는 점점 더 의욕을 잃어갔다. 나가고는 싶어 하지만 나가서도 멍하니 서 있다. 선생님께 여쭤보니 힘들고 불편할 때 그런 증세가 나타난단다.

　컨디션이라는 게 한 번 기운이 확 꺾인 후엔 회복이 되어도 원 상태로 회복되는 건 힘들다. 그러니 2024년 여름 이전의 컨디션으로 돌아가지 못할 것이라는 건 알고 있지만 그래도 꼬몽이였으니까, 늘 코믹 캐릭터의 깨방정 꼬몽이였으니까 다시 좋아질 거라 믿어보기로 했다.

　풍뎅은 사료를 거부하기 시작한 꼬몽에게 사람처럼 밥에 반찬을 주기 시작했다. 쌀밥에 어느 날은 소고기 양배추 말이 반찬, 연어구이 반찬, 닭가슴살 반찬 등을 비벼준다. 사료보다는 관심을 보이지만 잘 안 먹는다.

기다리다 기다리다 식욕 촉진제를 먹이면 그제야 밥을 다 먹는다. 식욕 촉진제를 먹여도 사료는 안 먹는다. 비위에 안 맞나 보다. 항상 아침엔 췌장용 처방 캔을 주사기로 강급시켜야 했다. 안 먹는다고 안 먹이면 안 되니까.

° 셀프 미용으로 모자이크 만드는 재주

풍뎅은 마이더스? 아니, '마이너스'의 손이다. 풍뎅의 손이 닿으면 기계는 대부분 장렬히 사망하시고 물건은 망가져 버린다. 참 대단한 재주를 갖고 있다. 그야말로 '똥손'이다. 풍뎅이 '쫑이는 미용하러 보낼 수 없으니 내가 털을 직접 자를 거야'라고 했을 때 돌프는 적극적으로 말렸었다. 그나마 쫑이는 꽁지머리라도 길러 묶어줬고 흰색과 갈색이 섞여 있는 털이라 '똥손 미용'이 덜 두드러졌지만 꼬몽이는 대머리 독수리처럼 정수리에 털이 짧고 몸 전체가 흰 털이다. 묶을 머리가 없으니 털이 조금만 잘 못 잘려도 확 티가 날 수밖에 없다. 꼬몽이 미용을 직접 하려고 주문한 미용기계가 집으로 배송되어 오자 돌프는 반품 하라고 난리를 쳤다.

하지만 새해가 되면서, 꼬몽이의 몸무게가 5.0kg까지 빠져 버렸다. 안아보면 그 토실토실했던 아이의 뼈가 아프게 닿는다.그나마 털이 길어 커 보일 뿐이었다. 동물병원 선생님께서 꼬몽이가 미용을 위해 한 시간 이상 서서 있지 못 할 것 같고 스트레스가 심할 것 같으니 보기 싫어도 집에서 잘라주라고 하시자 그제서야 돌프는 포기하며 '좋은 기계를 사서 제대로 잘라줘라.'라고 했다. 주문해 놓은 연장을 가지고 용기백배한 풍뎅이 야멸차게 꼬몽의 첫 미용을 했다.

털이 좀 이상하게 잘렸다.

돌프는 '애를 왜 이렇게 만들었냐?'하면서 짜증을 냈다. 순전히 연장 탓이라 생각한 풍뎅은 전문가용 이발기를 사들였다. 풍뎅은 엉망으로 만든 털을 만회하겠다고 돌프에게 큰소리를 치며 꼬몽이를 안아 들었다.

아! 꼬몽이의 꼴이 더욱 가관이 되었다. 꼬몽이를 데리고 시장에 갔더니 반찬가게 사장님이 꼬몽이를 보고 웃으시면서 "어머! 호호. 너 집에서 미용했구나?"한다. 얼굴은 마치 모자이크를 붙여놓은 듯한 모습이었다. 몸의 털은 여기저기 쥐가 파먹은 것 같다. 등 굽은 게 확연히 드러나고 뜯은 것 같은 몸의 털. 더 불쌍한 강아지가 되어버렸다. 돌프는 "예쁜 애를 왜 저래 낳어? 창피해서 데리고 다닐 수가 없잖아. 옷 입혀." 한다.

그러니 눈치 빠른 꼬몽이는 얼마나 창피했을까?

꼬몽아 엄마가 똥손이라 미안해 。

여러 번 언급 했지만, 세상이 궁금한 꼬몽이는 아플 때도 산책은 꼭 하겠다고 현관을 지킨다. 노견이 되니 많이 걷지는 못한다. 그저 천천히 걸으면서 냄새를 맡는다. 그러다 보니 기다려주는 게 일이다. 꼬몽이가 세상을 천천히 즐기도록 도와줘야만 했다. 성질이 급해 매사 콩 볶듯 하는 풍뎅은 느린 속도에 답답해했지만 기다리는 일에 조금씩 익숙해졌다.

강아지에게 냄새를 맡는 일은 매우 중요하다. 후각이 예민한 아이들이라 '어떤 애가 왔었나?', '아, 애는 이걸 먹었네.', '오! 애는 또 고급진 거 먹는데 엄마는 이런 건 안 해주나?' 등의 정보 교환에 중요 수단이란다.

꼬몽이는 힘들지 않은 날은 걸으며 냄새에 탐닉한다. 조금 힘든 날은 걷고 쉬고를 반복하고 냄새를 설렁설렁 맡는다. 아프거나 힘든 날은 가만히 서 있어서 유모차를 태워야 한다. 유모차에서도 꼬몽이는 몸의 상태를 가늠하게 해준다. 유모차 안에서 네 다리를 모두 펴서 서 있으면 걷고 싶다는 강한 의지의 표현이다. 풍뎅과 돌프는 유모차에 서서 유모차의 움직임에 따라 중심을 바꿔가며 위태위태하게 네 다리를 펴고 서 있는 자세를 '유모차 보드 타는 자세'라 명명했다. 어쩌면 그렇게 균형을 잘 잡는지 어렸을 때 보드 선수를 만들었어야만 했다고 안타까워했을 정도였다.

유모차 안에서 앞다리와 고개만 들고 있으면 걸어도 좋고 유모차로 세상을 봐도 좋다는 의미이다. 이때 고개는 연신 좌, 우, 위, 아래로 움직이며 세상을 감시하기 바쁘다.

유모차 안에서 철푸덕 엎드린 자세가 되면 '다 귀찮다. 애비야! 다 귀찮으니 내가 누워서 세상을 볼 수 있게 가마를 끌어라!'이다.

풍뎅과 돌프는 바깥을 둘러보기 좋아하는 꼬몽이를 위해 유모차 앞의 지퍼를 열어준다. 망사로 된 지퍼를 열면 환한 세상이 보이니 말이다. 꼬몽이가 걸을 때, 자기의 키 높이에서 보던 세상과 사람의 허리 높이인 유모차에서 보는 세상이 다르니 유모차에서 보는 세상이 신기하고 좋은지 연신 두리번거리며 보는 것을 즐기고 사람을 구경한다.

유모차에 엎드려 있을 때도 얼굴을 얼마큼 내미느냐는 그날의 몸 상태에 따라 달라진다. 유모차 안에서 그냥 고개만 돌리면서 여기저기 보는 날은 그날 조시가 그저 그런 날이다.

유모차에서 고개를 앞으로 많이 내밀수록 괜찮은 상태의 컨디션이다.

기분이 좋거나 몸 상태가 좋은 날은 앞발까지 유모차 앞으로 나와 있어 마치 거북이 같은 자세로 세상을 구경한다. 아무리 밥을 못 먹고 기운이 없는 날이라도 꼭 나가겠다고 하니 매일 데리고 다닐 수밖에 없는 녀석이다.

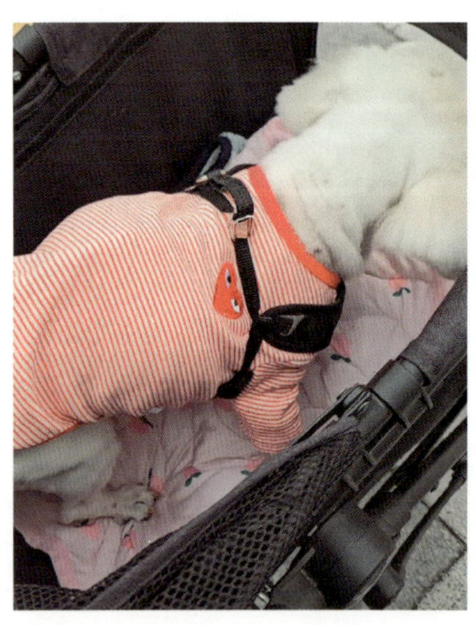

유모차 보드 자세 。

꼬몽이가 유모차를 즐기는 방법 。

꼬몽이가 신부전증이래요

꼬몽이는 종양이 있는 아이이니 정기적으로 체크하는 것은 필수였다.

그전에는 크게 나쁜 수치가 없었다. 검진 때마다 종양이 커지는 거 외에는 문제가 없었지만 2025년이 들면서 신장 수치에 변화가 생겼다.

2025년 2월 5일 꼬몽이의 진료 기록에 의하면, Cr은 0.5~1.8이 정상인데 꼬몽이는 2.1, BUN은 7~27이 정상인데 꼬몽이는 41, ALT은 10~125가 정상인데 꼬몽이는 75이다. Cr과 BUN 수치가 많이 뛰었다. 선생님께선 신장에 무리가 오는 것 같으니 주의해야 한다면서 지켜보자고 하셨다.

꼬몽이의 상태가 점점 이상해져 갔다. 멍때리는 시간이 늘어나고 밥을 보면 고개를 젓는다. 너무 안 먹어 식욕 촉진제를 먹이면 전 같은 즉각 반응이 없다.

그러다가 새벽 한두 시쯤 허겁지겁 밥을 먹는다. 뭔가 심상치 않은 게 느껴졌다. 일어선 채 멍하니 있는 시간이 전보다 훨씬 길어졌다. 자는 시간 외엔 거의 서 있는 거다. 밖에 나가면 냄새를 맡는 것도 안 한다. 이쯤 되면 다른 아이들은 밖을 안 나가겠다고 한다는데 여전히 밖을 나가고는 싶어 한다. 하지만 데리고 나가도 유모차에서 바닥으로 내려놓으면 그냥 서 있다. 밖에 나가면 소변부터 보던 아이인데 2~3일간은 소변도 잘 못 본다. 그 6일 뒤가 병원 예약이었지만 아무래도 진료를 당겨야 할 것 같았다.

아현동 동물병원은 예약이 꽉 차 있어서 예약이 안 되면 진료받을 수 없다. 다행스럽게도 꼬몽이가 살려고 그랬는지 갑자기 다음 날 오전 11시 30분 예약이 취소되었다며 내원이 가능하냐고 하신다. 일정을 미루고 병원을 갔다. 그때까지 아주 심각할 거라고는 생각 못한 무지한 엄마, 아빠였다. 결과는 심각했다. 한 달 만에 Cr이 3.1, BUN은 77로 뛰었다. IP는 2.5~6.8이 정상인데 꼬몽이는 7.7이다.

신부전, 그것도 3기에 해당하는 수치다. 쫑이가 떠난 해 초의 Cr이 2.1, 떠나기 6일 전이 2.6이었다. 며칠간 정맥 수액을 했는데도 2.2까지밖에 안 떨어졌는데 이 수치라면 쫑이의 마지막 수치보다 훨씬 높다. 선생님께서는 신장이 망가져 75% 이상이 기능 못하는 게 신부전이고 완치가 없는 병이라고 말씀하셨다.

그래도 빈혈이 오지 않았고 수치가 확 높아진 걸로 봐서 급격히 나빠진 것 같다시면서 이렇게 급하게 나빠진 경우에는 바로 처치가 안 되면 이삼일 안에 떠날 수도 있다고 하신다. 심장이 내려앉는 것 같았다. 며칠 더 당겨서 올걸. 후회되고 눈물만 나온다.

그나마 일정을 안 당기고 검진일까지 기다렸으면 어쩔 뻔했을까? 생각만 해도 끔찍했다.

신부전이 시작되면 속은 롤러코스터를 타는 것처럼 울렁거리고 식욕이 없어진다고 했다. 그래서 밥을 못 먹었나 보다. 그걸 하루라도 더 빨리 알아채지 못한 게 미안했다.

돌프는 5일이라도 검진일을 앞당긴 게 다행이라고 하지만 며칠이라도 더 빨리 알아주지 못한 게 미안했다.

선생님께서 꼬몽이는 심하게 예민한 아이이니 병원에서 수액을 맞게 하는 것보다 집에서 아침저녁으로 60ml씩 수액을 놔주는 게 나을 것 같다고 하신다. 신장 보조제도 필수였다. 신장 보조제 아조딜을 냉장 보관해 아침저녁으로 공복에 매일 먹이고 수액을 하루 두 번 놓기로 했다. 풍뎅은 왠지 췌장 약을 너무 오래 먹인 것도 아이한테 무리를 준 게 아닐까, 식욕 촉진제도 혹시 안 좋지 않았을까. 별게 다 마음에 걸리고 미안했다.

선생님께서 신부전증은 단백질 섭취 제한이 중요하지만, 인이 쌓이지 않게 하는 게 더 중요하다고 하셨다. 인이 쌓이면 체내 칼슘 정체로 신장 석회화가 될 수 있으니 인 섭취를 줄이는 게 더 관건이란다. 그래서 인 흡착제인 이파키틴도 추가로 먹여야만 했다. 약이 자꾸 늘어나는 게 마음이 안 좋다. 꼬몽이는 2기~3기 사이라고 하신다. 이 수치의 생존율은 짧으면 2달, 길게 살면 3년으로 강아지마다 큰 차이를 보인다. 오래 살기 위해서는 살이 절대 빠지지 않아야 하고, 근육량이 줄지 않아야 한다. 입맛이 없고 울렁거려 그야말로 '굶어 죽는 병'이 신부전이라는 무시무시한 말씀을 하시면서 무조건 먹여야 한다고 당부하셨다.

단백뇨가 없다면, 3기 후반 이상의 수치가 아니라면 단백질을 너무 제한하지 않는 게 좋지만 꼬몽이의 식습관은 너무 고기를 좋아하고 편식해서 걱정이라는 말도 덧붙이셨다.

ﹾ어디서든 예민한 강아지 인정!

꼬몽이가 산책 시 폴짝 뛰다가 발톱이 하수구 철망에 끼었다. 꼬몽이가 발을 빼려고 안간힘을 썼지만 끼어버린 발톱이 빠지지 않았다. 풍뎅은 진땀이 났다. 아무리 잡아 빼려 해도 안 빠진다. 이렇게 빼다가 다리 골절이라도 될까 봐, 허리 디스크가 도질까 봐 전전긍긍하고 있었다. 꼬몽이는 아프다고 비명을 질러대고 돌프는 애를 안아서 못 뛰게 했어야지 뭐 했냐며 풍뎅을 타박했다. '꼬몽이 발톱을 쥐고 안 놔주는 철망을 어떻게 부숴야 하지?' 풍뎅은 꼬몽이를 빼내보려 애쓰고 있었다. 한참 철망과 씨름하다가 어찌어찌 꼬몽이를 뺐다. 피가 철철 흘러, 급히 집 근처의 동물병원에 가서 처치를 받았는데 이곳의 원장님도 꼬몽이를 처치해 주시고 나오시면서 고개를 절레절레 흔드신다. '꼬몽이가 원래 이렇게 예민한가요?'라고 물으셨다. 이렇듯 꼬몽이의 예민과 까칠은 다 소문나 버렸다. 하긴, 엄마가 매일 유튜브에 떠들어 2천 명 가까이 되는 구독자님들도 알고 계신 사실이지만. 그렇다면 예민하고 까칠한 만큼 대범하기라도 해야 밸런스가 맞지 않는가? 예민하고 까칠한 면과는 달리 푼수에다 쫄보다.

꼬몽이는 발톱 혈관이 길다. 2주에 한 번은 발톱을 깎아줘야 하는데 집에서 한다? 어림 반 푼어치도 없는 일이다. 멀어서 아현동의 동물병원으로 못 갈 때는 한번 얼굴을 튼 집 앞의 동물병원에 맡긴다. 유쾌하고 귀여우신 간호사님은 이미 꼬몽이 '꼬질머리(꼬몽이 성질머리)'를 파악하셨다. 그래도 늘 밝은 얼굴로 꼬몽이를 맞아주신다. 꼬몽이를 안아서 발톱 깎으러 들어가시면 안에서 나는 소리는 또한 가관이다. 무슨 대단한 수술이라도 받는 소리가 들리기 때문이다. 다 끝나고 문을 열고 나오시는 선생님과 간호사님의 얼굴도 큰 수술을 치르고 오신 듯 비장하시다. 온갖 비명과 새소리, 닭 소리가 들린 후 꼬몽이를 안고 나온 선생님의 얼굴을 보신 다른 견주분들은 걱정 어린 얼굴로 '많이 아픈 아이인가 봐요.'라고 하실 정도다. 나 참. 동네 창피해서 원.

이런 녀석에게 약을 먹인다는 건 정말 '개' 힘든 일이다. 강급도 주사기 외엔 아무것도 허락하지 않는 놈인데 약 먹이는 것도 아니고 수액을 놓는다고? 생각하니 진땀부터 난다.

"형아는 밥을 줄 때 숟가락으로 줘도 잘 먹고 얼마나 맛있게 먹어줬는지 알아? 약도 잘 먹었어. 주사 맞을 때도 얌전했고. 넌 대체 뭐야? 왜 아무것도 못하게 해? 싫으면 아프질 말아야지."

그랬다. 꼬몽이는 반골 기질이 강한 아이다. 더더군다나 싫으면 온몸으로 반항한다. 예전에야 기골이 장대했으니 그랬다 쳐도 지금은 뼈랑 거죽밖에 안 남은 기운 없는 놈인데 완강히 거부할 때는 하늘에서 힘을 내려주시나 보다. 수액을 놓을 때 풍뎅 혼자서는 어림도 없다. 아빠가 꼭 붙들고 꼬몽을 제압하지 않으면 아무것도 할 수 없다. 그만큼 거부감과 반항이 극에 달한다.

꼬몽이가 신부전증을 진단받은 이후, 풍뎅은 대부분의 약속을 취소했다. 앞으로 꼬몽이와의 시간도 얼마나 남아있을지 모르겠다. 길면 긴 대로 짧으면 짧은 대로 꼬몽이가 자기 생 모두를 통해 풍뎅과 아빠만 봐줬듯이, 풍뎅과 돌프도 꼬몽이를 위한 시간을 보내주려 한다. 좋아하는 바깥세상을 더 많이 보여줘야겠다. 꼬몽이 컨디션만 받쳐준다면 전국을 다 보여줄 거다.

° 제발 버리지 마세요

　전국을 보여주기로 한 우리의 프로젝트를 완성하러 꼬몽이와 신안으로 여행을 갔다. 애견 동반이 가능한 새로운 리조트를 찾았다. 리조트 내의 편의점에서 장을 보고 방으로 들어가려는데 고양이 한 녀석이 '냐옹~' 소리를 내며 따라오기 시작했다. 배가 고파 그러려니 했다. 풍뎅은 여행 갈 때 꼭 닭가슴살이나 고양이 캔을 갖고 간다. 만나는 길고양이들이 풍뎅을 만난 그 하루라도 굶지 않았으면 해서다.

　"따라와! 우리 방에 고양이 사료 있어."

　행색을 보니 꼬질꼬질했다. 길 생활을 오래 한 아이 같다. 고양이는 대답하듯 '애옹~'하면서 따라오는가 싶더니 풍뎅 앞에 벌렁 드러누워 안아달라고 애교를 부린다. 꼬몽이가 유모차에 타고 있고, 길고양이라 혹시나 아픈 꼬몽이에게 안 좋은 것을 옮길까 해서 만져주질 못했다. 고양이는 풍뎅 일행을 놓칠세라 열심히 따라왔다. 그때, 한 무리의 사람들이 버스에서 내려 리조트의 다른 동으로 들어가기 시작했다. 갑자기 고양이는 그들을 따라간다. '배가 고프구나' 싶었다. 풍뎅이 다시 얘기했다.

　"아가! 이리 와. 우리 방에 가면 먹을 거 있어. 줄게."

　고양이는 그 사람들을 한 사람씩 보며 그들이 들어가는 리조트 동 계단에 따라가 서 있었다. 풍뎅은 얼른 숙소에 뛰어 들어가서 고양이 사료를 갖고 나왔다. 그리고 고양이를 불렀다. 고양이는 말라 있었는데 음식엔 관심도 없다. 잠시 와서 음식을 내려놓는 풍뎅을 보더니 다시 한 무리의 사람이 들어간 리조트 동 계단에 가서 앉는다. 풍뎅이 밥 먹으라고 아무리 불러도 안 온다. 쳐다보고 있어 안 먹나 싶어서 풍뎅이 거리를 두고 멀리 서 있었지만 그래도 안 먹는다. 계속 기다릴 수 없어 숙소로 들어갔다. 말랐던데. 고양이가 걱정되었다.

음식물의 찌꺼기, 그릇, 비닐 같은 건 치우는 게 매너라 잠시 후 그릇을 치우러 다시 나가 봤다. 고양이는 음식엔 입도 안 댔다. 음식에는 관심도 없다. 그저 그 계단에 서 있다. 안 먹을 것 같아서 비닐에 담아 버리려고 갖고 오는데 갑자기 울면서 따라오기 시작한다. 다시 음식을 놓아줬는데 관심 없다. 데려가 달라는 것 같았다. 풍뎅은 얼른 들어가 숙소의 문을 닫아버렸다. 많이 신경 쓰이고 미안했지만 아픈 노견이 있으니 데려올 수도 없고, 남의 업장인데 함부로 들일 수도 없었다. 마음이 아팠지만 어쩔 수 없었다.

다음날 고양이는 못 보았고 목줄이 없는 강아지 한 마리를 봤다. 그 리조트는 민가와 꽤 거리가 있어서 동네 마실 나온 것 같지는 않았다. 어떤 사람을 따라가길래 그 사람 강아지인 줄 알았는데 그 사람은 차를 타고 가버린다.

리조트의 프론트에 가서 물어봤다.

"여기, 사람을 따라다니는 고양이도 있고 강아지도 보이는데 누가 버리고 갔을까요?"

"여기 많이들 버리고 가시더라고요."

어쩐지, 버려진 아이들이었구나. 한 번 쓰다듬어 줄 걸, 우리 애만 생각하고 길에 사는 아이들이니 혹시 무슨 병이라도 있을까 겁냈던 사실이 미안했다. 고양이는 그 리조트 동 주변에 버려진 아이였나보다. 계속 그 계단을 지키고 있었으니까.

버린 인간도 주인이라고 저렇게 찾아다니며 우는 애들. 주인들은 그 아이들을 버리고 발 뻗고 편히 자고 있을까? 화가 났다.

배로만 왕래가 가능한 섬에 가보면, 배 들어오는 시간에 들어오는 배 쪽으로 가 하염없이 꼬리를 흔들며 쳐다보는 개들이 있다. 섬까지 여행 가서 친히 버리고 간 거다. 아니, 버리려고 섬까지 겨 들어간 거다. 못 찾아오게 하려고. 그리고 아는 사람이 없는 곳에 버려야 '쟤 누구네 강아지 아니야?' 소리를 안 들을 테고, 눈에 안 보이니 잊고 살 수 있겠지. 버려진 애들이야 어떻게 살든 자기만 편하겠다는 심보니.

하긴 TV를 보니 무인도에 버리는 인간들도 있다. 그건 그냥 죽으라는 거다.

˚ 아픈 아이를 왜 데리고 다니냐고요?

가끔 풍뎅의 친구들은 말한다. 유튜브의 영상을 보면 말라서 힘도 없고 걷기도 힘든 아픈 아이 같아 보이는데 왜 여행을 데리고 다니냐고. 꼬몽이의 몸무게는 더 빠져서 4.9kg까지 내려왔다가 급기야 4.7kg을 찍고 말았다. 기운이 없으니 뒷다리는 덜덜 떨리고 휘청거린다. 하지만 의사 선생님도 의아해할 정도로 나가는 걸 좋아한다. 게다가 여행을 가면 걷고 먹는다. 집에 있으면 한없이 늘어져서 잠만 자는 아이가 새로운 데 가면 탐색을 한다. 다행히 세상이 바뀌어 반려동물들을 데리고 갈 수 있는 숙소와 음식점이 늘었다. 눈치 안 보고 다닐 수 있는 곳이 많아지기 시작한 거다. 요즘 숙소나 음식점에서 반려동물 동반을 허용하자마자 매출이 급격히 늘었다는 기사를 읽었다. 몽이, 쫑이 때보다 꼬몽이를 데리고 다니기 수월해진 시대인 건 확실하다.

하지만 숙소의 경우, 반려인 아닌 반려동물을 데리고 가는 대가를 단단히 치러야 하는 곳이 많다. 그야말로 '봉'이 될 각오를 해야 하는 곳이 많기 때문이다. 사람 자는 방과 똑같은 컨디션인데 보통은 1.5배의 비용을 지불해야 한다. 청소비와 반려동물 동반 비용을 더 얹는 경우도 있다. 물론 개매너 견주들도 있으니 그분들도 맞춰 책정한 가격이겠지만 퇴실 매너를 철칙으로 아는 풍뎅에겐 참 불합리한 비용이다.

하지만 온 세상이 호기심 천국인 꼬몽이를 데리고 다닐 수밖에 없다. 먹는 것에 흥미를 잃은 꼬몽이의 유일한 낙이니까. 영리한 꼬몽이는 기운이 없는 와중에도 특히 노부모님과 여행을 가면 스스로 먹고 걸어줬다. 참 희한하게도 청송, 진도, 삼척의 리조트에 갔을 때마다 모두 그랬다. 자신보다 부모님을 신경 쓰라는 꼬몽이 다운 배려였다. 그러니 어떻게 안 사랑할 수 있을까.

꼬몽이와의 여행은 항상 좋다. 여러 여행지가 좋았지만 속초, 광안리, 해운대가 특히 인상적이었다. 바다와 산책로가 공존하고 음식점 대부분이 강아지를 거부하지 않았다. 물론, 유모차에만 있겠다는 조건이지만.

편의점조차도 펫 프렌들리 했다. 먹을 것도 풍부하고 친절한 분들 덕에 좋은 기억을 남겼던 여행지였다. 또 어디를 데려가든 유모차 안에 가만히 기다려 주거나 조용히 간식을 먹어 주는 꼬몽이의 여행 매너도 여행지를 더 좋게 만들어줬다. 2025년 여름에 다녀온 광안리의 민락동은 풍뎅 부부와 꼬몽이의 최적의 장소였다. 숙소를 나오면 바로 바다가 있고 잘 닦인 산책로가 있다. 심지어 동물병원과 애견용품점까지 숙소 바로 앞에 있었다. 아픈 노견을 데리고 다니는 풍뎅 부부에겐 위급 사태에도 유연히 대처할 수 있는 그곳이 다녔던 여행지 중 단연 최고였다. 화려한 마켓도 동반이 가능했고 대부분의 가게에서 들어오라고 손짓을 해줬다. 눈치 보지 않고 마음껏 아픈 노견을 데리고 다녔던 최고의 여행지였다. 법이 바뀌었으니 점점 더 좋은 곳이 늘어날 것이다. 꼬몽이에 겐 여행지를 즐겨줄 시간이 얼마나 있을지 모르겠지만 꼬몽이만 즐겨줄 마음이 있다면 어디든 갈 것이다.

'꼬몽아, 힘내! 또 갈 거니까. 엄마가 약속했잖아, 전국을 보여준다고.'

˚ 늘어 가는 꼬몽이의 살림들

이제 꼬몽이는 그나마 먹어 주던 사람 밥과 반찬조차도 잘 먹지 않는다. 신장이 안 좋은 아이의 관건은 수액과 음식이다. 하지만 신장 사료나 캔은 전부 맛이 '더럽게' 없단다. 단백질과 칼륨, 인을 제한해야 하니 고기도, 잡곡도, 치즈도 다 안 된다. 그 좋아하던 고구마도 이제는 주의해야 하는 음식이 되었다.

풍뎅은 답답한 마음에 유튜브 구독자님들이 추천해주신 모든 신장 사료는 다 구입했다. 그리고 노견들에게 기호성이 좋다는 사료도 모두 주문했다. 처음 본 사료는 그나마 잘? 조금? 먹는다. 성격이 급한 풍뎅은 '이 사료는 잘 먹네. 다행이다. 잘 먹을 거야.'라고 생각하고 다량으로 주문하면 그다음부터는 귀신같이 안 먹는다. 매일매일 시행착오의 연속이다. 집에는 사료가 쌓여간다. 부엌 한쪽이 꼬몽이의 살림으로 가득 차고 있다. 풍뎅이 금전적으로 여유가 있어서도 아니다. 이건 그녀가 할 수 있는 최선이란 생각이 들어서다. 어떤 경우든 반려동물들은 자기 주인이, 자기 식구가 자신에게 최선이면 행복할 거니까.

꼬몽이는 이젠 식욕 촉진제 투여만으로는 신장 사료나 캔은 먹지 않는다. 신부전일 때 살이 빠지는 건 절벽으로 달려가는 가속페달을 밟는 것과 같다. 풍뎅은 또 다른 결단을 내려야 했다. 그래도 신장 사료나 캔만 먹이느냐, 좋아하는 것들을 그냥 먹이느냐. 신장 사료는 절대 안 먹을 테니 강급으로만 연명해야 한다. 그것도 아니면 처방식을 먹을 수밖에 없도록 굶더라도 처방 사료만 놓아두고 독하게 지켜봐야 한다.

풍뎅은 '내가 꼬몽이라면 어떨까?' 생각해 봤다. 속도 느글거리고 기운도 없는데 맛도 없는 신장 캔만 먹을 수 있을까? 그동안도 각국의 음식까지 요리해서 먹였던 아이인데 고문이 아닐까.

그래서 주사기로 강급할 때는 신장 캔을 먹이고 꼬몽이가 스스로 먹게 할 때는 오리고기나 돼지고기를 먹이기로 했다. 하지만 시간이 지나자 강급도 거부하기 시작했다. 강급한 것을 물고 있다가 뱉어버리거나 억지로 먹인 후에는 구토해 버리기 시작한 것이다.

수액은 늘이되 음식은 심하게 제한하지 않기로 했다. 한 달을 살든, 일 년을 살든 사는 동안 행복한 쪽이 좋지 않을까 하는 마음으로. 매일 조마조마한 풍뎅이었다.

° 엄마! 난 왜 쟤들과 달라?

투병 중에도 변하지 않은 게 한 가지 있다. 밖을 나가거나 여행을 가면, 꼬몽이는 지나가는 어린아이들을 물끄러미 보는 것이다. 특히 엄마와 손잡고 가는 아이들을. 그리곤 풍뎅을 한 번 쳐다본다.

어쩌면 이 책을 읽는 누군가가 '작가가 참 소설을 잘 써. 의인화에 특화된 사람 같아.' 하실지 모르지만 풍뎅과 돌프에게 느껴지는 생각은 '엄마 아빠! 난 왜 쟤들하고 달라?'였다. 꼬몽이의 그 눈이 참 많은 생각을 하게 한다.

그럴 때마다 풍뎅은 얘기해 준다.

"꼬몽아, 넌 쟤들하곤 다르게 생겼지만, 저 아이들이 저 엄마의 소중한 아이이듯 너도 나한테 소중한 자식이야. 네가 세상을 떠나는 날까지 엄마는 널 지켜줄 거니까. 그러니까 저 애들이랑 다르다고 슬퍼하지 마."

하지만 아무리 이야기를 해 줘도 산책할 때마다 늘 아이들만 지나가면 가만서서 물끄러미 아이들을 쳐다보는 꼬몽이에게 왠지 미안하다.

'그러니까 꼬몽아, 다시 태어날 거면 꼭 사람으로 태어나. 동물은 말을 못 하니 너무 불쌍하잖아'

아침부터 바쁜 노견의 보호자

아침에 일어나면 풍뎅은 신장과 췌장에 필요한 6~8가지 약과 보조제들을 먹인다. 순순히 알약을 먹을 리 없는 꼬몽에게 알약을 먹이기 위해 필건(알약을 먹일 수 있는 보조 도구)도 써보고 별별 난리를 다 쳐봤다. 심지어 좋아하는 고기에 알약을 싸서 먹이는 시도도 많이 했다. 그나마 고기에 싸서 먹이는 건 1/2은 성공한다. 반은 고기만 먹고 혀로 알약은 분리해서 뱉어버린다. 때로 이 여우 같은 시키는 입안 한쪽에 물고 있다가 풍뎅이 고개를 돌리면 슬며시 뱉어버리기도 한다. 그렇게 1/2을 성공 한다고 아침저녁 고기를 먹일 수는 없지 않은가. 사정이 이렇다 보니 레나메진이나 크레메진처럼 더 좋은 신장 보조제는 꿈도 꿀 수 없다. 레나메진이나 크레메진은 양도 많고 캡슐을 열면 금속 같은 가루들이 쫙 흩어지는데 입자가 커서 물에 갠 후 주사기로 먹일 수가 없기 때문이다. 가뜩이나 아조딜은 효과가 미비하다는 연구 결과도 있다는데 이조차도 캡슐째 안 드셔주시니 약효가 떨어지더라도 '울며 겨자 먹기'로 캡슐을 까서 다른 보조제들과 함께 꿀물과 먹인다. 약 먹일 때도 급히 먹이면 구토해서 뱉어내기 때문에 천천히 먹여야 한다. 강급하는 처방식도 그렇다. 아무리 식사 제한을 안 하기로 했다고 해도 좋아하는 고기만 먹일 수도 없다. 분명히 이 꼬탈스런(까탈스런 꼬몽이라는 뜻) 강아지는 고기를 계속 준다면 고기도 질려 버릴 거다. 그리고 고기를 매일 질리지 않고 먹어준다 해도 안 좋다는 것만 먹일 수는 없으니 아침에는 처방식을 주사기로 먹이는데 그마저도 저항이 세다. 반골 기질로 똘똘 뭉친 꼬몽이는 한 번에 많이 먹이면 돌아서서 구토로 다 뱉어 버리기 때문에 한 시간 간격으로 5 주사기씩 먹이기 시작했다. 그다음엔 수액을 놓는다.

꼬몽이 다리가 힘없이 자꾸 미끄러져 깔아놓은 요가 매트는 밥 먹고 흘리기도 하고 주워 먹기도 하기 때문에 자주 닦아야 한다. 잠시 여유가 있는가 하면 산책 시간이다. 산책하고 들어와 발 닦아주고 또 조금씩 강급을 시도한다. 다시 약을 먹이고 난 후, 옥신각신하는 시간을 거치면 저녁이 되어간다. 꼬몽이의 저녁 접시는 항상 5~6개다. 처방식, 사람처럼 밥에 고기반찬, 또는 연어 반찬, 풍뎅표 수제 죽, 기호성 최고라는 강아지 화식들을 놔둔다. 먹든 안 먹든 놔두지만 95%는 버려야 한다. 그 5%의 기대로 매일 다른 음식을 준비하는 심정을 이 녀석이 알았으면.

크레아틴 수치가 다시 높아지고 고기도 거부하는 날이 시작됐다. 그런 날은 다시 1~2시간마다 5 주사기씩 강급을 시도한다. 그러면 밤이다. 꼬몽이에게 저녁 수액을 놓고 나서 보상 간식을 준다. 먹을 때도 있고 안 먹을 때도 있다. 아무튼 그후 꼬몽이는 안방으로 들어가 침대를 쳐다보고 있다.

안방은 꼬몽이에게는 강급도, 주사도 안 맞는 가장 안전한 장소니까.

이를 닦고 침대에 올려주고 나서야 유튜브에 올릴 영상을 편집하거나, 가사를 쓰거나 글을 쓸 시간이 생긴다. 밤에는 3~4시간에 한 번씩 배변판에 데리고 가서 쉬야를 시킨다. 수액을 맞기 때문에 쉬야가 급할 수도 있을 것 같아서다. 음수량도 중요한 아이기 때문에 쉬하러 갈 때 물도 먹인다. 한 번에 3~4시간 이상을 온전히 자는 건 사치다.

웹툰을 녹음하러 가서도 마음이 편치 않다. 풍뎅이 지키고 있지 않으면 아무리 아빠를 좋아해도 아빠의 통사정만으로는 밥을 먹지 않고, 돌프는 주사기로 강급을 못 하기 때문이다. 이렇게 온 정성을 쏟는데도 어쩌다 설사라도 하는 날엔 그간 0.1kg라도 찌운 게 도로 아미타불이 되거나 더 빠져버린다. 그러면 또 기를 쓰고 주사기로 먹여 본다.

풍뎅의 기도는 매일 같다.

'제발, 낫지 않는 건 알겠으니 더 나빠지지 않게만 해 주세요.'

얼마나 많은 변수가 생길지 모르지만

꼬몽이는 점점 힘들어한다. 이젠 꼬리를 흔들지 못한다. 꼬몽이의 트레이드마크였던 그 탐스러운 꼬리는 힘없이 늘어져 있을 뿐이다. 고개는 한쪽으로 조금 기울었다. 그러니 삐뚤어진 입술이 더 삐뚤게 보여 속상하다.

뛰는 건 고사하고라도 목욕하고 나서도 예전처럼 좋다고 깨방정을 떠는 일도 없다. 목욕시키고 드라이하는 그 과정에 꼬몽이는 경련을 일으켜 외마디 소리를 내면서 쓰러지기도 했다. 긴급사태가 생겨 웹툰을 녹음하러 갔다가 중단하고 돌아오기도 했다.

이 모든 일상이 소중하기에 풍뎅은 기록 영상을 찍는다. 힘든 영상이 유튜브로 올라갈 때마다 꼬몽이를 사랑해주시는 이모님들은 눈물을 흘리고 꼬몽이를 위해 기도해 주신다. 그 기도 덕에 연명하고 있는 꼬몽이다.

풍뎅은 꼬몽이의 건강을 바라는 분들의 바람대로 잘 버텨주기를 기도한다. 쫑이가 쿠싱 약 먹기 시작할 때 교과서 수치 2년이라고 했었지만, 8년을 더 버텨줬으니까 꼬몽이도 그럴 거라 믿기로 했다.

꼬몽이는 약을 먹이기도, 밥을 먹이기도, 수액을 뇌주기도 여간 어려운 아이가 아니다. 하루는 힘을 너무 심하게 줘서 수액이 들어가지 못하고 주사기의 마개가 압력에 의해 빠져버리기도 하고, 하루는 몸을 너무 비틀어 주사기를 꼽으려는 풍뎅의 손에 주삿바늘을 꼽아버리기도 한다. 미안한 마음으로 맞게 하는 수액이지만 꼬몽이를 살리는 길이 그 길밖에 없으니 대안이 없다.

이 글을 쓸 때조차 꼬몽이는 계속 바뀌고 있다.

크레아틴 수치가 2.9로 올라가 버려 60ml에서 100ml로 수액을 늘여야만 하는 상태가 되었다. 선생님께서는 수액의 증가가 가장 좋지만, 심장에 무리가 오는 부작용이 있을 수 있다고 하시면서 심장에 종양이 있는 아이니 힘들어하는지, 호흡이 불편하지 않은지 살펴보라고 하신다. 그래도 수치가 내려가지 않으면 병원에서 정맥 수액을 6시간씩 일주일에 한 번이라도 맞자고 하신다. 쫑이 때 해 보고 후회했는데도 막상 이런 순간이 오면 '아이를 좀 더 편하게 할 수 있는 게 정맥 수액이면 그렇게 해야 하는 거 아닌가?' 생각으로 혼란스럽다.

선생님의 말씀대로 피하 수액의 증액 때문인 건지 꼬몽이는 또 힘들어했다. 심장 쪽에 있는 종양이란 놈이 수액이 많이 들어오자 반발하면서 꼬몽이의 호흡을 힘들어지도록 한 건지 밤새 잠을 못 자고 헐떡거렸다. 그 모습을 보니 또 고민이다. 선생님께 영상을 보내드렸더니 직접 보지 않아 애매하긴 하지만 잠시 수액을 증액하지 말자고 하셨다. 그랬더니 호흡은 편해졌지만, 식욕이 아예 없다. 그 좋아하던 오리고기에도 고개를 돌려버린다. 오른쪽 뒷발은 더 불편하게 벌어지기 시작했고 두 뒷다리는 바람에 날리는 가벼운 종잇장처럼 힘없이 흔들린다. 다리가 힘없이 오른쪽으로 돌아가면서 급기야 주저앉기 시작했다. 고관절 문제인가 싶었다. 침을 맞으러 가겠다고 병원 진료 일정을 당겼다.

진료를 보신 선생님은 꼬몽이의 상태를 보시곤 주저앉기 시작한 건 다리 근육이 너무 빠져버려 힘이 없는 거라고, 고관절이나 슬개골 문제는 아니라고 하신다. 그리고 진료해 본 결과 심장 쪽 문제로 헐떡거리는 건 아닌 것 같다고 다시 한 번 수액을 늘여보자고 하셨다. 수액밖에 아이를 살리는 길이 없다는 건 안다. 이래도 저래도 걱정이다. 어떻게 해야 시행착오 없이 꼬몽이를 편하게 치료해 주는 건지 방법을 알고 싶다.

이 글을 또다시 수정하는 동안에도 꼬몽이의 상태는 계속 널뛰기 중이다. 이젠 수액을 맞을 때 기운이 없어 반항도 하지 못한다. 덜덜 떨리는 뒷다리를 지탱하고 있는 앞다리조차 옆으로 미끄러진다. 앞다리로 버티는 것도 이젠 힘겹게 느껴진다. 멍때리고 서 있는 시간은 더 길어진다. 점점 꼬몽이의 하향 곡선 폭이 가팔라지는 게 느껴지니 하루하루 다른 꼬몽이의 모습에 겁이 난다. 자꾸 눈물이 나 아이를 품에 안고 있다. 안아줄 수 없는 날이 올까 봐.

하지만 여전히 밖을 나가거나 여행을 가면 느린 걸음이지만 걷고 보고 열심히 눈에 담으려 한다. 열심히 살아주는 꼬몽이가 고맙다.

° 여름에 찾아온 반가운 손님

원고를 작업하는데 유난히 새소리가 크다. 최근 풍뎅 집의 바깥 에어컨 실외기 위에 자주 찾아오던 예쁜 물까치 두 녀석. 시끄럽기도 하고 에어컨 실외기에 응가를 해 부식될까 싶어 쫓아내기 바빴다. 에어컨 실외기를 닦으려고 창을 열고 내다보니 에어컨 실외기와 벽, 그 좁은 틈새에 어느새 둥지를 틀고 알을 6개나 낳아놓았다. 어쩐지. 그래서 애들이 그렇게 울었나 보다.

월세도 안 내고 무단 침입에 이어 고성방가를 일삼았던 배 째라 스타일의 물까치 녀석들. 둥지를 집어 밖에 내려놓을까 잠시 고민했다. 둥지째 내려놓는다고 해도 소중한 보금자리와 알을 잃고 울 물까치를 생각하니 그건 아니다 싶다. 그래서 돌프와 '우리 집에 온 귀한 손님이다.'로 결론 내렸다. 삼복더위에 에어컨도 제대로 못 틀고 지내겠지만 알들이 잘 부화해서 날아갈 때까지 월세 안 받고 임대 해주기로 했다. 물까치 엄마는 태교를 입으로 하는지 알들을 품고 쉴 새 없이 지저귄다.

여름이 너무너무 더웠다. 무사히 부화 못하고 잘못될까 봐 매일 맘 졸이며 알들을 지켜봤다.

2주 후, 물까치 알들은 무사히 부화했다. 꼬물꼬물 그 좁은 둥지에 있는 6마리의 아기 새들은 참 예뻤다. 하지만 부화하고 일주일 뒤에 두 아이가 사라졌다. 걱정스러웠다. 떨어진 걸까? 다른 새들한테 공격당한 걸까? 일층에 내려가서 찾아보기도 했다.

며칠 후 너무 시끄러워 내다보니 불청객 까마귀가 둥지로 들어가고 있었는지 물까치들이 소리를 지르고 까마귀를 쫓아내고 있었다. 아마도 까마귀가 새끼들을 해치거나 잡아먹었던 것 같다. 새끼를 잃은 물까치 부부는 더 열심히 새끼들을 지켰다. 비가 많이 내리는 날 내다봤더니 그 비를 맞으면서도 새끼들을 품고 있는 어미 새가 보인다. 가슴이 먹먹했다. 이 물까치들은 부화하고 보름이나 20일 후엔 이소한단다. 그들이 떠날 땐 박씨 하나 물고 오라 엄포를 놓고 방을 빼버려야겠다. 그 녀석들 잘못될까 봐 에어컨도 못 틀고 마음을 졸이며 잘 날아가길 바라던 풍뎅의 마음은 알아줄까?

° 물까치 알들

부화한 물까치 아가들 °

둘이 시작해서 셋이 됐다가 넷이 됐다가 다시 셋이 되었다. 시간이 지나면 부부 둘만 남을 것이다. 어느 먼 시간이 지난 그때도 꼬몽이의 물건들을 못 버리고 슬퍼하면서 그리워하겠지만 그건 아직 일어나지 않은 일이니 그만 슬퍼하려 한다. 지금은 하루하루를 열심히 살아주는 꼬몽이와 매 일상을 같이 해주고, 시간이 되는대로 여행을 다니고, 아낌없이 사랑해주면서 그 아이와의 감사하고 행복한 날들을 기록할 것이다.

강아지를 키우시려는 분이나 노견을 돌보시는 분들은 아이의 영상이나 기록을 꼭 남겨 두시길 바란다. 나이가 들수록 그리워지는 행동들이 있기 때문이다. 그리고 꼭 끝까지 책임 져주시기를.

책이 출간될 때까지 또 얼마나 많은 변수가 생길지, 또 얼마나 많은 눈물을 흘려야 할지 모르겠지만 많이 안아주고 많이 이야기해주려고 한다.

"꼬몽아. 내 소중한 강아지. 엄만 그 지저분한 펫샵에 방치되어있던 널 처음 본 그 첫날부터 단 하루도 사랑하지 않은 날이 없어. 매일 '악마, 여우, 잔꾀 굴리는 아이'라고 놀려서 미안해. 널 놀린 건 네 즉각적인 반응이 귀여워서야. 넌 천재 강아지, 천사 강아지야. 엄마한테 와줘서 고마워. 내 꼬몽이, 꼬식이, 꼬자, 꼬돌이, 깅깅꼬, 꼬꼬, 양꼬, 양시키, 저자. 여우, 꽌또르, 꼬슬아기, 똥방, 복돌이 사랑해."

내 사랑하는 강아지들. 내 반려견. 내 식구들. 고맙다. 너희가 있어서 엄마가 세상을 다시 알았고 착하게 사는 법, 베푸는 법을 배웠어.

˚ 건강했던 쫑이와 꼬몽이

쫑이와 꼬몽이의 등록표 。

° 못다 한 이야기들

　　겨우 한 달 배운 실력으로 얼기설기 아이들을 그리기 시작했다. 쫑이가 살아 있을 때 쫑이를 그려 주고 싶어 배운 그림이지만 그림을 그려 선물하기 바빠 정작 내 아이들은 제대로 그린 적이 없었다. 이제서야 몽이, 쫑이, 꼬몽이를 그리려 한다.

° 가슴에 묻은 두 아이. 몽이와 쫑이

° 아직도 먹먹한 이름 쫑이

° 떠나는 그 순간까지도 예쁘기만 했던 쫑이

° 잠든 페키니즈 얼굴, 눌려서 더 귀여운 순간

° 눈을 뜨면 돌변하는 꼬몽이

° 아빠 바라기 꼬몽

° 노견이 된 꼬몽이와 나비로 찾아와 준 아이들

° 아직도 버리지 못한 쫑이의 물건들

서랍을 열다가 울컥한다. 버리려고 쓰레기통으로 가지고 갔다가 차마 못 버리고 돌아온다. 쫑이의 물건이다. 그 조그만 녀석이 뭘 그렇게 많이 남겨두고 갔는지 모르겠다. 쫑이를 걷게 하라고 샤니 어머니께서 보내주셨던 보행 보조 기구와 쫑이를 위해 맞춘 휠체어는 혹시 몰라 일부러 둔 것이지만 유통기한이 지난 약, 쓸 수 없는 쫑이의 뜯지도 못한 안약들, 기저귀들, 그리고 쫑이의 옷들이 아직 그대로 있다.

버린 줄 알았던 물건들이 하나씩 나올 때마다 늘 눈물이 난다. 꼬몽이는 숟가락으로 주는 음식은 질색하는 아이인데 쫑이의 숟가락까지 왜 남겨뒀는지 모르겠다.

고맙습니다.

친구들과 성우 선후배님들, 제자들과 부모님들, 쫑이, 꼬몽이와 매일 같이 울고 웃어주신 모든 유튜브 구독자님들, 그리고 그분들의 사랑스러운 아이들에게 진심으로 감사드린다.

가장 힘들 때 아이들을 데리고 찾았던 곳이 부모님 댁과 절친 성진이의 집이다. 부모님과 성진이에게도 감사의 마음을 전한다. 꼬몽이를 사랑했던 이모 현정에게도 고마움을 전한다.

첫 책이 있었기 때문에, 두 번째 책을 욕심낼 수 있었다. 첫 책이 나올 수 있게 도와주신 엄민용 국장님께 감사의 마음을 드린다. 꼬몽이를 걱정해 주시고 안부를 물어주시고 돌프와 풍뎅을 식구로 생각해 주시는 대배우 손창민 선배님 그리고 돌프와 풍뎅에게 엄청난 기회를 주신 송광호 작곡가님께 감사의 인사를 드린다.

쫑이를 치료해 주신 한남동 달래 병원 원장님, 부원장님과 쫑이를 띠에 메고 돌봐주셨던 간호사님, 쫑이의 꽁지머리를 주시며 우셨던 간호사님, 쉽지 않은 노견 꼬몽이를 안고 미용해주신 미용실장님께 감사의 마음을 드린다. 또, 치매로 연신 소리 질러대던 쫑이를 미용해주셨던 대방동 밀크 펫 살롱 원장님께도 감사드린다.

유난스러운 꼬몽이를 항상 예쁘게 봐주시고 사랑으로 진료해 주신 옥수동 오석헌 동물병원 원장님과 간호사님께 감사의 인사를 드린다.

끝까지 꼬몽이를 진료해 주시고 걱정해 주시고 다급해서 연락드리면 밤중에도 카톡을 받아주셨던 아현동 마음을 나누는 동물병원 원장님, 그리고 간호사님들께 감사의 인사를 드린다.

마지막으로 아이들을 만날 수 있게 해 준 내 반려자 돌프님, 그리고 내 반려 강아지 세 아이들(몽이, 쫑이, 꼬몽이) 고마워!

　원고를 집필하고 1차 수정을 끝냈을 때였다. 갑자기 꼬몽이가 넋을 놓기 시작했다.

　노견의 여름과 겨울은 힘들다고 했다. 작년의 여름과 겨울, 꼬몽이가 그랬다. 하지만 그때마다 용케 잘 견뎌줬다. 내 아이들은 모두 자기 생일을 지나고, 생일잔치를 한 후 떠났기 때문에, 당연히 꼬몽이도 11월 생일을 지낸 뒤 엄마 책이 나오는 걸 보고 나서 떠나줄 줄 알았다. 그래서 원고 작업도 서둘렀는데.

　꼬몽이와 해운대를 다녀왔다. 마지막 여행이 될 줄 모르고 2주 뒤에는 포항 여행도 계획했었다. 다만 풍뎅의 드라마 촬영이 한 번 더 있을 수 있으니 그것만 찍고 가자고 숙소까지 점찍어뒀었다. 여름 성수기라 애견 동반은 2~3배의 비용을 지불해야 하지만 꼬몽이와 간다면, 여행을 좋아하는 꼬몽이가 걸을 수 있다면 하나도 아깝지 않았다. 해운대에 도착했던 날, 정말 무더웠다. 2주 전 광안리보다는 활기차지 않았지만 꼬몽이는 걷고 쉬야하고 잘 먹어줬다. 그 무더운 날, 꼬몽이의 식욕은 한 달 만에 최대치였다. 오리고기에 흰 떡에 카스테라에 바나나 빵까지, 그리고 소프트 아이스크림까지 다 먹었다. 신부전이라는 아이에게 왜 그런 걸 먹이냐 묻지 않았으면 한다. 이유는 하나다. 식욕이 워낙 없는 아이이고 강급하는 건 젤 맛없다는 레날(신장)사료만 주사기로 먹이니까.

　3일째부터 기력이 조금씩 떨어졌다. 그래서 서울 가면 정맥 수액을 한 번 해보기로 했다. 물론 쫑이때 아이를 떨어뜨려 놓고 수액 놓았던 걸 후회하는 풍뎅이었지만 입원으로 밤새 수액을 맞는 것도 아니고 기력이 없으면 한번 해 보는 걸 추천한다는 선생님의 말씀도 있었기 때문에, 또 지난해 이틀의 수액 처치로 기력을 찾았던 꼬몽이였기 때문에 결심을 한 거다. 지난해처럼 딱 이틀만 아침에 데리고 갔다가 오후에 데리고 오기로, 그래도 큰 차도가 없으면 집에서 돌보기로 했다.

꼬몽이 눈곱이 너무 많이 끼기 시작한다. 선생님은 기력이 없어서 그런 거라고 하셨다. 그런데 얼굴 털이 자라다 보니 눈을 너무 찌른다. 그래서 누런 눈곱이 더 심하게 눈동자를 덮어버렸다. 얼굴 털은 집에서 깎아 줄 수가 없어 미용을 맡기고 그 뒤 수액 공급을 하기로 했다. 더운 여름을 나려면 털이 길면 안 됐으니까. 한남동의 동물병원에서는 노견을 미용할 때 직접 안거나 강아지가 앉아 있는 상태에서 털을 자르시기 때문에, 그리고 그 전날까지 꼬몽이가 잘 먹고 산책을 했기 때문에 괜찮을 거라고 생각했다. 털을 깎은 날 저녁에도 고기를 웬만큼 먹었고 밤 열시 반에는 늘 그랬듯 안방 앞에 가서 에어컨 틀라고, 본견이 잘 시간이라고 얼굴로 문을 밀고 문 앞에 서 있어서 안심했다. 다음 날, 꼬몽이는 기력을 더 잃었다. 그래도 산책 나가자고 유모차 앞에서 시위를 한다. 걷지는 않았지만 2시간 이상의 유모차 드라이브를 즐겼다. 단 한 순간도 고개를 떨어뜨리지 않고 똘똘한 눈망울로 고개를 들고 세상을, 자기가 살던 동네를 봤다. 그래서 괜찮다 생각했다. 지금 생각해 보면 아마 집 동네를 이때 눈에 다 담고 떠난 것 같다.

집에 오더니 주사기로 레날 리퀴드며 북엇국을 강급하는데 소리를 지르기 시작했다. 얼마나 먹기 싫을까 싶어서 수액만 놔줬다. 꼬몽이는 잔기침을 한다. 열감이 있고 구역감도 있어 보인다. 배도 왠지 빵빵한 느낌. 이때 알았어야 했다. 눈동자를 덮을 만큼의 눈곱도, 기력이 없어져서가 아니라 폐종양이 꼬몽이를 집어삼킨 것을. 떠나기 하루 전날 밤 침대에 누워 아빠를 오랫동안 빤히 보더란다. 이때 이미 꼬몽이는 알고 있었다. 그래서 동네를 눈에 담겠다고 나가자고 했고 아빠에게 인사를 한 거다.

이땐 다음날 병원에 정맥 수액 처치 예약 잡길 잘했다는 생각이 들었다. 점점 급격히 기력이 빠지고 잔기침을 한다. 폐수종은 아닐까, 기관지 협착은 아닐까, 걱정을 하며 물을 먹이려는데 물을 안 먹는다. 그래서 억지로 고개를 물그릇에 댔더니 조금 먹는다. 열이 나는 것 같다. 걱정되기 시작했다.

다음날, 아현동의 병원을 갔는데 선생님은 미용이 스트레스가 됐을 수도 있고 기침은 미용 후 걸린 감기일 수도 있다고 하셨다. 또 신장 수치나 가슴의 큰 종양이 원인일 수 있다면서 수액이 효과가 있을지 모르겠다고 걱정하셨다.

"지금 기침이 자꾸 시작되고요, 호흡이 힘들어요. 열도 나고요. 폐수종이나 심부전은 아닌지 봐 주세요. 아! 레날 캔 사료는 질색하고 리퀴드만 조금 먹는데 혹시 기관지 협착은 아닌지 X-Ray 좀 봐 주세요." 하고 맡기고 병원을 나왔다.

기력이 너무 없다고 연락이 온 상태여서 응급 사태면 병원에 달려갈 준비를 하고 있었다. 그런데 잠시 후, 꼬몽이 상태가 안정되었고, 수액 맞고 고개를 가누고 있다는 연락이 왔다. '그럼 그렇지. 꼬몽이니까 수액 맞고 나면 곧 좋아질 거야.' 하고 기대했다.

하지만 X-Ray 결과 가슴 종양이 폐를 거의 압박하고 있을 만큼 커졌단다. 그게 호흡이나 기력을 떨어뜨리는 것 같다고 하신다. 보내 주신 사진을 보니 진짜 너무 커졌다. 하지만 서서히 커지는 종양이니 하루이틀 문제가 생기지는 않는다고 하신다. 그러면 기력만 회복하면 된다. 수시로 병원에 전화했는데 잘 있고 쉬야도 일어나서 한단다. 이땐 그 말씀에 안도했고 수액 처치만 하면 기력을 찾아줄 거라 믿었다.

이때 X-Ray만 찍고 데려왔어야 했다. 바보같이 그 겁많은 아이를 8시간 반이나 떼어 놓다니. 그 10시간 뒤에 떠날 아이를.

꼬몽이를 데리고 왔다. 꼬몽이는 다음날 수액을 위해 라인을 잡은 상태로 퇴원했다. 잔디밭에서 쉬야를 시키는데 외마디 비명을 한다. 아마 꼽아놓은 바늘 때문일 거라고 생각했다. 이 바늘도 바로 빼 줄 걸. 모든 게 후회스럽다. 집에 온 꼬몽이는 도통 물을 안 먹는다. 그래서 보조제를 꿀물에 개어 먹였다. 전날보다 잘 먹는다. 두 종류의 레날 리퀴드를 조금 희석해서 천천히 주사기로 먹였다. 잘 먹는다. 그런데 앞발에 꽂은 바늘 때문에 걸을 때 아팠나 보다. 배변판에 가면 쉬를 하려고 돌아다니다가 비명을 지른다. 이때는 바늘 때문인 줄 알았다. 아무래도 바늘을 빼줘야겠다. 하지만 기력이 없으면, 다음날도 수액을 맞아야 할지 모르는데 빼야 하나 고민이다.

늦은 시간이지만 선생님께 톡을 드렸다. 선생님은 '바늘 빼는 건 어려운 건 아니니 지혈만 잘하면 되고 만일 너무 기력이 없다면 다음 날 차를 타고 오는 것도 무리일 수 있으니 그땐 수액 처치 말고 집에서 돌보라'고 하신다. 상태를 봐선 바늘 때문인지 기력이 없어 소변을 못 보는지 모르겠다. 일단 꼬몽이를 재웠다. 꼬몽이는 힘든 호흡으로 자다 깨다를 한다. 나는 전날도 그날도 잠이 오질 않았다. 두 시간 후, 늘 그랬듯 꼬몽이 쉬야를 시키기 위해 배변판으로 꼬몽이를 데리고 갔다. 기침은 조금 더 심해졌고 꼬몽이는 배 어딘가가 아픈지 끙끙 앓는 소리를 간헐적으로 낸다. 배변판을 돌아다니다 울부짖는다. 안 되겠다. 수액 처치보다 꼬몽이 팔이 아픈 것 같으니 바늘을 빼주는 게 맞다. 바늘을 뽑아주고 지혈하고 소파 위에 앉혔다. 열이 오르는 것 같고 꼬몽이 심장 뛰는 횟수가 더 빨라졌다. 소파 위에 앉은 꼬몽이가 고개를 흔들며 큰 소리로 운다.

'왁!…… 왁!… 왁!'

풍뎅이 얼른 안아 들었다. 느낌이 좋지 않았다. 꼬몽이는 대여섯 번 더 울더니 응가를 조금 하고 숨넘어가는 고갯짓을 시작했다. 그리곤 넘어갔다가 자신도 믿기지 않는지 돌아왔다가 다시 떠났다.

빠르게 뛰던 심장이 멈췄다. 나의 팔 안에서.

꼬몽이를 눕혔는데 숨넘어가는 고갯짓을 1분 후 한 번, 또 한 번 했다. 새벽 1시 22분. 꼬몽이는 빠르게 식어갔다.

단 한 번도 꼬몽이를 그해 여름에 잃을 거라고는 생각지 못했다.

'꼬몽아. 엄마는 또 후회한다. 미용은 왜 보냈을까. 수액처치 한다고 왜 8시간을 떼어 놓았을까.'

꼬몽이를 닦으며 보니 응가가 나온 자리에 검은 피가 그리곤 붉은 피가 꽤 많이 나온다. 검은 피는 위나 십이지장 쪽 출혈이고 붉은 피는 위, 대장, 종양, 췌장 쪽 원인이라는데 그러고 보니 며칠 전부터 목 주변으로 멍울이 몇 개 만져졌고 그걸 만지면 꼬몽이가 아파했었다. 아마 악성 종양으로 바뀌고 꽤 공격을 한 모양이다. 이걸 떠나보내는 날에서야 X-Ray를 찍어달라고 해서 알았다는 게 너무 미안했다. 꼬몽이는 마지막 날 신부전 때문은 아니라고, 병명을 알려주고 싶어서 병원에 가게 했나 보다. 그걸 몰랐던 바보 엄마는 꼬몽이에게 그렇게 아파하는데도 매일 신장 수액 주사를 120ml씩이나 놓고 제일 맛없다는 신장 사료를 주사기로 강급하고 있었던 거다. 그나마 좋아하는 고기들을 2~3일에 한 번씩 주지 않았다면 얼마나 속상했을까. 의사 선생님들 말을 듣지 않은 이 한 가지는 참 잘했다고 생각된다. 바늘을 뽑아주지 않고 떠나보내면 그 또한 내가 후회하고 슬퍼할까 봐 바늘을 뽑아주자마자 떠났다. 끝까지 엄마, 아빠를 배려하고 떠난 내 기특한 새끼.

'미안해. 꼬몽아. 엄마가 미안해. 너무너무 사랑해. 이제 너 못 안아서 어떻게 하지? 너 못 봐서 어떻게 하지? 엄마 아빠가 결혼해서 살면서 1년 빼고는 다

너희가 있었는데 어떻게 살지? 이 예쁜 아이를 어떻게 보내지?'

밤새 굳어가는 꼬몽이를 쓰다듬고 안고 뽀뽀해줬다. 이 아이의 냄새도 그리울 텐데 어쩌지?

꼬몽이는 호기심 많은 눈 그대로 아무리 감겨도 눈을 감지 못하고 떠났다. 너무 더운 여름이라 부패가 걱정돼 다음 날 아침, 바로 장례식을 치렀다.

멍이, 몽이, 쫑이를 보냈던 그 장례식장에서 정성스런 의식으로 꼬몽이를 보냈다.

뼈가 엄청 튼튼했나 보다. 유골로 돌아온 꼬몽이가 너무 묵직해서 장례 치러 주신 분도 놀랐다고 했다. 그래. 뼈가 두꺼워서 근육이 하나도 없었는데도 그나마 걸었구나.

풍뎅의 집에 꼬몽이의 집이나 방석은 거실에 3개, 풍뎅 방에 2개, 돌프 방에 1개, 차에 1개, 베란다에 3개가 있다. 수액도 사료도, 용품들도 3박스는 족히 넘는다. 상표를 떼지 못한 새 옷도 있다. 이동장, 카시트, 쫑이가 다 못 쓴 기저귀도, 휠체어도 혹시 모를 꼬몽이의 노년을 위해 남겨뒀는데. 이 녀석은 끝까지 자기 발로 걸어서 쓸 수도 없었다. 치운다고 치워도 하나하나 어디선가 나올 테고 그때마다 수도꼭지처럼 눈물이 흐르겠지.

생각해 보면 꼬몽이는 엄마 아빠의 말을 다 들어준 효자였다.

'떠나는 날까지 먹고, 보고, 걷고 자다가 떠나.' 라는 그 말을 정말 다 지켜서 이틀만 앓고 급히 떠났다. 미용할 때 소리라도 질렀으면 미용을 그만하려고 대기하고 있었는데 깔끔한 성격답게 깔끔한 모습으로 떠나고 싶었나 보다. 엄마가 하는 최소한의 처치도 엄마 한이 남지 않게 받아주고 엄마 품에서 떠나겠다는 신호를 보내 준 꼬몽이. 자신이 떠날 때를 정해서 떠난 대견한 아이였다.

꼬몽이의 사망 신고를 하는데 깜짝 놀랐다. 나는 꼬몽이가 2010년생이라 생각하고 있었는데 알고 보니 2009년생, 15세가 아니라 17세를 조금 못 채우고 떠난 것이다. 아빠가 늘 '몽이 형아가 7살에 너무 빨리 떠났으니 넌 형아보다 10년을 더 살아야 해. 그 말까지도 지켜주고 떠났고, 엄마 한이 되지 말라고 병원에 가게 했고 자기 병명이 신장 때문이 아니라는 걸 알려주고 가려고 X-Ray를 찍어 달라고 부탁하게 했다. 그래서 깔끔하게 자기 성격답게 미용도 하고 가고 엄마가 정맥주사도 못 맞춰서 기력이 다해 떠나보냈다고 보냈다고 슬퍼할까 봐 주사도 하루 맞아주고 떠났다. 정말 자신의 계획대로 딱 이틀 아프고 떠났다. 천재 강아지가 맞았다. 고마워, 꼬몽아.

물까치 새끼 중 꼬몽이와 특히 닮았던 아이가 있었다. 꼬몽이와 호기심 닮은 눈이 비슷해 꼬몽이라 불렀던 그 아이. 꼬몽이라 불러서였을까? 꼬몽이 장례를 치르고 나니 날아가 버렸다. 부화된 여섯 아이 중 까마귀가 물어간 이후 남은 세 아이 중 유독 눈에 띄는 아이가 꼬몽이와 너무 닮았었다. 그런데 그 아이가 날 준비를 하더니 꼬몽이가 떠난 날 날아서 가버렸다. 내심 꼬몽이가 떠나고 나니 물까치가 오래 있어주길, 그 아이들로 위안 삼길 바랬는데 꼬몽이가 제일 힘들 때 부화한 그 아이는 꼬몽이와 같이 날아가 버렸다. 이게 강아지 엄마의 소설일까? 아니면 그들만의 계획이었을까. 꼬몽이를 보내고 난 날 꼬몽이라 이름 붙인 아이가 가고, 다음날 모두 날아가 버렸다. 찾아보니 통상적인 물까지 산란 시기보다 한 달이나 늦은 시기에 그들은 우리 집에 둥지를 틀었다. 왜 그 시기에 왔을까. 특히 꼬몽이라 이름 붙인 아이와 꼬몽이가 왜 같이 날아 갔을까. 정말 꼬몽이의 계획이었을지도 모르겠다.

용케 꼬몽이가 떠나는 시점의 영상이 핸드폰에 남겨져 있었다. 그걸 다른 영상들처럼 컴퓨터에 남기고 지우려 했는데 다른 영상은 다 저장되는데 이 영상만은 '리소스가 사용 중입니다.' 안내창이 뜨면서 저장이 안 된다. 폰에서 지우지 말라는 뜻인가. 매일 한 번씩 그 영상을 보면서 심하게 울어 돌프가 보지 말라고 하지만 충분히 애도해 달라는 아이의 마음이라 생각하기로 했다.

꼬몽이는 이 책을 쓰는 과정까지도 계획했나 보다. 자신이 살아 있을 때 책을 쓰겠다는 생각이 들게 해서 자신이 떠나기 전 1차 수정을 다 끝내게 도와줬다. 만일 꼬몽이가 떠난 뒤에 라면 책을 쓸 엄두도 못 했을 텐데. 그리고 떠나보낸 후라면 더 마음 아프고 슬픈 이야기로 꼬몽이의 이야기가 채워질텐데. 꼬몽이는 자신의 이야기가 책에 슬프게 쓰이지 않도록 원고를 한 차례 수정하기까지 잘 버텨줬다. 참 대단한 놈이다.

우리의 핸드폰에는 애견동반 숙소와 애견동반 식당을 잔뜩 찾아놓은 기록밖에 없다. 당분간은 어디든 애견 동반이 되는 곳은 가지 않으려 한다. 꼬몽이와의 추억이 담긴 여행지도 가지 않으려 한다. 한동안 힘들겠지만 고마움과 그리움이라는 이름으로 세 아이를 기억하고 싶다.

 ° 전문 용어 설명

1. 편평상피암: 편평 상피 세포 즉, 표피(피부 겉층)의 세포에서 발생하는 악성 종양으로 예후가 좋지 않다.

2. 서클링: 같은 자리를 뱅글뱅글 도는 증상을 의미한다.

3. 패들링(paddling): 보트에서 노를 젓거나 파도타기에서 양손으로 물을 젓는 일을 뜻하는 단어로 다리를 공중에 휘젓는 행동을 가리킨다. 주로 울부짖음을 동반하는 경우가 많다.

4. 크레아틴 수치: 신장에서 배출하는 근육 속 노폐물로, 신장이 여과 기능을 제대로 하지 못할 때 높아진다. 0.5~1.8이 정상 수치다.

5. 가티플로: 세균성 결막염이나 각막궤양 치료에 쓰는 안약이다.

6. 코솝: 안압이 높을 때 사용하는 안약이다.

7. 리포직: 안구 건조증에 사용하는 안약이다.

8. Bun 수치: 체내의 단백질이 분해될 때 생기는 혈액 속 요소를 측정하는 것이다. 신장에서 배출되어 이 수치를 통해 신장이 얼마나 잘 여과하는지 확인할 수 있다. 7~27이 정상 수치다.

9. PCV(Packed Cell Volume) 수치: 혈액에서 적혈구의 비율을 의미한다.

10. ALT(Alanine aminotransferase): 알라닌 아미노산 전이효소를 의미한다. 간세포가 손상되면 ALT가 혈중에 방출되면서 간의 상태를 알 수 있다. 10~125가 정상 수치다.

11. IP(Inorganic Phosphorus) 혈중 인의 농도를 의미한다. 신부전에서는 신장의 배설 기능에 문제가 생기면 상승한다. 2.5~6.8이 정상 수치다.

또 한 번의 이별을
준비 중입니다.

나와 같이 사는 동안 행복했니?

초판인쇄 2025년 9월 30일
초판발행 2025년 9월 30일

지은이 주현영
발행인 채종준

출판총괄 박능원
책임편집 양수정
디자인 홍재희
마케팅 문선영
전자책 정담자리
국제업무 채보라

브랜드 이담북스
주소 경기도 파주시 회동길 230 (문발동)
투고문의 ksibook1@kstudy.com

발행처 한국학술정보(주)
출판신고 2003년 9월 25일 제406-2003-000012호
인쇄 북토리

ISBN 979-11-7457-157-1 03810

이담북스는 한국학술정보(주)의 학술/학습도서 출판 브랜드입니다.
이 시대 꼭 필요한 것만 담아 독자와 함께 공유한다는 의미를 나타냈습니다.
다양한 분야 전문가의 지식과 경험을 고스란히 전해 배움의 즐거움을 선물하는 책을 만들고자 합니다.